星芒《せいぼう》

チンギス紀 十

北方謙三
Kenzo Kitakata

集英社

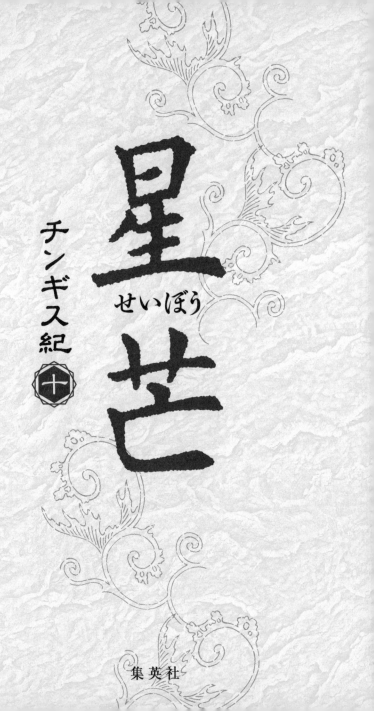

目次

チンギス紀

十

星芒

せいぼう

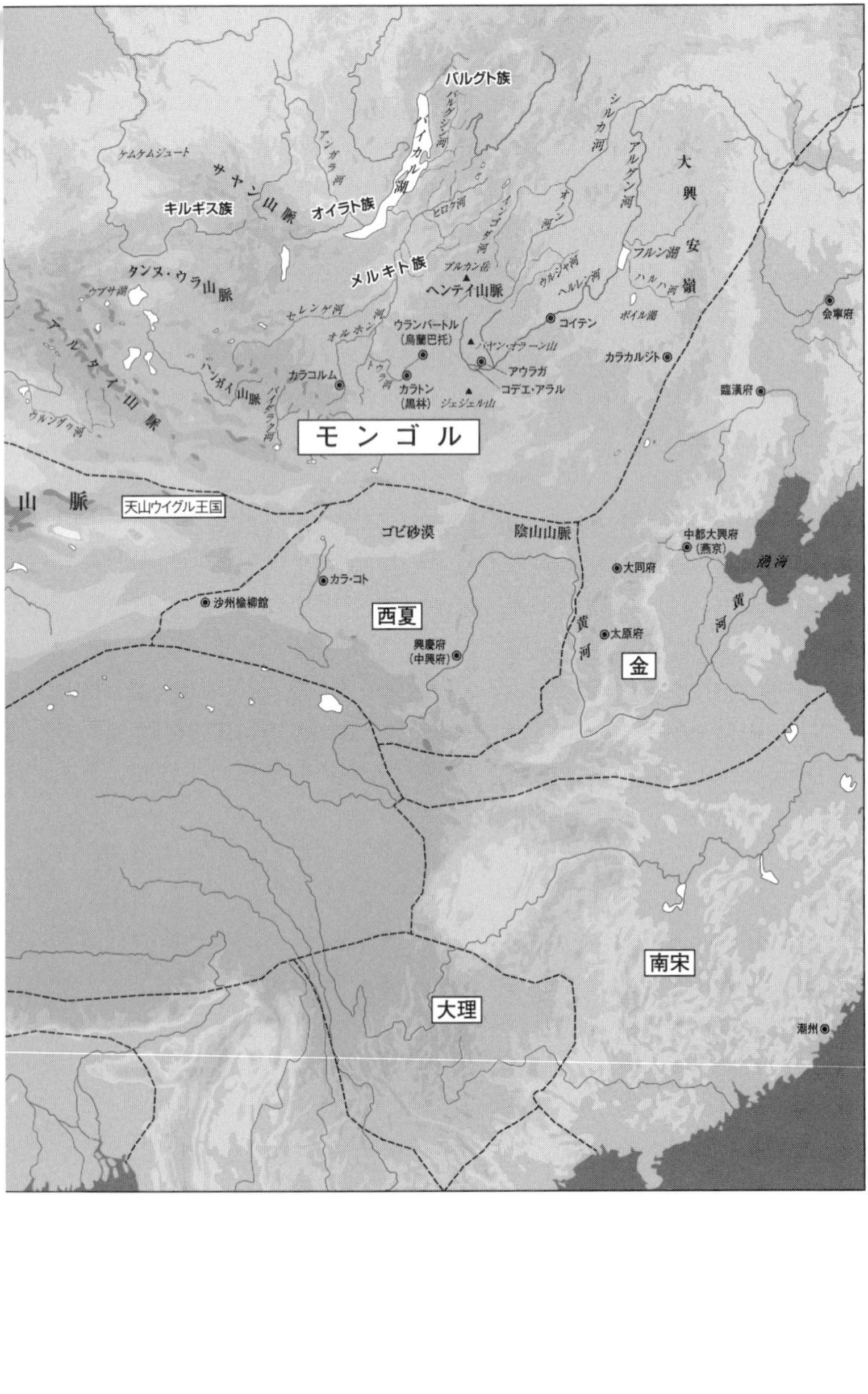
バルグト族
バルグジン河
バイカル湖
アンガラ河
ケムケムジュート
サヤン山脈
キルギス族
オイラト族
ヒロク河
インゴダ河
シルカ河
アルグン河
オノン河
大興安嶺
フルン湖
ハルハ河
ボイル湖
メルキト族
ブルカン岳
ヘンテイ山脈
ウルジャ河
ヘルレン河
コイテン
タンヌ・ウラ山脈
ウブサ湖
セレンゲ河
オルホン河
ウランバートル（烏蘭巴托）
バヤン・オラーン山
アウラガ
コデエ・アラル
カラカルジト
アルタイ山脈
ハンガイ山脈
カラコルム
トウラ河
カラトン（黒林）
ジェジェル山
バイドラク河
ウルングゥ河
モンゴル
会寧府
臨潢府
山脈
天山ウイグル王国
ゴビ砂漠
陰山山脈
中都大興府（燕京）
渤海
大同府
カラ・コト
沙州楡柳館
西夏
黄河
太原府
興慶府（中興府）
金
黄河
南宋
大理
潮州

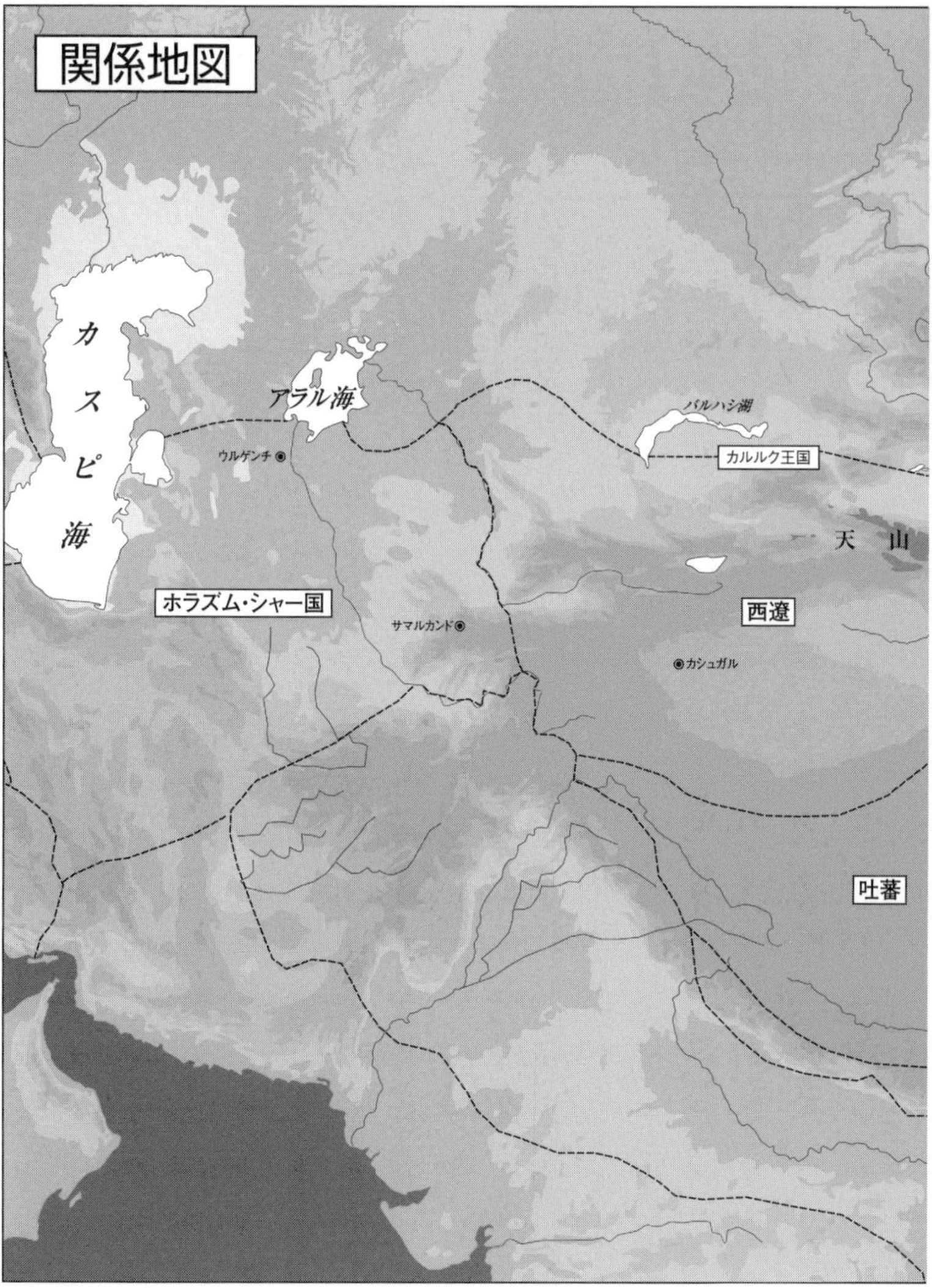
関係地図
カスピ海
アラル海
ウルゲンチ
バルハシ湖
カルルク王国
天山
ホラズム・シャー国
サマルカンド
西遼
カシュガル
吐蕃

チンギス・カン（モンゴル族）と麾下

チンギス・カン……（モンゴル族キャト氏の長）
ホエルン…………（チンギスの母）
カサル……………（チンギスの弟、次子）
テムゲ……………（チンギスの弟、四子）
テムルン…………（チンギスの妹でボオルチュの妻）
ボルテ……………（チンギスの妻）
ジョチ……………（チンギスの長男）
チャガタイ………（チンギスの次男）
ウゲディ…………（チンギスの三男）
トルイ……………（チンギスの四男）
ボオルチュ………（幼少よりチンギスと交わり、主に内政を司る）
ジェルメ…………（槍の達人で将軍）
クビライ・ノヤン…（左利きの弓の達人で将軍。左箭《させん》と呼ばれる）
スブタイ…………（チンギスに仕える将軍）
ジェベ……………（チンギスに仕える将軍）

ボロクル…………（チンギスに仕える将軍）
ムカリ……………（五十騎の精鋭による雷光隊を率いる将軍）
トム・ホトガ……（ムカリの雷光隊の副隊長）
ソルタホーン……（チンギスのそばで副官のような役割を果たす）
ボレウ……………（チンギス・カンに仕え、歩兵部隊を整備する）
ナルス……………（チンギス・カンに仕え、工兵部隊を整備する）
ダイル……………（南の城砦から陰山に移り、通信網をつくる）
アチ………………（ダイルの妻）
ツェツェグ………（ダイルとアチの娘で、テムゲの妻）
カチウン…………（チンギスの亡弟と同じ名を与えられ、法を整備する）
ハド………………（コデエ・アラルの牧を管理する）
李順《りじゅん》……………（白道坂《はくどうはん》一帯の牧で多くの馬を養う男）
チンバイ…………（故ソルカン・シラの長子で地図をつくる）
チラウン…………（故ソルカン・シラの次子で将軍）
義竜《ぎりゅう》……………（元大同府の鍛冶屋）
陳元《ちんげん》……………（元鍛冶の老人）
アヒン・ダジン……（鉄音《ズルフ》を差配する）

黄貴《こうき》……（双子の兄。交易を差配する）
黄文《こうぶん》……（双子の弟。学問所を差配する）
桂成《けいせい》……（華了の師である医師）
華了《かりょう》……（ボオルチュの副官アンカイ。医術を学び、華了の名を与えられる）
チンカイ……（チンギスに仕え、使者を務める）
ジン……（元ナイマン王国の百人隊長）
ヤク……（狗眼《くがん》一族の男）

メルキト族

アインガ……（メルキト族を率いる族長）
トクトア……（メルキト族を率いる立場をアインガに譲り、森に住む）
ホムス……（アインガの家令）

ホラズム・シャー国

アラーウッディーン……（ホラズム・シャー国の帝）
トルケン……（太后。アラーウッディーンの母）
ジャラールッディーン……（ホラズム・シャー国の皇子）
ウズラグ・シャー……（ホラズム・シャー国の皇子。末弟）
テムル・メリク……（ホラズム・シャー国の将校）
バラクハジ……（ホラズム・シャー国の文官）

その他

タルグダイ……（チンギスに滅ぼされたモンゴル族タイチウト氏の長）
ラシャーン……（大柄な女戦士でタルグダイの妻）
ウネ……（タルグダイの家令）
トーリオ……（タルグダイの部下だった故・ソルガフの息子）
鄭孫《ていそん》……（ラシャーンの商いを手伝う男）
マルガーシ……（チンギスに討たれたジャムカの息子）

李央《りおう》……………（タルグダイに雇われた船頭）
ジャカ・ガンボ……（ケレイト王国の王トオリル・カンの末弟。王国滅亡後、流浪）
ジラン……………（カシュガル近郊の村の村長）
タュビアン…………（ジランの村にいた右脚が萎えている少年）
アサン……………（護衛を連れたムスリムの商人）
グチュルク…………（滅びたナイマン王国の王子）
泥胞子《でいほうし》…………（大同府の故・蕭源基の妓楼で働く男）
塡立《てんりつ》……………（大同府の故・蕭源基の妓楼を差配する男）
宣凱《せんがい》……………（沙州楡柳館《ゆりゅうかん》を統べた老人）
宣弘《せんこう》……………（宣凱の息子で、沙州楡柳館を統べる）
完顔遠理《かんがんえんり》…………（完顔襄《じょう》の甥で金国の将軍）
蕭雋材《しょうしゅんざい》…………（轟交賈《ごうこうこ》を差配する男）
御影《スーデル》……………（トクトアと同じ森にいる男）
直魯古《ちょくろこ》……………（西遼の帝）
サンダン……………（ジャラールッディーンの友の少年）
トノウ……………（サンダンの友の少年）
リャンホア…………（バルグト族の若い長ホシノゴの妹）
タルガ……………（バルグト族の少年）

虹の根もと

一

　十歳になるので旅をしたい、などと思いつく頭の出来が、テムル・メリクには信じられなかった。

　十歳ならば、自分の馬が欲しい、具足が欲しい、剣が欲しい、というようなことを望むだろう。もっとも、テムル・メリクは、自分が十歳のころなにを考えていたかは、まるで思い出せない。旅は、好きではなかった。サマルカンドの軍営で、部下と過ごす方がずっとよかった。戦《いくさ》になれば、何日も駈《か》けるようにして進まなければならないが、それは旅ではなく、行軍だった。

　ジャラールッディーンは、馬も具足も剣も、最上のものを持っていた。だから、父である帝《スルタン》に、旅を無心した。領地をくれなどと言うより、旅をくれと願う方が、帝はずっと好きだった。テムル・メリクには、それがよくわかった。十七歳の時から四年間、帝の麾下《きか》の軍にいて、何度か戦にも出て、将校になった。

帝のアラーウッディーンは、戦が好きで、ホラズムをひとつの王朝にまとめあげた。

戦のたびに軍は強大になり、版図は途方もなく拡《ひろ》がった。それがどれほど広大かを、部下の兵たちはよくわかっていないので、なにかにたとえて教えようとするが、うまく伝えられてはいない。

「草原の遊牧民は、家帳《ゲル》というものに住んでいると聞いていたが、ここには日干し煉瓦《れんが》の家もあるのだな」

「ナイマン王国だったこの地には、城郭《まち》などもあるそうですよ。ただ、そこへどう行けばいいか、俺にはわかりません」

「おまえは、陽《ひ》や星を見て、方向がわかる。だからどの方向に城郭があるかわかれば、間違いなく行ける」

高い山なみを越えるのには、いささか難渋したが、それからは砂漠の道になった。そして北へむかい、ナイマン王国だった地に入ったのだ。

砂漠は、西遼《せいりよう》という国で、相当広い領土を持っている。ただ、その領土からあがる税ではなく、砂漠の北の端と南の端を東西に通っている道から、ほとんどの富を得ていた。隊商などが、多く通るのである。行き着く先は中華で、いまは金国《きんこく》という国になっている。

西遼に入った時から、テムル・メリクにも未知の土地だった。

ジャラールッディーンにとっては、サマルカンドを出たところから、未知だったはずだ。ホラズム・シャー国を旅しているかぎり、なんとかなると、テムル・メリクは考えていた。しかし、天山《てんざん》と呼ばれる山なみを越え、ホラズム・シャー国を出ることに、ジャラールッディーンはまったくためらいを見せなかった。むしろ、テムル・メリクの方が慌てた。十歳の子供に、振り回された恰好《かっこう》である。

「そろそろ、西へむかいます、殿下」

「いや、まだ東へむかおう。やっと面白くなってきたではないか」

「もう、路銀が尽きます」

「嘘《うそ》をつけ」

「陛下が、御心配なされます」

「あまたいる皇子のひとりが、旅をしていることなど、父上は忘れているさ」

冬になる前に戻れ、と漠然としたことしか帝には言われていない。広大きわまりないホラズムの領土から出るなどということを、帝も考えはしなかったのだろう。

「ここはもう、モンゴルの領土になったのだな」

「味気ない人々がいるだけだ、と俺は聞きますが」

「私も大したことは知らないが、草原を統一したチンギス・カンという男には、関心がある」

「勘弁してください、殿下。残虐きわまりない草原の覇者だそうですよ」

この旅の供に自分が選ばれたことを、テムル・メリクは納得していなかった。剣の腕が立つからなのか、陽や星を見て方向を知ることにたけているからなのか。そういう人間は、軍の中に多くいる。

「出発して、まだふた月だぞ、テムル・メリク」

「この先には、なにもありません。食べものも粗末で、あまり野宿などさせてはならない、と言われていますし」

「誰に？」

「宿老にですよ」

「気にするな。私が旅を続けていることなど、朝廷の中では忘れられている。戻った時に、やっと思い出すぐらいだ」

「それでも」

皇子なのだからと言おうとして、テムル・メリクは言葉を呑《の》みこんだ。

末弟のウズラグ・シャーが皇太子に冊立《さくりつ》されることが決まっている。もしウズラグ・シャーの旅だとしたら、軍が五百騎もつくかもしれない。

荷駄がひとつだけの、二騎での旅である。

馬と荷を狙う賊徒が二度ほど現われたが、テムル・メリクは、襲ってきた男たちのすべてを、斬り伏せた。大して息も乱れなかったので、ジャラールッディーンも、怯《おび》えることはなく、手を叩いて喜んでいた。

いや、この少年は、怯えるということを知らないのかもしれない。

ふた月、ともに旅をして、見えてくるものは間違いなくある。テムル・メリクは、ジャラールッディーンが子供には見えなくなっていた。かと言って、大人でもない。

子供らしいことを喜ぶのは、歳相応だった。しかし、長い旅に出ようという考えは、大人でもあまり持たないかもしれない。

好んで流浪をする人間がいることは、知っているが、会ったことはない。自分にも、そうしたいという欲望があるとは思えなかった。

旅をしていると、いくらか苦痛で、いくらか楽しかった。苦痛なのは、ただひとりの供を命じられたからだろう。

皇子の気まぐれで、すぐに帰りたがるだろうと思ったが、帰ろうと先に言いはじめたのは自分だった。

「このあたりは、ナイマン王国だったところだからな」

「そうですよ」

「もっと東へ行くぞ、テムル・メリク。私は、旅をすることを、父に許されたのだ」

「それはそうですが、帰れなくなりますぞ、殿下」

「私が帰りたいと思ったら、テムル・メリクがサマルカンドに連れ戻してくれる」

「前から訊《き》こうと思っていたのですが、殿下。つらくないのですか」

ジャラールッディーンは、はじめ、なにを言われたかわからないような表情をした。それから、なにかはっとするような笑顔を見せた。

「賊徒は、みんな打ち倒してくれたではないか」

「そういうことではなく、これから先も、なにが起きるかわからないのですよ」

「気にしない。サマルカンドで、いろいろとやらされる方が、つらいと思う」

馬は、驚くほどの手並みで乗りこなしている。疾駆も、堂々としたものだ。

野営地では、剣の稽古をしたがった。まだ技は稚拙《ちせつ》だが、打ちこみの気合は十歳の子供とは思えなかった。

「なにが面白いかわからない、とまた言うのか、テムル・メリク」

「俺は、自分がなぜ殿下の供に選ばれたのか、いまだにわからないのですよ。だから、心から面白がることができないのです」

「軍にいて、戦の調練をしたりするのは、面白いのか？」

「調練が面白いわけはありません。しかし、実戦になると、肌がひりひりして、多分、面白いのです」

「戦をしろ、と私は父に言われたことがない」

「それは、殿下ですから」

「皇位を継ぐのは、ウズラグ・シャーだよ。ほかの息子たちは、どうやって働けばいいのだろうか」

「働くなどと、殿下は本気で考えたりされるのですか？」

「おかしいかな？」

「わかりません。働くと考えると、俺はいやになります」

「働くのは、いやなことなどではない、という気もするな。人は、働かなければならない。大人になったらな。だから私は、大人になる前に、旅をしていろいろなものを見たいのだ」

「そうなのですか」

はじめは、いささか重荷だったこの旅が、面白いものだと感じられはじめているのに、時々気づく。

それでも、やはりサマルカンドに戻りたかった。旅は、ひとりなら面白いに違いない。

「また、駅がないかなあ、テムル・メリク」

「あるかもしれません」

「四刻（二時間）ほど前に、通り過ぎた」

旧ナイマン王国の地に入ってから、駅というものに出会うようになった。それは、道の途中にあり、旅人や隊商は、そこで馬を休ませ、食糧や秣《まぐさ》などが手に入れられるようになっていた。

ナイマン王国の時代に作られたものではなく、チンギス・カンが作ったようだ。ナイマン王国との戦に結着がつくよりずっと前から、それは作られはじめていた。

戦での、軍の動きにも役立ったのだろう。

「あれが見えませんか、殿下？」

テムル・メリクが指さすと、ジャラールッディーンはしばらく馬上で眼を細めていた。

眼がいいのは、テムル・メリクの自慢のひとつだった。原野の目印の岩など、誰よりも早く見つけられる。それで、行軍中は指揮官のそばで駈けることが多かった。

「駅だろう、あれは」

「ちょっと馬を駈けさせれば、半刻で到着します」

ジャラールッディーンが笑い、馬腹を蹴った。

まだ小さな躰《からだ》には、いささか大きな馬だが、難なく乗りこなしている。テムル・メリクも、馬腹を蹴った。

半刻もせずに、駅に到着した。作られたばかりのようで、馬繋《うまつな》ぎの縄が何本か張られているだけで、柵もなかった。

横に長い小屋があり、老人が出てきた。

「ほう、汗血馬《かんけつば》か」

老人がそばへ来て、馬体に触れた。草原に入ってから、馬はみんな、ホラズム・シャー国で乗られているものより、ひと回りは小さかった。それでも草原の馬は、大きな馬とは較べられないほど、よく駈けるという。

「泊れるだろうか？」

「ああ、いまは誰もおらん。幕舎がいいなら、それを自分たちで張って貰《もら》うが、長屋でいいなら、二段の寝台がいくつも空いている」

「長屋へ」

ジャラールッディーンが言ったので、老人はちょっと驚いたような表情をした。

「それに、夕食も食べたいのですが」

「肉を煮たものが、大鍋にある。ここは年寄が五人だけだから、いつまでもなくならない。それを食うのを手伝ってくれると、わしらもありがたい」

馬を跳び降り、駈け出そうとして、ジャラールッディーンは戻ってきた。

テムル・メリクは、鞍《くら》を降ろしてやった。前の駅も老人が何人かいただけだったが、馬をそのまま放置しようとすると、厳しく叱《しか》られた。

一日乗った馬は、きちんと手入れをしてやらなければならないというのは、ジャラールッディーンの頭に抵抗なく入ったようだ。

これまでどうしていたのか訊かれ、自分が三頭の手入れをしたと言うと、ジャラールッディーンは、これからは自分の馬は自分で手入れする、と言ったのだった。ただ、しばしばそれを忘れる。サマルカンドでは、すべてのことを従者がやった。

馬の背に手が届かないが、老人が台をひとつ出してくれた。ジャラールッディーンは、嬉しそうにそれに乗り、馬の背を丁寧に拭《ぬぐ》った。

「どこか、身分の高いところの子だのう」

「それにしては、いかついのがひとり、警固についているだけだ」

老人が二人出てきて、言葉を交わしていた。

四角い箱のように、重しをかけて固めた干し草が、長屋よりも高く長く、積みあげられている。そうやって置いておくと、干し草は熟《こな》れ、少量で馬の命を支える。

つまりここは、数千頭でも数万頭でも、馬を養うことができる、ということだった。よく考えれば軍の拠点だが、老人だけがいるのは、どこかのどかな光景だった。

焚火《たきび》が作られ、大きな鍋がかけられた。

何回も煮ては冷めた肉は、口の中で溶けてしまう。それどころか、骨を嚙《か》んでも脆《もろ》く、大きなものでも食ってしまえるのだ。

そういう骨を、音をたてて食らうのが、テムル・メリクは好きになっていた。

「どこまでも、どこまでも、草原は続いているのですね」

「そう思ってしまうだけだ。かぎりのないものなど、あるはずもないぞ、若いの」

「そうですね。わかります」

焚火のそばに腰を降ろしたジャラールッディーンは、老人の顔を見て、何度も頷《うなず》いた。まだ陽が残っているので、顔が赤く染まってはいない。

「ここは、モンゴルなのかな。まだナイマンの地なのかな」

「もう、ナイマンなどない。かつてのモンゴルもない。草原全部がひとつになった時、モンゴルと呼ぶようになった、と思えばいい」

テムル・メリクは、老人に睨《にら》みつけられた。

「ここは、若い人間はいないのですかね。前に泊った駅も、いい歳の人が数人いただけでしたよ」

「わしらも、以前は戦に出ていた。駅に、若い者がいないわけではないが、みんな戦に耐えられないような傷を負っている。戦で傷ついても、生きてさえいれば、働く場所はあるということだ。年寄には、それを受け入れる仕事もある」

「働くのだ」

ジャラールッディーンが、大声で言う。

「年寄よりも、われらは働かねばならない」

不思議に力強い声だった。

それに引きつけられたように、老人たちがみんな焚火のそばに来た。微笑《ほほえ》みながら、老人たちが問いかけてきた。それはジャラールッディーンより、自分にむけられていると思い、テムル・メリクは答えた。

身分についてはなにも語らなかったが、ホラズムシャー国や、サマルカンド、ウルゲンチという城郭の話をした。サマルカンドに軍営が築かれたのは、つい最近のことだった。都のウルゲンチには、アラーウッディーンの母がいるが、それは帝より帝らしい母だった。

ジャラールッディーンは、商家の子で、サマルカンドにもウルゲンチにも店と家があった。父が厳しく、旅をして各地の商いのありようを見聞させている。出発した時、そういうことは、二人で取り決めていた。

肉を食らった。骨まで嚙み砕けるほど、よく煮こまれている。

周囲は暗くなり、老人たちの顔も焰《ほのお》で赤く照らし出されていた。

夜が更けてきた。

ジャラールッディーンは、草原の馬について、いろいろと質問を浴びせていた。老人のひとりは居眠りをし、二人は長屋の方へ去り、喋《しゃべ》っているのは、顔半分に白い髭《ひげ》を蓄えた二人だった。

テムル・メリクは話に関心を失い、草の上に寝そべった。星が、空に散らばり、月の周囲だけが、その明るさで消されている。

テムル・メリクは、上体を起こし、腰に差した鉄笛を持つと、唇に当てた。

草原の闇の中を、鉄笛の音が流れていく。

テムル・メリクの中に、悲しさにも似た思いがこみあげ、漂い、そして消えていく。幼いころに死んだ友のこと、母のようだった祖母が死んだ時のこと。

祖母が死んだ時、祖父は黙って鉄笛を差し出した。昔から祖母が持っていたものだ、と言ったので、形見だとテムル・メリクは思っていた。

気づくと、二刻ほど吹き続けていた。

「もう少しやってくれ。酒を持ってくる」

老人のひとりが言った。ジャラールッディーンは、まだ眠そうではなかった。

笛を吹くのは、好きなのだ。はじめは、祖母と言葉を交わすようなつもりだった。いつの間にか、ただ吹くようになった。丸一日吹いていて、唇が腫れあがっていたこともある。

旅の間、ジャラールッディーンは笛を聴くことを嫌わなかった。むしろ、吹いてくれと、何度も頼んできた。

野宿の時に吹くのが、一番愉《たの》しかった、とテムル・メリクは思った。不思議なことに、立派な大人に成長したジャラールッディーンと話しているような気がした。二人きりの時の方が、笛は思う以上の音色を出した。

出された酒をひと口飲み、テムル・メリクはまた吹きはじめた。笛の音が、揺れている。笛の機嫌がいい時だ。

笛をやめ、じっと闇を窺《うかが》った。ゆっくりと、馬が近づいてくる。三騎だ。老人たちが焚火から離れ、地に座りこむのが見えた。

「続けてくれないか。笛の音に誘われて、ここへ来た」

低い、しみ通るような声だった。

馬を降りた二人が、近づいてくる。ひとりが、先に駈けてきた。

「ソルタホーンという者です。わが主《あるじ》が、笛を聴きたがっているのですが、続けて貰えないだろうか」

「テムル・メリクという者ですが」

ソルタホーンという男の背後に近づいてきた人間に眼をやり、テムル・メリクは全身の毛が逆立つのを感じた。それから、血が滾《たぎ》るように駈けめぐった。

殺気などがあるわけではなく、その男はただ近づいてきただけだ。

そして焚火のそばに座り、テムル・メリクに眼をむけて、ちょっと笑った。眼なのか火なのか、焔に眼が重なっているのか。そんなことを、考えた。

「すまんな。感興を乱してしまったのかな、テムル・メリク殿」

「いえ。こんな笛でよろしければ、しばらく吹きます」

なぜか、テムル・メリクは無心になっていた。笛が、生きている。音を出したがっている。

笛の音で、闇が揺れていた。ふるえている。悲しみを絞り出している。

どれほどの時を、吹き続けたのか。

「もうよせ、テムル・メリク。この人、泣いてるぞ」

ジャラールッディーンが、普通の声で言った。

「涙は出ていないが、俺が泣いているとわかるのか？」

「なんとなく。泣いている声が、私には聴こえてしまった」

「ほう、声が」

「もう聴こえないよ、おじさん」

ジャラールッディーンの喋り方はちょっと気になったが、放っておいた。それよりも、この駅の周辺に、軍の気配がある。ただいるという気配なので、テムル・メリクは気づかないふりをしていた。

かなりの軍が、移動していたのかもしれない。いま草原にいるのは、チンギス・カンの軍だ。それがどれほど強力な軍かは、ホラズム軍にも聞えていた。

「汗血馬に乗っているのだな。西域《さいいき》から来たのか？」

「私は、ホラズムから来たよ」

「サマルカンドの商家の息子で、俺は用心棒というやつです。見聞を拡げるための旅をしています」

いくらか慌てて、テムル・メリクは言った。

「そうか、いいな」

「いいって、なにが？」

「毎夜でも、笛が聴けるのだろう。俺は、羨《うらやま》しいよ」

「私は、泣かないからね」

男が、声をあげて笑った。それだけで、テムル・メリクは圧《お》し潰《つぶ》されるような気分になった。

「邪魔をしました。革袋の酒を、ひとつ置いて行きます。差しあげられるものが、ほかにありませんでね」

「お気遣いは無用です、ソルタホーン殿。いつも吹く笛を、いつものように吹いただけですから」

「行くぞ」

しみ透《とお》るような声。もう眼は見えず、背中がこちらをむいているだけだった。

背中にむかって、テムル・メリクはちょっと頭を下げた。

ソルタホーンは、もう馬のところに行っていた。

「私は、あのおじさんが、なんだか好きだな」

ジャラールッディーンが言う。

テムル・メリクは、闇の中に消えて行く、三騎の姿を見つめていた。

二

耳に馴《な》れた音だった。

同じ音であり、一度として同じではない音が、冬の間、無限に近いと思えるほど続いていた。岩を叩く音。

雪は、音を吸いこんだり、響かせたりする。どういう按配《あんばい》でそうなるのか、トクトアにはわからなかった。

雪の中で、人間がたてる音など、ほとんど聞いたことがない。

御影《スーデル》は、遠くから気配を伝えながら近づいてくるだけで、音はたてない。

アインガは、さまざまな音をたててやってくる。

この冬、アインガが現われなかったことを、トクトアは大して気にしていなかった。米が手に入らないのが、惜しいと思っただけだ。

狩以外に動かないトクトアは、アインガに言う言葉をほとんど持っていなかった。適当なことを言っても、アインガがいいように解釈してきただけだ、という気がする。

そして、その底の浅さを痛感して、アインガは来なくなった。

実際に、アインガの族長としての立場は、トクトアが経験したことのないものだった。そして、メルキト族が潰れるかどうかの、瀬戸際にいる。

マルガーシが、黒貂《くろてん》を一匹、ぶらさげて戻ってきた。

水際に来る黒貂の通り道で、じっと待っていたことが、成功したのだろう。四日、かかっている。

マルガーシは、黙々と黒貂の皮を剝《は》ぐと、木と木の間に渡した縄にかけた。数日干してから、四方に引っ張るのだ。ほんとうに乾くのは、それからだった。

「狩は粘りか、マルガーシ」

「黒貂を狙うならです」

冬の間、岩を打ち続けていた。

それで、骨格ができあがっていた。少々のことでは、躰はこたえないだろう。力も、かなりついているはずだ。

もう一度、マルガーシと立合おうとは考えなかった。一度、勝負がついた。マルガーシも、そう思っているはずだ。

冬の間、岩を打ち続けることに、なんの意味があったのだろう、とトクトアは時々考えた。自分で命じたことで、疑問を感じたりするのが、どこかおかしかった。

アインガを鍛えた時は、トクトアは必死だった。無情になるために、命の力を絞り出した。そうやって新しい族長を育てるのは、自分の人生で最後の自由を獲得することだったのだ。

マルガーシについては、どうでもいいと思っているところがある。たとえ死んでも、それはマルガーシが持っている定めだろう。

冬の間、明るい時は常に、岩を棒で打つ音がしていた。ダルドもオブラも、はじめはその音が迷惑そうだった。少々離れた場所に行っても、音はついてきたはずだ。

やがてそれに馴れると、音がしていない時に、気にする仕草を見せた。

冬の間、御影も姿を現わさなかった。大虎を追っていたか、大虎に殺されたのか。追うだけ追っても、対峙《たいじ》すれば御影は闘えない。追い続けることだけが、人生になっているのだ。

「なにか、わかったことは？」

「待ち伏せは、やり方としては卑怯《ひきょう》だと思います。だから、効果もあるのでしょう」

「卑怯などと、まだ言うのか、マルガーシ」

「まだではありません、トクトア殿。待ち伏せをしていて、はじめて思ったことです」

「それまでは、なにを感じ考えていた？」

「なにも。必死だったのだと思います。ひたすら岩を打った冬は、よく思い出せないほどです」

「けだもののようなものか」

「けだものは、無駄なことはしません」

「無駄と思いながら、よく続けられたものだな」

「躰の声が、いつも聞えていました。無駄なものが、ほんとうは大事なのだと。俺は、無駄ではないことばかりやってきて、山に入ってからは無駄しかやらなくて、それでも岩を打ち続ける大きな無駄は、さすがにやりませんでした」

「いくら打ちに打っても、岩が砕けることはなかった。その無駄は、人が生きることにも似ている」

「この無駄の先に、死がある。考えているとしたら、それだけでしたね」

雪が解けはじめた時、トクトアはもう打たなくていい、と言った。

マルガーシはくずおれて、岩のそばに寝そべっていた。しばらくして覗《のぞ》きこむと、片方の掌《てのひら》を岩に当て、眼を閉じていた。

打ちながら、岩と語った。そして、掌を当てて、まだ語り続けている。

マルガーシが起きあがったのは、二日後だった。寡黙になっているのかと思ったが、そうでもなく、訥々《とつとつ》とだが、そこそこトクトアと言葉を交わした。

待ち伏せの狩と、追いこみの狩を、トクトアは命じた。

ひとりで出かけた。ダルドもオブラも、トクトアが出かけないかぎり、動かない。

追いこみでは、トクトアの家のそばまで大鹿を追いこみ、そこで倒した。肉を運ぶ手間は、完全に省かれていた。

待ち伏せの狩では、四日をかけて黒貂を獲《と》った。

皮を剝いだ黒貂の肉を、マルガーシは藪《やぶ》の前に抛《ほう》っていた。

とうに気づいているはずだが、トクトアが声を出すまで、ダルドもオブラも、そ知らぬ顔をしていた。腹は適度に満たされている。それでも、狼の本能はあるはずだ。

「片づけろ」

トクトアは、肉の方を指さし、ダルドとオブラに言った。ダルドが、のっそりと起きあがって肉にむかい、オブラも続いた。

鍋の中のものを器に注《つ》ぎ、マルガーシは焚火のそばに腰を降ろして、食いはじめた。

なにがどうということではないが、圧倒してくるようなものがある。

トクトアは、蔓草《つるくさ》で作った紐《ひも》で、籠《かご》を編んでいた。これから夏にむかえば、森にはさまざまなものが実りはじめる。

それを収穫し、籠に入れて干した方が、ただ器に入れておくより、ずっときれいに乾いた。何年も経《た》って、そんなことに気づいた。

そして、今年も生き延びようとしている。今年だけでなく、来年も、その次の年も、生き延びられるような方法を、いろいろと講じている。

いまむき合うと、マルガーシの方が、死に恬淡《てんたん》としているのは、間違いなかった。

ひと冬、岩を打ち続けるなどというのが、自分にできるわけがないことだと、命じた時からわかっていた。いつも、そうなのだ。周囲の人間に無理なことを強要して、生き延びてきたということだ。

木の匙《さじ》で、マルガーシは器の中のものを口に運ぶ。無骨というより、がっしりした手だった。

そこから血が噴き出しているのを、トクトアは何度も見た。血は、いつの間にか止まり、それからまた新しい血を噴き出す。

マルガーシに必要なのは、そういう、意味があるのかないのかわからないような、鍛練だった。

森で獣と対するのは、意味があり、やり方もある。

岩は、沈黙して動かない敵だった。

「なにかしら、それほど遠くないところに、恐ろしいものがいるような気がします」

「それは、御影が追っている大虎ということか？」

「わかりません。見たわけではないので」

「もし大虎ならば、御影はここを通るぞ。虎の通り道ではないが、あいつの通り道ではあるのだ」

「会えますね、では」

「虎だと思っているのだな」

マルガーシはそれ以上なにも言わず、匙を遣い続けた。

二日後に、ダルドとオブラが姿を消した。

それについて、マルガーシはなにも言おうとしなかった。棒を構えて、岩とむかい合う。しかし打ちはしない。いまはそんなことをしていて、トクトアの視線さえも弾き返す。見つめると息苦しくなるので、ちらりと背中を見るだけだ。

「おまえ、自分が強いと思っているか？」

「わかりません、トクトア殿。なにしろ、相手にしていたのは岩ですから」

「俺は、強い男を見てきた。ほんとうに強い男を見てきたぞ」

「トクトア殿より？」

「俺など、ものの数ではないな。これがほんとうに人間か、と思うようなやつが、何人もいた」

「強い人間が、世の中にはいるだろう、ということはわかります。俺が、そういう人間の足もとにも及ばないのも」

「おまえは、強いさ」

「トクトア殿に負けて、俺は岩を打つことになったのです。はじめは、岩をトクトア殿の頭だと思い定めて、粉々に打ち砕こうと思ったのです。でも、それはいつか忘れたな。岩を人に見立てても、仕方がないと思いました。夜、横たわって眼を閉じる瞬間にです。次にはもう、朝を迎えていました」

「そんなものか」

「途中で、トクトア殿もいなくなったのです」

「はじめよりも、力などは強くなった。耐えることもできるようになった。まあ、技はこれからだろうが」

「いいのです。岩が岩ではなく、トクトア殿がいなくなる。俺はなにか、岩を打ち続けなければ見られないものを、見たような気がします」

「技は、これから身につけろ」

　トクトアが、マルガーシと立合って勝ったのは、技があったからだ。それがことごとく、マルガーシの意表を衝《つ》いた。

　岩を打ち続けて耐えている男に、意表を衝く技など通じるわけがない。岩の堅さそのものが、すでに意表を衝いているのだ。

「技がなにか、考えてみますよ」

マルガーシが笑った。自分はそんなことなど考えず、はじめから技を身につけようとしてきた、とトクトアは思った。

マルガーシが何者か、トクトアは考えないようにしてきた。マルガーシも同じだろう。

森の中で、なぜか出会ってしまった。ただそれだけのことだった。

御影が現われたのは、ダルドとオブラが姿を消して、二日経った時だった。

御影は痩《や》せて、眼が飛び出したように見えた。口のまわりの髭が白い。唇から、大きな黄色い歯が覗いていた。これほど痩せる前は、歯など見えなかった。

「こいつは、おまえが担いできた死に損いで、マルガーシという」

マルガーシが、立ちあがって礼を述べた。

御影は、ただマルガーシを見つめている。

「違うな。あの死に損いではない。別の人間だ。そうとしか思えないほど、変っている」

「そうかな」

「人は、これほど変れるものか。死にかかったこいつは、ただ担いでも軽かった、というわけではない。命の重さがなかったのだ」

「難しいことを言うなよ、御影」

「そうだな」

御影が笑った。

「おまえがここへ来たということは、大虎が近くだな」

「ここより高いところを、のんびりと歩いている。やはり、化けものだ。あいつが通るところは、木が枯れていく」

「まさか」

「そんな気がするだけだが、口で言うと、ほんとうだとも思える」

御影は鍋のものには手をつけず、肉だけが欲しいと言った。煙を当てた猪《いのしし》の肉をひと塊《かたまり》出してやると、そのまま食らいついた。

食い終えると、指を舐《な》めた。猪肉の脂で、唇が違うもののように光を照り返し、そこだけが生々しかった。あとは、枯れかけた蔓草のようだ。

「俺はな、そろそろあいつを仕留めたい」

あいつと言ったが、虎は多分、二代目なのだ。一代目は、どうやってこの世から姿を消したのだろう、とトクトアはふと思った。

虎の大きさを、トクトアはその足跡でしか知らない。マルガーシは闘って死にかかり、いまも胸に爪の傷痕を残している。

御影が立ちあがり、ちょっと剣に手をやると、歩み去った。

まがまがしい気配だけが、濃く残っている。トクトアはそれを、拭い去ろうとした。

マルガーシは、剣を抜いた。砥石《といし》として遣っている石で、刃を擦《こす》りはじめる。

「どうした、おい」

「この剣が、なにを斬ってきたのか、と思いましてね」

ここへ来た時は無数にあった、剣の細かい刃こぼれは、研いできれいになくなっている。砥石で擦るのは、切れ味をよくしようと考えているのだ、とトクトアは思い続けていた。

いま見ると、なにか気持の問題だろう、と考えたくなる。眼は閉じられ、石は一定の速さで動いている。

「おまえ、もう一度、あの虎と闘おうと思っているんじゃあるまいな」

「見たいんですよ、御影殿が、どう闘われるのか」

おまえが闘っている間、あいつは岩陰に隠れて見ていた、と言おうとしたが思い直した。

「行ってみないか」

「トクトア殿」

「場合によっては、二人で闘うことになるかもしれん」

トクトアは立ちあがり、剣を佩《は》いた。

マルガーシは、すでにそばに立っていた。

歩きはじめる。御影がどこをどう歩いたかは、なんとなくわかる。十里（約五キロ）四方は、庭のようなものだった。

別に緊張はしていない。御影が、虎を倒している、とも思わなかった。御影は、だいぶ前から、虎を追いかけ続けなければいられなくなり、そして闘うことはできなくなっていた。

マルガーシは、なにも話しかけてはこなかった。気配も、外に出してはいない。

四刻ほど歩いた。

不意に、前方からなにかが出てきた。なにかが、次第にかたちや色を持ち、虎になった。眼の前にしても、その大きさが信じられなかった。普通の虎の、二倍はあるのではないかと思えた。

虎が発している音は、呼吸なのか、こちらに話しかけてくる言葉なのか。おかしな気配はまるでなく、しかし虎はしっかりとこちらを見ていた。

見た瞬間に、諦《あきら》めるような巨大さだった。

こちらへむかってくる。

トクトアは、剣の柄《つか》に手をかけ、姿勢を低くした。

「逃げろ。まだ間に合う」

マルガーシにむかって言った。返事はなにもない。

「逃げろ。もう逃げたか」

さらに姿勢を低くした。虎。こちらにむかってくる。全身に、汗が噴き出してきた。勝てるかどうかなど、考えてはいない。一度でいい、剣で、この虎に触れられるか。

不意に、斜面の上の方へ、虎は顔をむけた。それから、トクトアを無視して、斜面を登っていった。

すべての気配が消えた時、トクトアは尻を落とした。

「トクトア殿、御影殿は」

マルガーシの声。逃げずにそこにいたのか、と言おうとしたが、躰の方が先に動き、駈け出していた。

半里も行かなかった。

木の幹に寄りかかった、御影の姿が見えた。地にも周辺の木にも、争闘の気配がなく、トクトアはふっと息を吐いた。

次の瞬間、どうしようもない思いに打たれ、駈け続けた。命。それが、どこにも感じられない。御影の躰が、ただ見えるだけだ。

そばへ行った。

御影は、息をしていなかった。眼を見開き、半開きの口から、歯が覗いていた。トクトアが触れると、横に倒れそうになった。どこにも、傷はないようだ。つまり闘ってはいない。

「虎を眺めて、死んだのか、御影」

思わず、口を衝いて出てきた言葉を、トクトアはもう一度噛みしめ直した。

「トクトア殿」

マルガーシが、トクトアの足もとを指さした。

巨大な、虎の足跡がある。それだけだった。息がかかるほどのところまで、虎は近づいてきた。それで御影は死に、虎は関心を失った。自分たちに出会ったのは、その直後ということになる。

御影にも自分たちにも、虎はなんの関心も抱かなかったのかもしれない。

「マルガーシ、おまえを担いできた男を、埋めてやれ」

「埋めます」

マルガーシは、短く言った。

穴に、まだ硬くなっていない御影の躰を入れた。土をかける。墓標として石でも置いておかないかぎり、この場所はすぐにわからなくなってしまう。

それでいい、とトクトアは思った。

人は等しく、土に還る。

三

一日に百里は進めた。

それは一番遅い兵に合わせてあり、まだ四、五十里は進む余力がある者も、少なくなかった。

二千の、歩兵部隊である。

カサルが残していった三名の将校は、格闘に関してはこれ以上はないという鍛え方をして、二千名を選び出したのだ。

その二千には、ボレウが考えていた者とは違う兵がいくらか入っていた。集団戦の調練で、その兵たちがどう動くか、ボレウは注意して見ていた。

歩兵の働き方が、ボレウが考えていたものとは違っていた。騎馬隊のぶつかり合いを、近くから掩護《えんご》する、とボレウは考えていたが、調練はすべて、歩兵が中心なのだった。騎馬隊は、歩兵の動きを、駈け回ることで掩護するのだ。

チンギス・カンという男が欲している歩兵がどういうものか、調練の過程でボレウは躰に刻みこんでいった。

進発して、すでに二十二日経っている。

ボレウの最大の懸念は、兵糧だった。二千の軍の兵糧でさえ、相当の量が要るはずだった。しかし、兵糧は一日分だけ兵それぞれに携行させよ、とカサルの将校たちに言われた。

駅と呼ばれるところが、点々と作られていて、そこには兵糧や秣の蓄えがあるという。

実際に、三日に一回は駅に出会った。

数人の老人や怪我《けが》で躰の自由が奪われた者がいて、二千の兵に温かい食いものを出し、携行するものの補充もしてくれた。

作られはじめたばかりの駅もあるようで、建物を建てるために、十数人が働いていたりした。

自分の村のそばで、養方所や薬方所を作った時の手並みを、ボレウは思い出した。

医師と薬師《くすし》が、そこに留《とど》まった。すでに弟子になる村人も現われて、役に立つということは認めるしかなかった。

重い病に罹《かか》っている者が三名、建物の部屋の寝台に寝かされていた。ほかにも風邪をひいた者や腹をこわした者など、日に十数人は養方所を訪れ、薬方所で薬を貰っている。遠い村からも、評判を聞いてやってくる者が現われた。

驚いたことに、養方所では、村の若い娘たちが五、六名、手当ての方法などを教えられながら、働いている。見るかぎり、役に立っていたし、男がやるより女がやる方がいいとも思えた。

村の両親については、ボレウは医師に託したかった。しかし、自分だけがという思いもあり、いささか迷っていたが、カサルの将校のひとりが、両親を連れてきたのだ。

病でなくても、老いた者たちは診てくれるのだった。

心残りは、キルギス族の騎馬隊が襲ってくるのに、反撃の準備が整わなかったことだ。旧ナイマン王国の領土を統轄している、ボロクルというモンゴル軍の司令が、二千騎を連れてやってきた。

見るからに精強そうな二千騎で、旧ナイマンとの国境に常駐するという。キルギス族の攻撃は、その二千騎が動いてくれれば、まず心配はない。

心残りのようなものをすべて剝ぎ取られると、ボレウは戦をやりたがっている自分がいることに気づいた。

その思いを生かせるとしたら、歩兵なのだろうか。チンギス・カンが歩兵を欲しがっているらしいことはわかったが、それがなんのためなのかは、いまだわからない。

カサルとは、ずいぶん話をした。しかし、チンギス・カンが、なんのためにどういう戦をしたがっているかについては、ボレウと同じように、わからないと言った。

テムゲとも、話をしてみたい。

チンギス・カンは、ほとんどその心の中を窺い知ることができない、神のような存在なのか。ボレウにとって、神は天であり、ならばチンギス・カンは天そのものなのか。

アウラガに行けば、会えるだろう。しかし、ほんとうにチンギス・カンはいるのか。

ボレウが経験したナイマン王国の戦では、敵の総大将はカサルであり、実際に力を出し尽して闘ったのは、テムゲだった。

駅で補給を受けながら、草原を、砂漠を行軍した。時には山を越えることもあり、兵糧隊を連れていると難儀しただろうが、歩兵だけなら、山の調練と同じようなものだった。

「前方、丘のむこうに百騎。黒い旗を掲げていますが、戦闘態勢ではありません」

斥候《せっこう》が、駈け戻ってきて、報告した。さらに、次の斥候の報告が入る。

百騎は、やはりのんびり構えているようだ。

相手の斥候も、姿を見せた。近づいてくる。やはり敵意はなさそうだ。

「この草原にいるところを見ると、百騎はモンゴル軍なのだろうが、われらはそれを避けるべきなのかな」

「なにを言われます、ボレウ将軍。われらは雷光隊という、モンゴル軍の遊軍です。隊長のムカリは、ボレウ将軍に会いたくて、ここで待っていたのです」

「なぜ、俺に会いたいのだ?」

「それは、ムカリに訊いてください。雷光隊は百騎ですが、軍として認められていて、玄旗《げんき》を掲げています。ムカリは、若い将軍たちと同格であります」

「わかった。先導してくれるか」

頷き、斥候は先頭を進んで、丘を越えた。

百騎が見えた。

のんびり構えているようで、隙はない。闘うとしたら、たとえ百騎でも、かなり厄介な相手だろう。

一騎が、旗を従えて出てきた。

「ムカリという、ボレウ将軍。よかったら、一緒に野営しないか」

兵糧は、携行している分を食い、明日の夕刻、駅で補給を受けるつもりだった。

「いいだろう、ムカリ殿」

「ならば、ここが野営にぴったりだよ。そこの木立の中には、小さな泉があって、いい水が手に入る」

「それはありがたいな。山には新鮮な水があるが、砂漠の行軍はいささかつらい」

「ほう、つらいか。やはり、率直な男なのだな。カサル殿が、そう言った。テムゲ殿は、地に足がついた軍人だと言っていたし」

ムカリが、野営の指示を出した。

大きな焚火が五つで、木立の中から、倒れた木や立ち枯れの木が運び出されてくる。ひと抱えはありそうな大木を、馬が数頭で曳《ひ》いてくるのだ。

ムカリが、その大木に、縦に鉞《まさかり》を入れた。一度だけで、鉞が入ったところに縄をかけ、馬が両方に引くと、音をたてて割れた。あとは兵たちが、細かい薪《まき》にしていく。

それが終ってから、馬の手入れがはじまった。ムカリも、自分の馬を薄い羊の革で拭っている。

ボレウも、自分の馬の手入れをしてから、兵に渡した。

歩兵二千で、五百ずつに騎乗の隊長がいる。全部で馬は五騎だった。

方々で火が熾《お》きたころ、陽が落ちてきた。

ボレウは、最初の一撃をムカリが食らわした薪を、手にとった。やわらかな木ではない。枯れているが、鬆《す》が立ってもいなかった。

「見事な手並みだったよ。もしかすると、俺に腕を見せようとしたのか？」

「薪割りの腕を見せて、なんになるんだよ。あれは俺の特技で、兵たちにはできないんだが」

「鉞は、木を倒すためにある、と思っていた」

「生きた木は、薪にしても煙ることが多い。だから、枯れたものをいつも探す。枯れてりゃ、あれぐらいで縦に割れるさ」

山の燃料は、全部薪だった。草原のように、馬の糞《ふん》を燃やしたりはしない。だから、薪の作り方については、草原の人間より詳しいはずだった。

百騎で将軍というなら、ムカリという男は特別なものを持っているのだろう。

「アウラガに、ナルスという男が来ている。コンギラト族の長《おさ》のひとりだが、部下を五十名ほど連れている」

わざわざ言うのだから、なにかがあるのだろうと思い、ボレウは次の言葉を待った。

「騎馬で闘う、というやつらではない。いろいろなものを、作るそうだ。橋とか、城壁を登る梯《はし》子《ご》とか。その時に必要なものを、作るのさ」

「その時とは？」

「つまり、城を攻めるとか、そういうことだよ。殿は、ナルスのような男が必要だと思われている。そして歩兵もな」

騎兵で城砦《じょうさい》を攻めることは、難しい。じっくりと構えることなど、できないからだ。歩兵ならば、小さな城砦なら囲むことができるし、出入口をかためることもできる。

「ひとつ言っておいてもいいか、ムカリ殿？」

「なんだ」

「俺は、これからアウラガへ行く。本営に、カサル殿がいる。俺が従ったのは、チンギス・カンではなく、カサル殿なのだ」

「そんなことか。殿に会ってから、決めればいいことだろう」

「会えるのか、たやすく？」

「暇な時は、軍営の中をうろついている。若い兵とめしを食ったりするのが、好きなんだよ。本営の大家帳にいる時は、衛兵にでも話を通しておけば会える」

草原の覇王として、玉座にいるのを遠くから眺める、というような会い方ではなく、もしかすると言葉も交わせそうだ、と思った。

「チンギス・カンは、いや陛下は」

「よせよ、ボレウ。殿でいい。会って話して、殿と呼びたくなればだ」

「チンギス・カンは、金国を攻めるつもりなのか？」

「わからんが、歩兵や工兵を必要としている。西夏《せいか》を攻めるため、とは俺には思えない」

「そうか」

「殿の心の内というのが、よくわからなくてな。カサル殿もテムゲ殿も、そうさ。アウラガ府に、ボオルチュという人がいる。民政というか、領土の中の政事をやっている人さ。この人が、殿とは一番古い。ただ、問題がある、とは言われている」

「どんな問題が」

「泣き虫なのだ」

「なんだと」

「感激すると、すぐに泣くんだそうだ。俺は、泣いたのを見たことはないが。まだ幼いころ、テムゲ殿が泣き虫と呼んだのさ」

「俺は、真面目に話をしているつもりだったが」

「別に、ふざけてはいない。みんな、ボオルチュ殿が泣くのを見たい、と思っている。それ以外では、ものすごく忙しい人さ。頭も切れるという話だが、俺は自分の頭が切れないので、人のことまではな」

「チンギス・カンという方は、近寄り難いというわけではないのだな」

「近寄り難いか。俺には、カサル殿の方がそうだな。なにしろ、きちっとしている。殿は、どこかいい加減さ。そのいい加減さの中に、苦しいことも悲しいことも、吸いこまれていく」

「そんな言い方、わからないな」

「俺もだ、ボレウ」

ムカリが、声をあげて笑った。

肉を焼く、いい匂いが漂ってくる。モンゴル軍の兵は、干し肉を湯で戻して食うと聞いていたが、それぱかりではないらしい。

「なぜ、俺を待っていたのだ、ムカリ？」

「おまえはな、これからナルスと組むことが多いだろう。いやナルスと組んで、はじめて闘える。そこに関わる騎馬隊は、遊軍である俺だろう。大抵は、俺がそばにいる」

「そんなこと、自分で決めていいのか」

「いいのだ。俺は遊軍だからな。いたい場所にいる。それなりの働きをすれば、誰も文句は言わないよ」

「そんなものか」

「俺が、おまえをよく知っていたい、と考えるのは自然だと思う。それとも、まったく知らないようにするかだな」

「三人は、親しくしていた方がいい、という気がしてきた」

「だろう」

ムカリが、また笑った。

肉を食い終えると、ムカリは、モンゴル軍で自分が加わった戦の話をはじめた。

ムカリが活躍したのかどうかは、わからない。ただ、草原を制覇するまでの過程の戦は、鮮やかに思い浮かんだ。負けた戦でさえ、鮮やかに語られた。

すべてが、騎兵の戦なのだ。そしてここで歩兵を必要とする戦が、語られることはなかった。

「俺は、どれほど兵を鍛えあげても、勝てない戦はあると思う」

「もしかすると、そういう時が、俺の出番かな。ナルスと組んで、勝てるか勝てないかわからない戦を、こつこつとやる。そして、敵がいなくなる。あるいは、俺が死んでいる」

「ナルスは？」

「実戦に出ることはないんだろう。負けそうだったら、どこかに退避する」

「うむ、おまえとナルスは、組み合って階《きざはし》を登れると思うな。金国を攻めることになったら」

「金国を攻めるかどうかわからない、ということじゃないのか、ムカリ。そうするかどうかは、カサル殿にもわからない」

「だから、俺は考えないようにしているのさ」

百騎の雷光隊は、二騎での哨戒《しょうかい》をやっていた。ボレウの軍も、十名の歩哨《ほしょう》を立てている。きちんとした軍は、行軍を見るとわかるというが、野営を見るともっとわかる、とボレウは思っていた。

「とにかくおまえ、ナルスとはうまくやれよ」

「おまえとは、ムカリ」

「うまくやれそうな気がしている。それに俺は、べったりとくっついているわけじゃないよ。時々、姿を見せる。その程度だ。ナルスとは、うんざりするほど一緒にいることになる」

「なんとなく、わかったよ」

肉を食い終えた兵たちは、思い思いに焚火の周辺で躰をのばしているようだ。

ムカリが、小さな革袋を差し出してきた。木の吸口がついている。口に入れると、酒だった。

ムカリが革袋に手をのばしてひと口飲み、またボレウの手に戻した。

「こんな」

「ひと口だけさ。殿が隠し持っている革袋は、もっとでかいぞ」

「チンギス・カンが、まさか」

「神だとでも思ってるのか。殿が普通の男かどうかは別として、普通のところは、いっぱい持っているさ」

ボレウは、軽く頷き、酒を口に入れた。

弟のカサルが、普通の男なのかどうかはわからないが、普通のところはたっぷり持っていた。

「俺は、チンギス・カンに会うのが、どこか不安だったのだ、という気がする。カサル殿については、安心していた。テムゲ殿には、恩義がある」

「アウラガへ行って、殿に会うのだな」

ムカリが、わかりきったことを言った。

雷光隊とは、翌早朝に別れた。

アウラガにむかって、ひたすら進んだ。

三日進み、四日目の早朝、野営の陣を払おうとした時、十騎ほどが地から湧き出したように現われた。二騎だけが、近づいてくる。

「ボレウか。チンギスだ」

なにが起きているのか、ボレウはしばらく考えた。馬を降り、二人が近づいてくる。

「ソルタホーンです、ボレウ殿」

若い方が、名乗った。もうひとりは、すでに名乗っている。名乗った名を思い浮かべ、ボレウは直立した。

「もしかして」

「何度も言わせるな。チンギスだ」

直立したまま、ボレウは言葉を出せなかった。

「申し訳ありません、ボレウ殿。殿が、歩兵がどんなものか、体験したいと言われまして。殿と俺を、ボレウ殿の軍の行軍に加えていただきたいのです」

「行軍と言っても、ただ歩くだけです」

「ですから、一緒に歩きたいと」

なにが起きているのか、まだボレウにははっきりわかっていなかった。チンギス・カンが、行軍に加わりたいと言っている。乗っていたのは、馬車でも牛車でも輿車《こしぐるま》でもなかった。

「先頭の一隊は、剣を佩いているだけです。その後方は、長槍隊《ちょうそうたい》がいて、弓隊がいて」

「ボレウ殿とともに、動ければいいのです」

一緒に歩くと言っても、ほんのひと時だろう。気紛《きまぐ》れに、新しい軍を見てみたいと思っただけとしか思えない。

「進発の準備は、整っております」

チンギス・カンが、頷いた。

これまで想像した、どの姿とも似ていなかった。眼が合った瞬間、膝が折れそうになった。

「いつもの通りに、行軍してくれ、ボレウ。俺のことは、忘れていていい」

「さすがです」

声が出せないと思ったが、意外なほど落ち着いた声が出ていた。

「なにがだ？」

「カサル殿と同じような、意表の衝き方をなさいます。さすがに、兄上です」

チンギス・カンが、低い声で笑った。ボレウは馬だけ後方に回し、進発を告げた。

チンギス・カンは、ボレウと肩を並べて歩き、その後方にソルタホーンがついた。

いつ行軍を止めろと言われるのかと、それだけを測りながら、ボレウは歩いた。普通の歩き方ではない。小走りぐらいの速さで、歩いている。いつまでも続けられる、とは思えなかった。

いつも、酒の入った革袋を持っている、とムカリが言った。いまは、多分、馬に載せているのだろう。

チンギス・カンとソルタホーンの馬は、供の五騎が曳いて、離れたところを進んでいる。それとは別に、二百騎ほどの騎馬隊が、見え隠れしていた。

歩き続けた。歩くことが戦だと思え、とボレウはよく部下たちに言った。いまは、自分に言い聞かせていた。

午《ひる》を過ぎても、チンギス・カンは止まれとは言わなかった。どうしていいかわからなかったが、ボレウはこれは戦だ、と思い続けた。歩調に合わせて、歌が流れた。ボレウが命じたわけではないが、夕刻が近くなると、部下たちはうたう。

陽が、傾いてきた。

ボレウは片手を挙げ、停止を命じた。

止まった部下たちは、躰を動かす。歩いている間、動かさなかった部分があり、そこを伸ばしたりするのだ。

チンギス・カンも、兵たちを見て真似をしていた。

「俺は、とてもこれを続けられんな。途中でたまらなくなる。走り出しそうになる」

チンギス・カンが言った。

「よくぞ、歩き通されました」

「おまえたちは、数十日を歩き通してきたのではないか。歩兵というのが、ほんのわずかだがわかった。歩くというのは、耐えることだな」

「見事に、耐えられました」

「一日だけだ。二日目は、駈けはじめてしまうだろう。そして、なにかが崩れる。その崩れは、戦場ではっきりするのだろう」

一日歩いただけで、なにか大事なものを摑《つか》んでいる、という気がした。一緒に行軍するのは、チンギス・カンとしては無駄なことだったのではないか、という気もする。

ボレウは、ようやくチンギス・カンのそばにいる自分を、受け入れることができるようになっていた。

「殿、これが殿の歩兵です」

「カサルやテムゲが、なんとしてもと言っていたのが、よくわかった」

「ボレウ将軍。これは最も遅い者に合わせた行軍なのですか？」

ソルタホーンが言う。若くても、誰もがこの行軍に耐えられるわけではない。

「ボレウ、これは本隊だ。新しく加える者など、いないだろう。この本隊以外に、一万の歩兵部隊を作れ。そのすべての指揮を、おまえがやるのだ」

「しかし、一万とは」

「人は、カサルやテムゲが、それから軍のすべてを管轄している、ジェルメやクビライ・ノヤンという古参の将軍が集めてくれる。これまでも、歩兵に適すると思える兵は多くいたはずだが、組みこむ部隊がなかった」

「俺は、調練のところからはじめればいいのですか？」

「一万が多いか少ないかは、おまえ次第だ。部下を遣え。ひとりでやろうとするな」

「はい」

「よし、野営はここでするぞ。俺とソルタホーンの分だけ、めしを多く作ってくれ」

「暗くなる前に、駅で補給された肉を、お出しできます。焼いたものですが」

「おう、焼いた肉なら、俺の香料を遣ってみるか。かなり、味が変ってくるぞ」

「山は、香草の宝庫です。今日のところは、俺の香料を遣ってみたいのですが」

「おう、それはいい。山の香草か」

チンギス・カンと喋っている。それが、不思議ではなくなってきた。

方々で、火が熾こされている。

四

アウラガ府では、五百名ほどの人間が働いているのだろうか。建物から人がはみ出し、右に新しい建物を作り、そこもはみ出したので、左にも建てられた。それは、一番奥で繋がっている。

カサルは、ボオルチュの部屋にいた。二十名ほどが働いている、大きな部屋の奥で、ボオルチュはひとりで書類の山に囲まれている。

「つまり、召集のやり方を工夫しろということだな、カサル殿」

「できるか？」

「これまで、工夫に工夫を重ねてきたのだ」

「だから無理だなんていう言い方は、するなよ」

「工夫を重ねてきた。あと一度の工夫ぐらい、すぐにでもできる」

「兵が集まってきたら、ジェルメ殿とクビライ・ノヤンがすべてやることになる」

「カサル殿の答は、聞かなくてもわかっているが、それでも言っておく。私は、一万を歩兵用に集めろと言われたと思っていた。二万というのは、どこから出てくるのだ？」

「兄上は、貪欲なのだ。自分では気づいていないが」

「それを、先にカサル殿が気づいておく。そういうことだな」

兄の頭の中に、どういう戦があるのか、まだ見えてこない。歩兵は気に入っていて、しばしば調練に出かけている。兄を迎えるボレウも、迷惑そうではなかった。

まだ自分の頭の中ではっきりしていないことを、あの兄は言葉にして出さない。

「ボオルチュ殿、旧ナイマン領まで含めて、いまモンゴルでは、どれぐらいの兵の動員が可能なのだ？」

「三十万だな」

「なんだと」

ついこの間まで、大軍と寡兵で闘わなければならない、と考えていた。それが、ジャムカを討った戦あたりから、こちらの方が大軍になっている。それでも、せいぜい十万ほどだろう、とカサルは見ていた。

常備軍としてアウラガの本営にいるのは、三千騎だった。

しかし、三十万と言ったボオルチュの言葉を、疑おうとは思わなかった。上乗せした数を口にする、という男ではなかった。ボオルチュが三十万と言えば、三十万なのだ。

「三十万を、一度に召集しなければならない事態が、私には想像できないのだが」

「俺もだよ」

「そんなふうな領土になってしまったのだな。メルキト族やバルグト族が帰順してくれば、四十万になる」

「ちょっとこわいな」

「私もだ」

「小心者が二人、さまざまなものに怯えている間、チンギス・カンはなにをなす」

「殿も、怯えてはいる。私たちのように、兵の数に眼を回しているのではなく、これからまだ、戦を続けていいのかと思い悩み、天にむき合って、怯えていると思う」

「よしてくれよ、天にむき合うなどと。俺たちはみんな、天の下で等しく生きている」

「私やカサル殿は、だろう。殿は、どうなのかな」

「兄上も、俺と同じだ。どう違うというのだ。兄上が俺と違うと言われたら、それこそ俺の生き方は難しいものになる」

父が、違うかもしれない。玄翁《げんおう》が、自分が父だと言ったのを、聞いた者たちがいる。

それはただ聞いたというだけで、玄翁の死に際だった。つまりは、確かめようはないのだ。兄は、それから母と会ったのか。それについて語ったのか。

兄が、なにかを気にして生きている気配は、まったくなかった。

吹毛剣《すいもうけん》というものが届けられ、それは玄翁が佩いていたものだという話だった。そういうことを、兄は隠しもせず、自ら語ることもしなかった。

一度、沙州楡柳館《さしゅうゆりゅうかん》というところへ旅をしたのは、そこでなら玄翁の父親についてわかるかもしれない、と考えたからだ。

宣弘《せんこう》の父で宣凱《せんがい》という老人は、吹毛剣を見て叫び声をあげたという。梁山泊《りょうざんぱく》というところの頭領で、楊令《ようれい》という人物が佩いていた剣だった。

兄は、平然と吹毛剣を佩いている。

特別の鉄を打ちに打って鍛えあげ、見事な剣となったものを、兄は惜し気もなくジェルメに与えた。

特別の鉄は、カサルの分もテムゲの分も、取り置いてあるらしい。しかし、鉄を鍛えることに関心を失ったのか、カサルに剣が届く気配はなかった。

「ナルスとは、うまくいっていないようだな、ボオルチュ殿」

「きわめて勝手である。全体のことを考えない。あの男が、ここの工房から強引に連れていった職人は、車を作ったり、巨大な鞴《ふいご》を作ったりできる、最もいい腕を持った二人なのだ。それを、工兵隊などに」

ナルスは、それを無断でやった。アウラガ府があり、ボオルチュがいることはわかっていても、もの事の進め方は知らなかった。

激怒したボオルチュのところへ、ナルスが自ら謝りに来たので、渋々許したらしい。ジェルメかクビライ・ノヤンに、そうするように勧められたのだろう。

ナルスは、コンギラト族の地の南端にある、自分の領地から、五十名の部下を連れてきた。しかし兄の構想では、工兵隊は三百が必要だった。少なくとも、きちんと仕事ができる人間が、百名はいる。残りの二百名は、そこそこに細かい仕事まで心得た人間でいい。

「工兵隊といい、歩兵部隊といい、殿がなにを考えておられるかと思うと、頭が痛くなる。私はほんとうはもっと暇を作り、テムルンや息子と草原を眺め、草の生育について本気で語り合う、というような暮らしをしたい」

「そういえば、このところテムルンを見かけないな」

「このところずっと、ホエルン様の営地だよ。息子もな」

どこがどうとは言えないが、おかしな言い方だとカサルは思った。口調が、変なのかもしれない。ボオルチュの顔を覗きこむと、眼をそらした。

三月ほど、母の営地には行っていない。

母の営地は、近くだった。いつでも会えるという気分になっているのか、以前ほど頻繁には行かなくなった。

いやな気分が、襲ってきた。ボオルチュに問い質《ただ》すより、行った方が確かだった。

カサルは部屋を出て、外にいた者にテムゲへの使いを頼んだ。

アウラガ府からホエルンの営地まで、十里だった。営地に到着する前に、テムゲが追いついてきた。

「何事ですか、母上の営地に行くとは」

「おまえは、どれぐらい行っていない？」

「さあ、三月ぐらいですかね。近いので、すぐ行けるという気になって」

「俺と同じか」

「行ってみないとわからないけど、ひどくいやな気分ですよ」

「ボオルチュ殿は、テムルンが行っていると言うことで、別のなにかを俺に伝えようとしたのだと思う」

「いやだな。ほんとに、いやですよ」

駈け続けた。

すぐにホエルンの営地に入り、カサルは馬の脚を落とした。

営地は、ふだんと変らない。家帳のそばでは、女たちが数名集まって、話をしている。時々、近くを駈け回る子供に、叱声《しっせい》を浴びせていた。

ここでは、小規模だが、農耕もやっていた。ほかの畠《はたけ》も合わせると、アウラガで食うには充分の野菜が穫《と》れている。

母の家帳が近づいてきて、テムゲが緊張するのがわかった。おかしなところは、感じられなかった。

ただ、母の姿は外にはなかった。大抵は、家帳のそばの椅子に腰を降ろし、子供たちを見ていたり、女たちを数人呼び寄せて、なにか命じたりしている。

隣の家帳から出てきたテムルンが、こちらの姿に気づいた。

なにか声を出しそうなものだが、じっと立って見ている。

カサルとテムゲは、馬を降りた。それでも、テムルンはなにも言わなかった。

テムルンを押しのけるようにして、カサルは家帳の中に入った。

母は、寝台に横たわり、眼を閉じていた。鼻と唇の間に、深い縦皺《たてじわ》が何本もあった。

「カサルだね。テムゲもいる。蹄《ひづめ》の音で、なんとなくわかった」

「母上、病なのですか？」

母が、眼を開いた。

「病なら、養方所へ。いや、桂成《けいせい》を、ここへ呼びます。華了《かりょう》も」

「私は、病ではない、カサル」

「俺には、病を得ておられるように見えます。母上がいくら言われても」

「自分でわかるのだよ。悪いところは、どこにもない。ただ、時々、虚《うつ》ろになる。歳を取りすぎたのだよ」

「それでも俺には」

「座りなさい。テムゲも、そしてテムルンも。私の状態を知らせなかったということで、テムルンを責めることは、私が許しません。私は、テムルンに命じたのではない。頼んだのです。心からの頼みだ、と言ったのです」

母は、ちょっと息をついた。

心はしっかりしていて、意志に満ちていた。黙って母の言うことを聞くしかないのだ、とカサルは思った。

「テムルンを責めない、とまず約束して」

「お母さま」

「約束します、母上。テムルンは、つらい思いをしたのかもしれませんし」

命じられたら、それに反して罰を受ければいいだけだ。頼まれたら、それを守らなければ、裏切りである。テムルンが口を噤《つぐ》んでいたのは、むしろ正しいことだろう。

「ひと月ほど前まで、私は外に出て、子供たちを見ていた。なにか喋ることもあった。ひと月前、私の中で、なにかが潰れた。潰れたと、はっきり感じることができたのです。それでも、内にも外にも異変があったわけではない。心か躰のどこかが、虚ろになっただけなのだ。それから、私は外へ出るのをやめ、家帳の中で、テムルンの髪を梳《くしけず》った」

「母上は昔から、考えたり感じたりする時、テムルンの髪を梳っておられました」

テムゲが言った。母は、少しだけ頷いたように見えた。

「毎日、どこかが折れたり潰れたりするのだよ。そのたびに虚ろになる。それでも、私にはテムルンの髪があった。十日ほど前から、梳ることもできなくなってね」

テムゲが、涙を拭う気配があった。

カサルは、右手で帯を摑んでいた。その掌が、じわりと汗をかいているのを感じた。

「それでも、毎日、潰れたり折れたりするのだよ。もう虚ろになるところはないだろうと思うけど、やはりどこかが虚ろになる。虚ろにならなくなったら、死ぬのだといまは思っています」

カサルは、言葉を発することができなかった。テムゲのように涙を流すこともできない。右の掌の汗を、膝に押しつけた。

「私は毎日、子供たちの様子を、母上に報告します。全員の名を、お母さまは憶《おぼ》えておられます。ひとりひとりを胸に抱くようにして、聞いておられます」

テムルンの声は、落ち着いていて、静かなものだった。

「数日前に、夫がここへ来ました。息子の顔を見る、という理由を言っていましたが、私がなかなか戻らないので、なにかを察したのだろうと思います。夫が来た以上、兄さま方も来られるだろう、と思っていました」

「俺はさっき、ボオルチュ殿と喋ったばかりだ。鈍い俺が、ちゃんと感じられる言い方を、ボオルチュ殿はしてくれた」

「やはり、そういうことでしたね、お母さま。お母さまとは会わずに帰ったのに」

「それがボオルチュですよ、テムルン」

「はい、見事な夫だ、と思っています。もう少し、喋らずにいてくれるといいのですが」

「多くを望みすぎでしょう、テムルン」

「いま、自分でもそう思いました」

母が、かすかに笑ったような気がした。

思い悩むころ父はおらず、この母が育ててあげてくれた。死んでもいいと言われた、ジェルメの驚きも思い出す。

母は、生きるのか死ぬのか、といつも息子たちに問いかけた。そして、生きるという方を選ぶように育てられた、とカサルは思った。どれほど苦しくても、生きるとしか答えてこなかった。

「母上、ベルグティは死んでしまいました。カチウンは、違う人間として、いまアウラガ府の奥にいます」

「カチウンは、私の身代りになって、死んだのです。それを認めたくなかった私が、勝手に二人目のカチウンを作ったのです。いまのカチウンは、苦しい思いをしたでしょうね。およそ生まれ変りなど、私は信じていないのに」

「そうですね。いまのカチウンには、ほんとうに迷惑なことでしたよね」

カサルは、笑おうとした。しかし、顔は強張《こわば》っただけだった。

「母上、大兄上は、ここへ来なくてもよいのですか？」

「テムジンは、来ますよ。私はまだ、数日は生きています。その間に、必ず来るという気がします」

「俺たちで、連れて来ます、母上」

「私は、テムジンが南から帰って来た、月の輝く夜を、いまでも時々思い出します」

「母上は、大兄上と、馬の乳を搾られた」

「遠くて近い日です。あの月の光を、いまでもきのうのことのように思い出します」

「俺もです」

「テムゲは、眠っていました。いくら起こしても、眼を醒《さま》さなかったのです」

「起きていました」

「いや、眠っていた。抱きあげても、ただの木偶《でく》のようだった」

「小兄上、俺にも、認められることと、認められないことがありますからね」

「やめなさい」

声は後ろから聞えた。テムルンの声が、母の若いころの声にそっくりであることに、カサルははじめて気づいた。

母が、眼を閉じた。テムルンの手が肩にかかった。

カサルは音をたてないように立ちあがり、家帳の外に出た。テムゲが続いて出て来て、しばらくしてテムルンも追ってきた。

「今日まで来なくて、すまなかった、テムルン」

「私は、なにかしていたわけではありませんよ、カサル兄さま。髪を梳ることができなくなると、呟《つぶや》くように語っておいででした」

集会所の、建物に入った。ここは移営しないので、こうやって床のある建物も建てられている。長い椅子と卓がいくつもあり、壁はないので風通しはいい。

「母上は、ずいぶん弱っておられるように見える。テムルンは、どう思っている？」

「もう、長くありません。数日です」

「数日、だと言うのか？」

「ひと月前、私の髪を梳りながら、昔のことをお話しでした。ボルテ姉さまがコンギラト族の地で、デイ・セチェン様の娘として暮らしておられた時のこと。その時、許嫁《いいなずけ》として一緒に暮らした、大兄上のこと。そして父上が死なれたこと。心に残っている、細かいことを喋られるのですよ。話は、昔からいまへ、遡《さかのぼ》ってくるのです。もう大兄上は、テムジンではなく、チンギス・カンなのです」

「つまり、話は現在のところまで来ているということだな」

テムゲが言った。

テムルンが小さく頷き、涙を数滴こぼした。

話が現在まで来たら、そこで人生は終る、ということなのか。母は、自分の生の終りを見据えて、毎日テムルンに語っていたということか。

「養方所は、遠くない。輿に乗せて、そっと運ぶこともできる。いや、医師と薬師を、ここへ連れてこよう」

「母上は、それを受け入れられません」

「ほんとうに、そうか。どこかに病が」

「老いが病というならです、テムゲ兄さま。母上は老いて、毎日、どこかがこわれて虚ろになっていく自分を、しっかり見つめておられます。桂成先生も、無駄だとおっしゃるでしょう」

「一応、やってみるということは」

「よせ、テムゲ。母上は、俺たちより落ち着いて自分を見ておられる。俺たちが動き回って、うろたえてはならん」

テムゲが、うつむいた。

「母上の状態を知っているのは？」

「ボルテ姉さまが、三日に一度ぐらいお見えです。その時は、母上は愉しそうに二刻も話しておいでです。それから、アチがしばしば。それだけですね」

「わかった。俺らは、明日も明後日も来る。話さずとも、顔を見るだけでよい」

営地の女が、馬乳酒を飲む器と、壺《つぼ》を持ってきた。中を掻《か》き回し、器に注いでいく。

「問題は、兄上だ。すべてが終ったあと、兄上に知らせるなど、俺はいやだぞ」

「それについては、大兄上は呼ばずとも来る、と母上は信じておられます。母上が信じておられたら、私は安心してしまって」

「俺たちのことは？」

「母上は、なにも。夫がうまく伝えるだろう、と私は思っていました」

「なにか、言われなかったのか？」

テムゲが、執拗《しつよう》に訊いている。

ボオルチュは、まったくうまく伝えてきた、とカサルは思った。

「俺たちは、これで帰る」

カサルは、馬乳酒を口に運んだ。

「テムゲはいたがっているようだが、連れて帰る。兄上のことについて、俺はなにもしない。それでいいような気がしてきた」

「カサル兄さま、一緒に母上を信じていただけますか。テムゲ兄さまも」

カサルは、ただ頷いた。そうするしかない、という気がした。

馬乳酒をもう一杯飲み、カサルは馬のところへ行った。

五

山岳戦の想定はしていない。

城砦を攻める。それは、騎馬隊ではできないのである。騎馬は、停止すれば持つ力のほとんどを失う。同じ場所を、たとえば城砦を囲む円を駈け続けても、似たようなものだ。

歩兵が、城砦を囲む。あるいは、出入口をしっかりと固める。それで、城砦は力を失うはずだった。城砦側の方が高いので、矢戦は不利である。城壁に取りついても、上からなにかを落とされる。

そんなことを考えるのは、自分の仕事ではない、とチンギスは思っていない。兵ひとりひとりの兵装まで、チンギスは気にするようになった。

とんでもない広さになった領土は、やるべきだと考えた戦の結果である。領土をこれ以上拡げようという気はないが、戦についてはやめようとは思わなかった。

バヤン・オラーン山の西の斜面に、石垣で大規模な城砦を築いた。

斜面を降りていけば、鉄音《ズルフ》である。そこはいま、製鉄所というより工房になっていて、働いていた人間のかなりの部分は、陰山《いんざん》の鉱山や製鉄所に移った。

それでも鉄音には、陰山で作られた大量の鉄塊が運びこまれてくる。鉄音の炉は稼動していて、粗く作られた鉄塊を、用途に分けて作り直し、場合によってはもう一度溶解させ、密度の高い鉄塊としていた。

バヤン・オラーン山の城砦は、石と日干し煉瓦である。頑丈に作らなければならないところは、焼いた煉瓦で作ってある。

その建設を命じたのは一年以上前で、チンギスが闘っている戦などとは関係なく、工事は続けられていて、ようやく完成した。

この地へ、敵が攻めてくるわけではない。守るのも攻めるのも、モンゴル軍である。

チンギスは城砦の中の、本営にあたる建物にいた。すでに、ここに十日は泊りこんでいる。

ナルスは、金国の城郭をよく知っていた。破損したものを修復するとか、新しく建て増すとか、そういう工事を、ほとんど奴隷に近い処遇で、やらされていたのだ。金国が払うわずかなもので、ナルスが長を務める氏族は、かろうじて命を繋いでいた。

五十名で、ナルスがモンゴル軍に加わると、氏族の暮らしむきは、以前とは較べものにならないほど、よくなったはずだ。

チンギスは、ナルスが克明に描いた図面を卓に拡げ、眺めていた。

いまナルスが、城壁に手を入れている。部下は百名ほどになったが、まだ少ない。城外で調練をしている歩兵二千名は、いま集まった数で、山のずっと高いところでは、ボレウの二千が調練中だった。

ここにいてやるべきことが、あるのかないのか、微妙なところだった。

「ジェルメ将軍とクビライ・ノヤン将軍が、来られました」

ソルタホーンが、入ってきて言った。

二人とも、いまはほとんどアウラガの本営にいる。それが退屈な時も、これまでは耐えていたのだろう。いま、モンゴルが戦をしなければならない相手は、ほとんどいない。

西の方で、ボロクルの軍が、必要ならばキルギス族の軍とぶつかる。

二千騎を駐屯させていたが、軍に入りたいと志望する者たちが、三千騎に達したようだ。それでいま、受け入れはやめている。

「やはり、ボレウの部下と較べると、見劣りがしますね」

城外の調練を見てきたようで、ジェルメは苦笑しながら言った。

「兵が、ある程度の体力をつけるまで、自ら調練を施すことはない、とボレウは言っている」

「カサル殿が言われていましたが、やはり生意気ですな、ボレウは」

クビライ・ノヤンが言う。

「二人とも、現場に出るのを億劫《おっくう》がっている、という報告を受けたがな」

「誰が、そんな報告を。召集した兵の調練は、左箭《させん》と交替で指揮しています。あれこそ、モンゴル軍の芯だと思っていますから」

「そして、間違いなく、現場です。なあ、槍《やり》の」

この二人は槍の、左箭と、綽名《あだな》で呼び合って、モンゴル軍をほんとうに軍らしいものに育てあげた。

ただ、歩兵の調練となると、勝手が違うのだろう。

ソルタホーンが、馬乳酒を持って入ってきた。料理をする老女が二名、鉄音から来ているが、小さなところまで気は回せないのだ。

「ボオルチュ殿が、かなりの人数を集められます。一万を超えたら、軍としてどこかに所属させた方がいい、と思うのですが」

「誰がいいと思っているのだ、クビライ・ノヤン」

「カサル殿ですね。槍の、も同じ意見ですよ」

「俺も、そうさ。こんなあたり前のことを決めるために、雁首《がんくび》を揃《そろ》えて、本営を出てきたのか」

「やらなければならない、細かいことは多くあるのです。殿に報告したら、うるさがられるだけですから」

「ちょっと、山の乗馬でもやってみるか」

馬乳酒を飲みながら、チンギスは言った。ここにいる理由は、三人とも同じなのかもしれない。

「寒くなる前に、西夏を一度、攻めておこう。実戦が、どれほど兵を育てるか、俺たちはいやになるほど知っている」

「西夏を攻めるのは、三度目になりますが」

「何度でも攻めるさ。しかし潰しはしない」

金国が国を挙げて軍を出せば、五十万、百万という数になる。西夏があれば、国を挙げるということは、考えられないだろう。二国の、敵対の歴史は長い。

潰さないと言ったことで、二人にも金国の姿が見えたようだ。

金国からは、頻繁に使節が来て、チンギスの出頭を求めてきた。金国軍百人隊長であるチンギスに、軍からの命令も届いた。

すべて、無視していた。金国は、対等の関係ではなく、服属を求めている。だから、チンギスの出頭になるのだ。

これ以上、金国との関係を維持していくのは、無理だろう。

四囲に敵を抱えた、モンゴル族、キャト氏という小さな氏族として、関係ははじまった。

いまは、あのころとは較べものにならないが、金国朝廷は、変ることなく、北の蛮族の扱いをしてきた。

「酒をくれ」

ソルタホーンを呼び、命じた。ソルタホーンはすでに用意していたのか、大きな革袋を卓に置いた。

「おまえも一緒に飲め、ソルタホーン」

ジェルメが言った。ソルタホーンは、軽く頭を下げた。

翌早朝、城砦の外へ出た。

チンギスの供は、ソルタホーン以下、従者の五名である。ジェルメとクビライ・ノヤンには供はいない。

それほど遠くないところを、麾下の二百騎がついてきている。それはもう、仕方のないことだった。

山を駈けて、ジェルメもクビライ・ノヤンも愉しそうだった。

岩肌に、花があった。赤。山が、血を流している。名は、知らない。ただ、母が好きな花だ。

「花を集めろ、ソルタホーン。大きな桶《おけ》に入れて、水が吸えるようにしろ」

「なんに遣われます」

「余計なことを、訊くな。アウラガに持っていくぞ。船を遣うので、その手配もしろ」

「はい」

ソルタホーンが、従者たちに、花を集めるように命じた。二騎は、城砦と鉄音への伝令だった。

すっかり老いたが、バブガイは造船の工夫は続け、いまはずいぶんと速い船ができている。流れに乗り、三挺《ちよう》の櫓《ろ》を同時に遣えば、馬よりも早くアウラガに着く。

チンギスは、黙りこんでいた。花を一本だけ取り、城砦に戻った。

六刻で、かなり大量の花が集まり、鉄音の船着場から船に載せられたようだ。

「アウラガにむかわせろ。俺は駈ける」

三人とも、もう理由を訊こうとはしなかった。

テムジンは、駈けはじめた。

ヘルレン河は、バヤン・オラーン山や、ドロアン・ボルダクという小さな山を迂回《うかい》するように流れているので、真っ直ぐに作られた陸路は、短い距離になる。

アウラガに到着したのは、夕刻だった。

花が馬車に積まれ、そばにボオルチュが立っていた。

「なにか、おかしいのだ、ボオルチュ。山の中で花を見た時、心に突き刺さってくるものを感じた」

「それでよろしいのです、殿」

「母上に、なにかあったのか？」

「間に合います。お話しになることもできると思います」

「なぜ、早く知らせなかった？」

「御母堂様が、自分で知らせるからと」

「そうか」

だったら、間に合うのだ。話をすることもできるのだ。

「殿、私も営地へお供します」

「ボルテは？」

「奥方様だけでなく、ほぼ全員が営地に揃っているのです」

チンギスは、馬に乗り、駈けさせた。ボオルチュが、すぐ横を駈けてくる。

「知らせよう、とカサル殿が言われましたが、奥方様がお止めになりました。ホエルン様に言われて、ひとりずつ、別れをしているはずです」

「わかった」

ボオルチュとも、あまり喋りたくなかった。

いつの間にか、麾下の二百騎が前にいた。

「旗を出せ」

母が、あり合わせの布で作った、旗。いまではすっかり変ってしまっているが、最初の旗は、母が縫ったのだ。

営地が見えてきた。

人々が、家帳から出て座っていた。

母の家帳。立っていた人々が、散った。

寝台がひとつ、残されている。チンギスは、馬を降りた。寝台のそばに、テムルンが立っている。その眼が、じっとチンギスにむけられていた。

寝台のそばに行った。

母の顔があった。閉じていた眼が、開かれた。

「テムジン、花は持ってきたのですか」

「はい、母上。柩《ひつぎ》を一杯にできるほどの花を、持ってきました。亡くなられたら、母上を花で埋め尽します」

「大袈裟な子だ」

「母上の子であることが、今日はなぜか不思議でした」

「そうか。私も、おまえが息子だということが、不思議だったよ」

「不思議な、母と息子ですね」

「テムジン、私は面白かったよ。おまえが死ぬのではないかと、はらはらしながら待つ人生が」

「それだけですか、母上」

「私は、いい子供に恵まれた。これは、カサルやテムゲのことだ。テムルンも」

「俺は、いい弟たちや妹に恵まれたのかもしれません」

母の眼から、ひとすじ、涙がこぼれ落ちてきた。それは、泣いたという感じではなかった。その涙を、チンギスは指さきで拭った。

テムルンが、花を一輪、差し出してくる。チンギスは、それを母に見せた。それから、皺の多い手に握らせた。

「虹の根もとは、見つかりましたか、テムジン？」

「はっ？」

「幼いころ、おまえは一度だけ私に言ったことがある。必ず、虹の根もとを見つけてやる、と」

「思い出しました。口に出して言った、とは驚きです」

「私が、虹の根もとになってやるべきだった。それだけの器量が、私にはなかったのだな」

母の頬が、ちょっと動いたような気がした。それから、乾いて皹《ひび》割《わ》れた唇が動いた。

「おまえが見えなくなってきた、テムジン」

「ここに、います」

力の無い母の手を、チンギスは握った。

母の手が、少しふるえた。

「おまえがこの世に生まれ出てきた時、この手に、血塊を握りしめていた」

母が自分を見ているのかどうか、チンギスにはわからなくなった。

「それだけでも、怖気《おぞけ》をふるうには充分だった」

母の手が、またふるえた。指に、少し力が加えられたような気がした。

「英傑の証しだ、とイェスゲイ殿が言われた。だから慈しむのだ、と」

母の手の、ふるえが止まった。

眼を閉じ、母は穏やかな顔をした。

「これを、おまえに伝えたかったのだ。伝えられて、よかった」

チンギスは、小さく頷いた。母には見えなかっただろう、と思った。

「私は、そろそろ逝くことにする」

チンギスは、みんな来るようにと、空いている方の手を動かした。

そばに来たのは、カサル、テムゲ、それにテムルンだけだった。

母の躰が、ちょっと痙攣《けいれん》した。いやっ、とテムルンが叫んだ。カサルとテムゲは、母の手に触れた。

「逝かれましたね」

カサルが、低い声で言った。

眼は閉じていて、やはり穏やかな顔をしていた。テムルンの手をとり、その母の頬に当てさせた。

「おまえの髪を、二、三本でいい、母上の手に握らせてくれるか」

テムゲが言った。

ボオルチュとツェツェグと、そしてボルテをそばに呼んだ。

母の躰から、チンギスは少し離れた。

次々に人が来て、そして泣いたりしている。

営地の方々からも、泣き声があがっている。

「おかしいのです、殿。涙が、出てこないのです。悲しくないのかもしれません」

「俺もだよ、ボオルチュ」

肩に手をかけると、ボオルチュの肩はふるえていた。

そばに来たテムルンを、チンギスは一度抱きしめた。

カサルもテムゲも、そばへ来た。

「さて、なにをすればいいのかな、カサル」

「兄上、なにもしなくていいのです。最後まで、俺は兄上が来るとは思えませんでした。それが、母上が言われた通りに来た。なにが起きたのだ、と思いましたよ。それから、あたり前のことが起きているだけだ、と自分に言い聞かせました」

陽が落ちていた。営地の中は、篝《かがり》がいくつも置かれ、暗くなかった。

「俺たち四人は、なにもせずに、母上の家帳の前に座っていましょう。母上が、いつもそこに座っておられましたからね」

カサルが言った。

カサルの髭に、白いものが混じっているのを、チンギスは不思議なものを見るような気持で、見つめた。

「母上の櫛《くし》」

「大丈夫ですよ、テムゲ兄さま。母上の懐《ふところ》に入れてあります。いつも、そこに入れておられますから」

テムルンが言い、テムゲが低く笑った。

ボオルチュが、早速、集まってきた人々を指図し、母の前に列を作らせた。泣くまいと、懸命なのだろう、とチンギスは思った。

息子たちが、ボルテのそばで泣き声をあげていた。

柩が運ばれてきて、母はその中に入れられた。赤い花を積んだ馬車が来た。

「俺は、運んで来たことだけでよしとする」

「俺たちは、それを見ることができただけで、よしとしますよ、兄上」

カサルが言った。

「明日から、やることがひとつできた」

三人が、チンギスの顔を見た。

「虹の根もとを、探さなければならん」

「また厄介なことを」

「言うなよ、カサル」

「母上の遺言なのですか、それは」

テムゲが言った。

「俺がいま、心に抱いたことだ」

「私も、見てみたい」

テムルンが、チンギスを見つめた。

「母上が、一度、虹を見て言われました。あの根もとはどこだろう、と」

「そうか」

「兄弟で探しますか、兄上」

「カサル、これは、俺がやることだ」

篝が、風で揺れた。営地の入口に、旗が掲げられている。かつて、母が縫った旗。

もう、心の中にしかなかった。

燎火《りようか》のごとく

一

隊伍《たいご》が乱れているわけではない。

六千騎を、前軍、中軍、後軍と分けた。その順で進みながら、百人隊ごとに進みやすい地形を選んでいい、ということにしてあった。

誰もそうだとは思わないのだが、スブタイは隊列を組むのが好きではなかった。

スブタイは、伝令や斥候をなす者を百騎ほど連れ、前軍の前を進んでいた。すでに、西夏領の奥深くまで進んできている。

中軍に、チンギスとその麾下二百騎がいた。

しばしば、チンギスの副官の役割を担っているソルタホーンが、前に出てきて、スブタイと轡《くつわ》を並べた。

特に用事があるわけではなく、チンギスに命じられてもいなかった。行軍中は、動き回っているのが好きなのかもしれない。

「スブタイ将軍の百人隊は、それぞれに、実に見事に動くのですね」

阿《おもね》っているような言い方ではなく、ほんとうに感心しているように聞えた。

あたり前だった。常に、そういう動きをさせているのだ。

寡兵で、大同府《だいどうふ》の北のダイルの城砦や、陰山の陽山寨《ようさんさい》を守り抜かなければならなかった。特に陽山寨については、しばしば西夏軍が介入してきた。寨《さい》の中に籠《こも》っていれば、押し包まれることもあり得た。西夏軍が来るたびに、百人隊ごとに原野や山中を駈け回った。その動きに辟易《へきえき》して、西夏軍は去ったのだ。

戦のやり方は、玄翁《げんおう》の軍で身につけた。

玄翁の軍は、緊密な隊伍を決して崩さなかった。極端な時には、両隣の騎馬との鐙《あぶみ》の距離が、拳《こぶし》ひとつに開くと、調練を終えたあとに、馬を替え、ひと晩でも密集隊形の調練を受けるのだ。

密集した軍の力を、誰もが想像できないほど強く出していた。密集こそが力だったのだ。

しかし、スブタイはその密集の中にいたのではない。玄翁の弟子三名は、戦場を思うさま駈けることが許されていた。ただし、常に百人隊を指揮している、と意識していなければならない。一騎の動きは、百人隊の動きだったのである。

スブタイは、玄翁の最後の弟子だった。ジェルメが弟子だったころは、まだそれが徹底されてはいなかったのだろう。

弟子は、三年いて玄翁のもとから離れる。

なにをやろうとも自由なのだが、スブタイだけは特別の遺言を受けていた。テムジンの臣下になれ、というものだった。黙ってそうするしかない、と思った。玄翁が言うことの意味を考えるという習慣が、スブタイにはなかった。

テムジンは、あっさりとスブタイを受け入れた。それから、いささか重い任務を、次々に振ってきた。

南をしっかり固めておくというのは、その中でも難しい任務だったが、それももう終ろうとしている。

今後、兵力が増える。それだけでなく、スブタイ軍の役割が変わる。

これまでは、守りの拠点だった。それが、攻めるための拠点になる。

テムジンはいま、チンギスという名になった。以前とは較べものにならないほど領土が拡がり、動員できる兵力も膨大なものになった。

それでもチンギスは、昔からの部下を信用し続けていると思えた。信用される分だけ、与えられる任務は苛酷なものになる。

いま行軍中のこの戦は、これまでとは質が違い、その境目のものだとスブタイは考えていた。これからはじまる戦の全容については、チンギスにさえも見えてはいないのかもしれない。

「ソルタホーン、殿がこの戦に同行してみようと思われたのは、歩兵と工兵が、なにをなせるか見きわめるためなのか？」

　歩兵を率いるボレウとも、工兵隊を作ろうとしているナルスとも、スブタイは会ったことがない。ただ、軍の新たな部分として、ダイルから聞かされた。

「そのあたりは、俺は軽率に将軍に申しあげることはできませんよ。たとえ側《そば》にいても、あの殿は見えないことの方が多いのですから」

「確かに、そうだろうな」

「ボロクル将軍やジェベ将軍に、これからどういう任務を与えられるのか見ていれば、わかるものもあると思えるのですが。俺はそれを、スブタイ将軍にも見ていていただきたい、というのが希望です」

「俺が見たものと、おまえが感じたものを、突き合わせてみようというのか」

「いけませんか？」

「いや、俺も、そうしたい」

　玄翁が死ぬ間際に、父だと名乗った。それを聞いていたのはわずか三名で、スブタイはそのひとりだった。

　チンギスがそれをどう克服するのか、見ていたいとスブタイは思っていたが、ソルタホーンのような若い将校に言えることではなかった。

　もっとも、チンギスにとっては、克服しなければならないものではないのかもしれない。克服などという言葉は、チンギスとはどこか違和感がありはしないか。

「歩兵部隊は、いまのところ、丸二日の遅れで済んでいます」

「歩いて進むにしては、速いな」

どういう行軍をするかも、スブタイが決めた。

中興府《ちゅうこうふ》の手前まで、騎馬隊が進み、陣を組む。そこに、歩兵部隊が遅れて合流してくる。実戦である。歩兵部隊と一緒に動くということは、避けた。あらゆることに備えて、身軽に動けるようにしておきたかった。

陽山寨を進発し、あと一日余で中興府である。

斥候は出してあり、陣を組む場所を決めてあった。過去に二度、西夏への遠征軍が出ているので、その時に作られた地図などは揃っている。

河水の西岸を進んでいるので、水は不足していない。待ち伏せを受けそうな場所も、頭に入っていた。

斥候から、報告が入りはじめる。

西夏軍は、騎馬隊が主体の軍ではなかった。歩兵がかなり多いが、野戦になれば、決定的に騎馬隊に劣る。

籠城戦や山岳戦に合った軍だ、とスブタイは見ていた。ただ、西夏軍はまだ腰を据えて自分の戦をやっておらず、モンゴル軍が攻めこむと、山岳地帯に避難している。

今回は、中興府を破壊せよ、とチンギスから命令を受けていた。実際にそれをやるのは、歩兵と工兵の部隊になる。

まだ明るいうちに、野営に入った。

実戦中の野営である。交替で馬の鞍を降ろし、手入れをし、また鞍を載せる。

哨戒は、五百騎の態勢を取り、テムジンの周囲は、中軍の二千騎で囲んだ。

スブタイが、報告のためにチンギスの前に出たのは、兵たちに兵糧をとらせたあとだった。

チンギスの本陣は、篝《かがり》で明るい。

胡床《こしょう》に腰を降ろし、チンギスはソルタホーンとなにか喋っていた。

「警備が厳重すぎるぞ、スブタイ。これでは、俺は俘虜《ふりょ》のようなものだ」

「殿の警固は、俺の差配下ではないのです。ソルタホーンの差配でもなく、アウラガの本営から指示が出ているはずです」

「それはわかっているが、手加減というものがわからないのか」

重々しい扱いを、チンギスが好まないことは、スブタイにも容易に想像できた。できるなら、兵たちと一緒に寝たいと思うようなところもある。

「明日からは、報告に来ることもできません。なにか用事があるなら、伝令を遣っていただけますか、殿」

「呼びつけるな、と言っているのか」

「戦場になります。俺は、束《つか》の間《ま》でも、戦のありようから眼を離せないのです」

「ボレウとナルスが到着したら、俺がおまえに引き合わせよう」

「必要ありません、殿。歩兵部隊も工兵部隊も、アウラガを進発した時から、俺の指揮下です。

追いつけば、二人はまず俺のところへ報告に来ます」

「そうだな」

チンギスは、いくらか鼻白んだ表情で言った。

「なあ、スブタイ。俺は歩兵や工兵の働きを、この肌で感じたいのだ。まわりが迷惑するのはわかっているが、こうしてついてきた。中興府を攻める時は、おまえのそばにいさせてくれないか」

「殿、絶対であられることは、忘れておられませんよね」

「絶対などと、思われたくない。なにかやって邪魔な時は、どやしつけることぐらいはして欲しいな」

「気持はわかります、殿。しかし、部下にそうしろと言うのは、酷な話でもあります」

「戦は、もっとぎりぎりのところでするものだ。そうでなければ、兵たちがほんとうの力を出すこともない」

スブタイは、微笑んでいるしかなかった。

チンギスは、自分が力で制したものについて、誰よりもよく知っているはずだ。草原では北の部族の一部が、叛旗《はんき》を翻すわけではないが、それまでの慣習の中にいて、以前の自分たちの暮らしを崩そうとしていない。

あるいはメルキト族のように、部族全部で逼塞《ひっそく》して、他との関りを持たないようにしているところもある。

それでも、草原はほぼチンギスの手中であり、覇者であることは間違いない。そういう覇者が、これまで草原に現われたことがなかったので、まだ戸惑っている者も少なくない、というだけのことだ。

いまスブタイが指揮しているのは六千騎で、やがて歩兵、工兵部隊の一万が合流してくるが、それでも二万に満たなかった。

いまチンギスが全軍召集をかけたとしたら、およそ三十万騎だろう、とスブタイは読んでいた。金国は七、八十万と言われ、西夏や西遼も、三十万は集められるはずだ。

モンゴルが巨大に見えても、それ以上のところは近くにある、ということだった。

金国からは、チンギスに対してしばしば出頭命令が来ている。そのあたりが、モンゴルと金国の意識の齟齬《そご》だった。かつてキャト氏を率いていたテムジンとは、いまはまるで違ってしまっているのだ。金国がそれを認めて対等の関係に改めれば、モンゴルと金国の対立は少なくとも一度解消される。

しかし金国は、いまだチンギスを一百人隊長として扱っている。交易も、朝貢に対する返礼としてしか認めていない。

スブタイは、自分がそういうことを詳しく知る必要はない、と考えていたが、金国についてさまざまな工作をなすダイルは、しばしば城砦にいて、話しこんだりしたのだ。

ダイルでさえ、チンギスがこれからなにをしようとしているのか、はっきりと言うことはできないようだ。もしかすると、ボオルチュもそうかもしれない。

部下はそれぞれ、自分が見えているものに対して、懸命にむき合うしかないのだ。

「スブタイ、俺が軍にいて、ああ大将だとはっきり感じることができるか？」

「それはできません。将校だけでなく、兵たちもです」

「俺は、いやだな」

「仕方がありません。いまは、チンギス・カンとしての戦を、はじめられたばかりなのですから。テムジン様であられたころの、大将らしい大将とは、もう違っています」

「それをわかろう、という気もあるのだが」

「殿、やがてこれがチンギス・カンの戦だ、というものが見えてきます。それまで、粘り強く待たれることです」

「おまえを、ジェルメの弟としてわが軍に加えたころ、寡黙な男だった。そこが、俺は気に入っていた。ずいぶんと、喋る男になったのだな」

こういうもの言いは、チンギスが拗《す》ねた時のもので、草原の統一が見えはじめたころから、あまり隠さなくなった。本気で語る時とはまた違う、味のようなものがある、とスブタイは思っていた。

「明日からは、戦闘状態となります。中興府の城外を動き回る敵は、歩兵部隊が到着する前に、一掃しておきたいのです」

今回の遠征の目的は、中興府の破壊だった。それも、城内にある建物の破壊ではなく、石積みの城壁の破壊である。ただ中興府を攻めるだけでなく、さまざまなことが試みられるのだ、と命令を受けた時、スブタイは思った。

金国との関係がさらに悪化した時、草原に金国軍を入れるのではなく、国境沿いの城郭《まち》を二つか三つ陥《おと》すことで、対等の相手として金国に認めさせよう、とチンギスは考えているのかもしれない。

榷場《かくじょう》を遣った、朝貢という名の交易では、チンギスは満足できないのだろう。南への道など何本も整備したが、物や人の往来はまだ少なかった。

ソルタホーンや麾下の将校などを交えて、二刻ほど話をした。

それからスブタイは、前衛の陣に戻った。

麾下の将校は、二百騎で四名しかおらず、モンゴル軍の中では貴重な経歴となっていた。将校は三年ほどはいるが、兵は常備軍三千騎の中でたえず入れ替えられていて、ほとんど全員が麾下の経験を持っている。

二百騎にすぎない麾下が、実は三千騎いるのだ、とスブタイは思っていた。

陣に戻ると、兵がひとり近づいてきた。

「ヤク殿か。また面倒な近づき方をする」

「スブタイ将軍が、こういう近づき方をあまり好きではないのは、知っているが。知らせるべきことは、知らせておこうと思ってな」

「明日からの戦のことか」

狗眼《くがん》のヤクについて、スブタイは好きでも嫌いでもなかった。どうでもいいというところがあり、できれば狗眼の情報で戦をしたいとは思わなかった。ただ、狗眼が運んでくる情報については、指揮をする者は共有することになっている。

「三万だな、敵は」

「ほう。二万と、俺が出した斥候は見てきているが」

「一万騎を、埋伏しているのだよ。スブタイ殿が、陽山寨を進発した時からだな。厳しい埋伏と言うほどではないが、斥候に見つけやすいわけでもない」

「俺は、無駄な斥候を出していたのか」

「斥候のなすべきことは、別のところにあるだろう。埋伏の動きなどを探るのは、われらの仕事だ」

こういう情報をもたらしてくると、狗眼が役に立つことは認めざるを得なかった。

「思わぬ大軍だな」

原野での騎馬隊のぶつかり合いで、どういう敵であれ劣ると思ったことはない。騎馬隊の戦は、馬が最も大事なものになる。それだけは、これ以上の動きができないというところまで、調練を積み重ねていた。

「今後、西夏の奥深くまで攻めこむこともある、と俺は思っている。相手に地形を利用させないことだ、と考えているのだが」

「私が、スブタイ将軍に戦についてなにか言うなど、できるわけがあるまい」

「俺は、しばしば失敗したと思うよ。唇を嚙みしめて、眠れぬこともある」

「失敗だとわかる。それだけでも大変なことだ。自分をよく知っているということだからな」

「ヤク殿、失敗したと思う時は？」

「失敗したら、死ぬのだ。だから思わない。そしてわれらは、失敗しない安全なところで、できるかぎり動き回ろうとしている」

「苦労が多いのだろう、と思うことはある」

スブタイが言うと、兵卒の姿であるヤクは、口もとだけで笑ったようだった。

一万騎の埋伏があると知らされたのは、大きなことだった。

埋伏があるかもしれない、と注意して闘ってはいる。しかし一応の注意を払うことと、埋伏があると確信して動けることは、まるで違っていた。

明け方、束の間、まどろんだ。

朝になっても、すぐに戦がはじまるというわけではない。斥候が知らせてくる敵の位置は、まだ十五里以上の間隔はあった。

二万が、いくつかに分かれ、どこを攻められても挟撃のかたちに持ちこめる、という構えを作っていた。

それよりもう一段深いところに、ほんとうの挟撃の構えはあり、それは見えないように隠されている。

三度目の遠征であり、敵はこれまでに二度、モンゴルの騎馬軍団と闘っている。そこから学ぶところも大きかったのだろう。

行軍しながら、スブタイは伝令を出し、後軍の二千騎を前に出した。前軍と後軍が横に距離をとって進み、その間で中軍はやや遅れている、という攻撃の構えだった。

敵が、この攻撃の態勢をどんなふうに読み、どこで強烈な反撃をしようとしてくるだろうか。埋伏の一万騎は、どこを狙っているのか。

中軍の二千騎が、埋伏の軍に狙われている。すると、敵の動きは前を進んでくる四千騎と、チンギスがいる二千騎を、できるかぎり引き離すということに力を注ぐはずだ。やや孤立した中軍の二千騎は、意表を衝いた埋伏軍一万騎の攻撃に晒《さら》され、すぐに潰される。

その二千騎の中に、チンギスの旗があることも、敵は当然摑んでいるだろう。これ以上はない、埋伏の獲物である。

十里ほど、進んだ。

敵の前衛の五千騎も前へ出てきたので、いつぶつかってもおかしくない距離になった。

スブタイは、一度停まって軍を構え直すことはせず、そのまま四千騎を前へ進めた。

その動きは敵の意表を衝いていて、いくらかの乱れを見せ、後退して構えを立て直した。その敵に、左右の側面から、二千騎ずつで攻撃をかけた。

攻撃の圧力が最も強くなった時、遅れていた二千騎が突っこんできた。その一度の攻撃で、前衛の役目を持っていた五千騎は算を乱し、潰走《かいそう》した。

騎馬隊の戦は、兵力よりも、馬の質と、それを乗りこなす兵の技倆《ぎりよう》だった。そしてそれは、わかっていても、たやすく作りあげることができるわけではないのだ。馬も人も、十年かかってようやく育ちはじめる。

五千騎を潰走させても、まだ本隊の一万五千がいる。はじめから、そんなことはわかっていた。四千騎を、百人隊ごとに散らばらせて、前へ進んだ。原野に、砂を撒《ま》いたように見え、その砂は敵の隙間に入りこんでいった。

敵が膨れあがり、割れた。それでも、三、四千はまとまって動いている。中軍の二千騎が、そこにむかって突っこんでいく。その中に、チンギスの旗もある。

追われる敵と、追う中軍。戦場から離れた。その方向で、敵の埋伏の場所を、スブタイはほぼ摑んだ。

百人隊を、二つ、三つと集まらせる。五百騎の隊を四つ作ったところで、敵の埋伏の軍が姿を現わした。土煙があがる。チンギスの麾下が、単独で駈けはじめる。さすがに、チンギスが先頭を駈けるようなことはしていない。中軍は四つに分かれ、埋伏の一万騎の中に突っこむと、破裂するように百人隊ごとに分かれた。

一万騎が、膨れあがる。内側から大きくなっているように見えたが、それぞれ違う動きをする百人隊に乱されているのだ。

チンギスの二百騎が突っこんだ。五百人隊の四つも、別々の方向から突っこみ、それで敵は潰走をはじめた。

「汗をかくほどのことは、なかったな。まあ、西夏軍はいまだその実力を見せないが」

追撃の手順を決め、四千騎を送り出したスブタイのそばに、チンギスがやってきた。

「それは、殿に汗をかいていただくというわけにはいきませんので」

「物足りない、と言うのは、俺の我儘《わがまま》か。もっと追いたくなったが」

それは、西夏軍の罠のひとつだった。山岳部に、モンゴル軍を誘いこもうとするのは、最初の戦の時からだった。

その作戦と籠城戦を、うまく組み合わせているということは、前の戦の時からよく見えていた。金国との長い対立を、なんとか凌《しの》ぎきってきた。それなりに、したたかなものは持っているのだった。

「中興府の近郊に陣を敷いて、歩兵部隊を迎えようと思います」

攻めれば、逃げる。あるいは城郭に籠る。それを突破するには、城を攻めるしかない、とチンギスは以前から考えていたようだった。

ボレウが率いてきた歩兵は二千だが、アウラガの本営で集めた歩兵が、一万数千に達している。ボレウの日々は、新しく加わった兵の調練一色だったのだろう。

八千を遣いものになるとボレウは判断し、歩兵部隊は一万の規模でこちらへむかっている。ナルスの工兵部隊は三百というところだが、必要な人員は歩兵部隊から出すことができるのだろう。

二日後、荷を満載した五台の馬車が到着し、兵たちはみんな、長い丸太を担いでいた。

二人が、ソルタホーンに連れられて、スブタイに挨拶《あいさつ》に来た。

「城攻めを、俺ははじめて見せて貰うことになる。人員が足りない場合は、騎馬隊からもいくらか出すことは可能だ」

「城郭の近辺の敵の騎馬を、一掃していただいたようです。最大の懸念は、消えています」

ボレウが言った。がっしりした躰つきの男で、眼は落ち着いている。カサルとテムゲの兄弟が、認めた男だった。

「工兵部隊は、いろいろと道具を遣うそうだな」

「遣いますが、その場の情況に合わせて、作りあげることが多いのです」

ナルスの方は、ひょろりとした男で、組打ちなどおよそ合わず、剣を遣っても頼りなさそうな躰つきだった。こちらは、コンギラト族の中から、チンギス自身が見つけ出してきたのだという。

騎馬だけで闘ってきたモンゴル軍の戦も、ここで大きな転機を迎えるのかもしれない。騎馬隊を率いる者は、常に歩兵、工兵の働きどころを考えて、動くことになるだろう。

「これからは、お互いに無理なことを要求して対立する、ということも少なくないのでしょうね。騎馬隊の将軍は、心の底では、騎馬隊の力を信じきっています。お互いの力を引き出せるまで、時がかかるかもしれません」

ソルタホーンが言った。機会があれば、両方を取り持とうと考えているのかもしれない。チンギスはそんなところに無頓着で、一度でも実戦をともにすれば、理解し得ると考えそうだった。

中興府の攻城戦も、総指揮はスブタイである。命令を伝えるのではなく、二人と話し合って出す結論の方が多いだろう、と思った。

チンギスは、麾下とともに、騎馬隊の野営の陣からは、姿を消していた。あえてその所在を摑もうと、スブタイは思わなかった。

二

タルグダイの眼が、輝いている。

この地へ移ってきてから、タルグダイはいつも穏やかな眼差しをしていた。人を打ち倒す時でさえ、眼はやさしく、どこか達観したもののように見えていた。

それが不意に、眼の光に鋭さが戻ってきた。若々しくなった、とさえ感じるほどだった。

これまで、タルグダイは老人の眼をしていたのだ、とラシャーンは思った。それに気づかなかったが、いまタルグダイの眼を見ると、わかっているようでわかっていなかった、という思いがこみあげてくる。

トーリオである。

タルグダイがかわいがっていた、タイチウト氏の東の長ソルガフの、息子だとされている。トーリオ自身がそれを知っているわけではなく、家令だったと称する老人が、そうだと言い張っただけだった。

トーリオは、この屋敷でともに暮らす人間として、タルグダイやラシャーンにすぐに懐いた。

タルグダイは、いまここにいる人間として、トーリオを扱った。はじめに、ソルガフの息子と言われている、と伝えたが、そこから父の名を口にすることはなかった。

トーリオが、病み上がりで聞いた話を、憶えているのかどうか、わからなかった。

タルグダイの眼の光が徐々に戻ってきた時、ラシャーンには信じられないことが起きていると
しか思えなかった。そしてその光の中に、かすかだが自分に憶えのあるものを、いつか見るよう
になった。
父の眼差し。
しかし、自分がそんなことを知っている、ということが、あり得るのだろうか。
記憶はない。十四歳まで一緒にいた祖母から、父の話を聞いたことは、数えるほどしかなかっ
た。
父が旅から戻ってきた、と言って祖母が喜んでいたことを、なんとなく憶えている。しかしそ
れから二年間、あまり父と会うことはなかったのだろう。父についての記憶は、ほとんどありは
しないのだ。
いや、記憶を探りに探れば、あるかもしれない。父は病で働かず、祖母が働いていた。市場で
働く祖母を、ラシャーンも毎日手伝った。六歳の時に、父はいなくなった。思い返すと、あの時、
死んだということだ。
九歳まで、祖母と市場で働いた。市場の掃除などをする祖母の姿は、よく憶えている。
祖母は、仕事をしている時に倒れ、寝たきりになった。言葉がまったく出なくなったので、ラ
シャーンもほとんど喋らなかった。
寝ている祖母を、ラシャーンが養った。市場だけでなく、ほかの場所でも働いた。躰が並み以
上に大きく、力もあったので、荷運びの仕事などもあった。

男の子を装うと、仕事が貰いやすいことを、その時に知った。

驚きに打ち倒されたのは、初潮を迎えた時だ。自分は病で、遠からず死ぬのだと思った。そうなると、祖母を養えない。

泣くことはほとんどなかったが、その時は、泣いて祖母に謝った。祖母は、いつもより眼を見開いて、ラシャーンを見ていた。なにか言っているように唇が動いたが、それだけだった。

数日すると、出血が止まった。病は治ったのだと思ったが、またしばらくすると出血した。そのくり返しで、出血してもそれ以上のことは起きないのだ、とわかった。

血を滴らせながら市場の仕事をしている時、一緒に働いていた老婆に、月のものについて教えられた。自分は女なのだ、と改めて思った。

十四歳になった時、祖母が死んだ。

ラシャーンを見つめる眼が、まったく瞬《まばたき》をしなくなったので、死んだのだとわかった。

祖母を、家の裏に埋めた。

家は崩れかかっていて、住む人間がいなくなれば、倒れてしまうと思った。それでも、祖母がいないので、家にいる理由はなかった。

旅に出た。自分がいたところが、金国の北の端だということを、はじめて知った。

タルグダイの声が聞え、ラシャーンは、いまに戻った。

屋敷があり、夫がいて、息子のような子がいて、十人近い使用人もいる。

「ラシャーン、トーリオに言ってやれ。いやなことも、しなければならないのだと」

タルグダイの声が大きかったので、ラシャーンは楼台の方へ出た。トーリオが、素っ裸で駈け回っている。風呂を遣っている最中だったようだ。タルグダイも、素っ裸に近かった。

「頭を洗わせないのだ、こいつ」

「トーリオ、父さまに頭を洗って貰っていたのか。お礼を言っていいことなのに、風呂から飛び出して、駈け回っているのか」

父さまと言った瞬間、ラシャーンは思いがけない心の動きに襲われた。それは、頭が痺《しび》れてしまうような、言ってみれば媾合《まぐわ》いの快感にも似ていた。

トーリオが笑う。

「母上、父上はしつこく頭を洗うのです。途中で、俺は笑ってしまうのです。そうするとなおさら洗おうとするので、逃げているのです」

トーリオに母上と呼ばれるより、父さまと口に出した言葉が、ラシャーンの心の中で熱を持っていた。

「父さまの言うことを、聞きなさい、トーリオ。笑いたくても、おまえは我慢をしなければならないのですよ」

「でも、笑ってしまうのですよ、母上。それに、俺は自分で頭を洗えます」

草原では、およそ風呂などはなかった。躰を拭《ふ》くが、それも毎日ではない。すべてが乾いていて、あまり汚れもしないのだ。それに、水は貴重だった。

南宋のこのあたりは、雨が多い。そして暑い地域で、風呂で汗を流すのは人々の習慣と言ってもよかった。大きな屋敷には、必ず風呂がある。

この屋敷の風呂は、トーリオが来てから、大きなものにした。三人でも、ゆったりと入ることができる。

トーリオは、どちらかというとラシャーンと入りたがったが、タルグダイが強引に一緒に入ってしまうのだ。

ラシャーンは、いつもタルグダイと入りたかった。

家族三人が風呂を遣うのは夕餉《ゆうげ》の前で、それ以後、使用人たちが遣うことを許していた。ラシャーンは、使用人が暮らす長屋に、小さな風呂を作ろうとしたが、タルグダイがそれを嫌がった。使用人たちは、同じ風呂を遣うことで、タルグダイ家に特別な思いを持ち続けているようだった。

考えてみれば、タルグダイは贅沢なことをあまりしていない。着る物はラシャーンが選び作らせている。ほかの身のまわりの世話も、ラシャーンがやっている。

新しい魚を食べたがるのは、贅沢と言うほどのことではなかった。魚と酒さえあれば、満足しているように見える。

そのタルグダイが、トーリオに教師をつけはじめた。学問の教師が、二人やってくる。ひとりは歴史の書などを読み、もうひとりは計算などを通じて、物の取引の話などもする。そしてタルグダイは、トーリオの後ろにいるが、教師の話を聞いている。

もうひとり、武術の教師も求めていたが、それは見つからない。タルグダイと立合って、勝てないまでも、認められる者がいなかったのだ。

片腕とは言え、タルグダイの剣の技倆は相当なものだった。

タルグダイが教えればいい、とラシャーンは言った。自分が教えてもいい、とも思った。しかし、学ぶというのはそういうことではない、とタルグダイは言った。

技倆はなければならないが、それだけではないものを教えられるのが、師というものだ、とタルグダイは言った。技以外のものについては、タルグダイもラシャーンも、たとえ息子を相手にでも、伝えられないものを持ってしまっているのだ、ということらしい。

かなりの教授料を呈示してあるので、志願してくる者はいまも少なくなかった。

ラシャーンは、三日に一度、礼忠館《れいちゅうかん》へ行く。そこの部屋にいるのは、せいぜい六刻ぐらいのものだったが、トーリオはついてきたがった。屋敷で教えられるものより、礼忠館で知ることの方に、トーリオはより大きな興味を抱いているようだ。

馬車が用意されていて、ラシャーンが行くと、すでにトーリオは乗っていた。

三日に一度だが、それを曲げたことがないので、屋敷に来る教師の日程をあらかじめ決めておけるのだ。

三日に一度ということを、一切曲げないとトーリオに教えられた。考えてみるとそうなのだと、ラシャーンは妙に感心をした。

「今日は、海門寨《かいもんさい》と潮陽《ちょうよう》の商人の集まりになるよ、トーリオ」

「はい、月に一度の会合です」

それは丸い卓を遣って行われるが、その卓の席に着くのが、商人にとっては大きなことだった。まだ席に着けない商人が数十名、部屋の壁際に並べられた椅子にいる。

トーリオも、ウネか鄭孫《ていそん》とともに、そこで会合の内容を聞いている。

「おかしな子だ」

「なにがですか、母上」

屋敷から、礼忠館や海門寨へ行く道、潮陽の城郭に行く道は整備してあるので、馬車はあまり揺れない。

「あんな会合を面白がるのは、おまえぐらいだろうね、トーリオ」

「ほかに面白いことがあるのかもしれませんが、俺には、遊ぶ友だちがいないのです」

屋敷に来てから、友だちになれる子供がいない環境になった。その前は流浪のような暮らしだっただろうから、友だちのできようもなかった。

海門寨には小さな塾があり、そこに通わせるのもいい、とラシャーンは思った。友だちも、できるだろう。

しかしタルグダイは、優秀な教師が、トーリオひとりに教えることを望んだ。タルグダイが見せた、ただひとつの贅沢だったのかもしれない。

「母上、ウネ殿が、昔、父上の家の家令だったというのは、ほんとうですか?」

「ほんとうですよ。父さまは、もしかすると、北の草原で、帝と呼ばれた人だったのかもしれないのですから」

「でも、帝と呼ばれてはいません」

「北で、戦に負けたからです。何万という兵の死が、父さまの肩に覆い被《かぶ》さってしまっているのです。父さまは、それに耐え続けておられるのですよ」

馬車の揺れでよくわからないが、トーリオは小さく頷いたようだった。

礼忠館では、トーリオは好きなところに行く。働いている者たちの邪魔は厳しく禁じてあるので、人に関わることはあまりないようだった。

この地までトーリオを連れてきた、ソルガフ家の家令に、トーリオは大きな関心は示さなかった。ともに暮らしたことはあまりなく、タルグダイを訪ねる旅だけを一緒にしたのだと、いまはわかってきた。

トーリオは、ソルガフが死んだ後で生まれ、母親と二人で暮らしてきたのだ。その母親は、病を得て死ぬ時、持っていた全財産とともにトーリオを託し、タルグダイを訪ねるように頼んだ。

ソルガフの一族は、家令を置くほど大きくはなく、代々の家臣だった、ということのようだ。

その男も、トーリオを手から離すと、もうあまり興味は持たず、礼忠館の下働きを黙々とこなしている。その程度の仕事が、楽で自分には合っている、とウネには言ったという。

「母上、円卓を見てきてもいいですか？」

「人が集まる前なら。私は、自分の部屋にいますからね」

なにが面白いのか、トーリオは嬉しそうな表情で駈けて行った。

入れ違いのように、鄭孫が入ってきた。

「新しく配属された船を、私は見てきたのですが、ひとまわり大きな、立派なものでしたよ。奥方様は、御覧になりますか？」

「私はいい。集まる商人たちには、等しく見せてあげなさい」

「やはり、等しくですか？」

「いけませんか、鄭孫」

「いえ、逆です。すべて等しくということが、奥方様の成功の大きな理由のひとつです」

「いつまでも等しくでも、困るのですよ。いずれは、傭船《ようせん》の代価もあがります。船だって新しくなることだしね」

「代価を支払えない者は、仕方がありませんよ。商いは、競争の要素が大きいのですから。実際、まだ傭船を遣えない、という者の方が多いのです」

傭船という形態が、それ以上発展する余地はなかった。船を一艘《そう》、自分で買って運航しようというのは、とんでもない手間と金がかかる。

いま、海門寨には、二艘の傭船がいた。もう一艘も、遠からず新しくなる。三艘に増やそうという話し合いも、いずれできるだろう。

傭船を運航させている集団は、轟交賈《ごうこうこ》と深い繋がりがあるようだが、はっきりはわからない。ただ、輸送の業者として見れば、轟交賈と同じぐらいの信用を持っていた。

「籤《くじ》は、いつもと同じやり方です」

傭船の順番を決めるだけで、誰かが多く傭《やと》えるというわけではない。自分が籤で引き当てた日付けをもとにして、物の動きを決めていけば、商いに差し障りもない。

「私は、輸送の荷車をどう遣うのか、そのやり方を学ぼうと思っていたのですが、それどころではなくなりました」

「船も荷車も同じだ、と思えばいいのです」

「そんなに、度胸が決められませんよ。船には、荷車何十台分も積めてしまうのですからね。ウネ殿は、所詮は物だ、と思い切ればいい、とよく言われますがね」

「いざとなれば、ウネは度胸が据《すわ》ったところがありますよ」

「それにしても、いい人と組ませて貰いました。お互いの足りないところが、よく見えてしまうのです」

ラシャーンの部屋は、礼忠館の一番奥だった。その両側に、二人の小さな部屋がある。ここにも商いの資料があり、それはウネも鄭孫もしばしば見なければならない。それでラシャーンは、ここで読み、壁一面を資料を置く棚にしてあるのだ。

ラシャーンがいない時も、二人は資料を取りにくるだけで、ここで読んだりはしないらしい。

「十二人です、母上」

トーリオが、部屋に駈けこんできて言った。

いま、十二人まで集まっているということなのだろう。

「鄭孫殿、籤がはじまったら、一緒に見ていただけますか？」

「ウネ殿は？」

「鄭孫殿に頼め、と言われました」

「あれの、なにが面白いのかな」

苦笑して、鄭孫が言う。

「というより、礼忠館にトーリオ殿が面白がるようなことがあるのかい」

「大人がなにかしているのを見るのが、面白いのです」

「終ったら、市場に行ってみようか。生きている大海老があるから、旦那様へのお土産にできると思う」

「母上、市場へ行っても構いませんか？」

「大海老が元気に生きているかどうか、ちゃんと確かめるのですよ」

「勿論《もちろん》です。厨房に持っていけば、いろいろ料理してくれるだろうと思います」

タルグダイは、身をほぐした海老や蟹《かに》もよく食べた。好き嫌いはないが、肉よりも海で獲れた物の方を好むようになっていた。

二刻ほどは、太い棒を振り回している。馬にもよく乗る。それで、肥《ふと》ることはあまりないのだ。

ラシャーンは、以前よりもっと肥っていた。それでも、食べる量を少なくすることができなかった。

肥っている躰は、タルグダイを喜ばせた。

三

一万一千の歩兵部隊の中で、ナルスが直接指揮しているのは、八百ほどだ。人数だけならもっと増やせるが、さまざまな道具を遣うので、呼吸が合わなければならないのだ。

それでも、コンギラト族の最も南の集落で、五十名足らずを率いていた時より、ずいぶんと増えてしまっていた。

アウラガの本営の営舎では、ほとんどすべての時間を、新しい部下たちと過ごした。

工兵部隊にも、調練というものはある。攻城のための破壊兵器は、熟練していなければ、遣いこなせない。それもひとつを、移動させ設置し動かすので、百人ほどの人数が必要になる。

全体を八つの隊に分け、将校をひとりずつ置いた。

将校は、兵の中から選び出した。四つの隊は、まともに兵器を動かせるようになっていたし、残りの四つは、木を組んで兵器を作るのに習熟しはじめていた。

モンゴル軍は、鉄が豊富だった。木と木を繋ぐのに、鉄を思い通りに遣えた。鉄の細工ができる職人も、三人ほど強引に隊に組みこんだ。

細かい図面も、作りあげた。

これまで、金国の城壁の補修や、新しいものの建設に、奴隷のように遣われてきたが、城壁の構造を知ったことなどが、いま役に立っている。

西夏中興府に到着したのは、十日前だった。

城外にいた西夏の騎馬隊などすでに打ち払ってあり、城の攻略をどうするかだけ、ナルスは考えていればよかった。

大丈夫だと言われても不安だった兵糧の補給は、兵站《へいたん》部隊がいて、すべて滞《とどこお》りなくやっていた。

六千騎の騎馬隊が、城を遠巻きにし、一万の歩兵が包囲の陣を作っている。

ナルスの隊が、攻城兵器で城壁のどこかを破壊した時、城壁を越えて城内に攻めこもうという時、攻城兵器を遣ってなにかをなした時、次に動くのは歩兵部隊で、そのあたりの呼吸は、ほんとうに合うのかどうか、やってみなければわからないところがある。

歩兵部隊を率いているボレウとは、気が合うし、呼吸も合いそうだった。

バヤン・オラーン山の中腹に作った砦《とりで》を、破壊しては、また建設するという調練はくり返してきた。その調練では、呼吸は合った。

しかし、実戦なのである。どこか不安なところがあり、ナルスは頭の中で何十度も中興府の城壁を破壊し、歩兵部隊が城内へ突っこむ道を作った。

「おい、ここだ。このあたりでいい。ここまで来たら、ナルスは昼寝をしているだけさ」

ナルスは、城壁へ登る、梯子の繋ぎを点検しているところだった。

「ナルス将軍、殿はいつになく高揚しておられて、ここで必要な鉄は、ここで作ろうという試みをしたい、と思われているのです」

ソルタホーンだった。この男は、気づくとそばに立っていて、耳もとでなにか言っている、という印象があった。

ただ、チンギスへの伝達を頼むと、必ずすぐに通って、許可する、しない、あれかこれかの道がある、などと返ってくるのだった。そういう点で、ソルタホーンについては、好悪とは別に、信用できるということが、ナルスの頭には刻みこまれていた。

「試みとは、ソルタホーン殿？」

「火に強い煉瓦をここへ運んで窯《かま》を作るのです。鉄塊も運び、鍛冶《かじ》は必ず数名が従軍してくるのですよ」

「なるほど。それは理想的なことではあるが、それほどうまく行くのかな」

「まったくなあ。俺は、その成否のすべてを、押しつけられているのかもしれません」

「いいのかな、それで」

「仕方がない。ナルス将軍も、遠からずそういう諦めの心境になります」

「構わないさ。ただ、動きをきちんと統一して欲しいな。あとは、殿の軍なのだから、なにをされようと構わない」

「まあ心配はないが、稀《まれ》にわけのわからないことをされる。われらだけに、その目的が見えていなかったりする」

「つまり、殿をすべて読めてはいない、ということになる。なにを思いつかれるのか、意表を衝かれもする、ということだな」

「ナルス将軍、そういう時、殿は俺らを飛び越えてしまっているのですよ」

ソルタホーンが言うと、ナルスは口もとだけで笑った。

「早く、戦がしたいな」

「とにかく、殿はこのあたりに、小さな窯をひとつ作られます。鉄塊は勿論、骸炭《がいたん》（コークス）まで運ばれてきますので、アウラガの武具などを作る鍛冶が、そのまま移ってくると申しても、過言ではなく」

「戦は、なにを耐えるかだ、と思ってコンギラトの一族のもとを出てきたのだが、なにもなさそうだ」

「ナルス将軍、部下の死には、耐えて行かなければなりません」

「耐えられないほど、多くの部下が死ぬかもしれない、ということか」

「そうですよ」

ソルタホーンは、あっさりとそう言った。

「戦をしていて、摑む機がようやく見え、城壁も壊した。それでも、突入すべき兵がほかにいて、即座に突入すれば、戦は楽なものですね。突入すべき兵が近くにいない時は、工具しか持っていない、工兵隊が突入しなければなりません」

「それぐらい」

言ったが、ナルスはいやな予感に襲われた。部下たちは、自分の肉体でどう敵と闘うか、という調練は受けていない。

「殿は、歩兵部隊はともかく、工兵部隊にぶつかり合いの戦をさせるのは、無理がある、と考えておられます」

「仕方がないな、そういう情況になったら。できるだけ、小さくかたまっている。そうやって、城内の一カ所を確保する」

「それは、時間稼ぎでもありますね。誰かと話し合ったのですか？」

「ボレウと」

「正しいやり方ですね。しかし歩兵部隊がすぐに駈けつけられない時、犠牲を出しかねませんね」

「ほかに、いい方法があるか？」

「遊軍ですよ。ムカリの雷光隊」

「わずか、百騎だよ」

「それをさらに二つに割った、五十騎の隊を、副隊長のトム・ホトガが指揮しています。これは、馬を降りた戦を想定して、相当な調練を積んでいます」

「五十か」

「二百、三百の敵なら、ものともしません」

「そんなにか」

「いずれ、目の当たりにしますよ」

ソルタホーンが腰をあげたので、ナルスも立ちあがった。

煉瓦が積みあげられていた。

チンギスがしゃがみこみ、図面のようなものを見ている。

「アウラガ府の、鍛冶工房から連れてきた者が、三人います、殿」

「おう、そうか。いろいろ教えられはしたが、どこか不安だった」

「殿は、こんな細かいところに、眼を注がれてはいけません。俺たちが、いるのですから」

「ナルスの迷惑になるだろう、とは一応考えたのだが」

ナルスは、声をあげて部下を三人呼んだ。

小さな窯を作り、鉄塊を熱して、必要なものを作る、と言うと三人はすぐに理解した。

「明日、歩兵部隊が動きます、殿。実戦というわけではないのですが、それがうまくいけば、明後日に城攻めを開始します」

「攻城兵器が、並んでいるのを見た。あれがどんなふうに遣われるか、俺は愉しみにしているよ」

コンギラト族の、小さな一族の長を、チンギスは自身で訪ねてきた。それを思い出すと、躰の芯が熱くなってくる。

草原の覇者として、コンギラト族は一斉にチンギス・カンにひれ伏した。ナルスも、南の端にいる小さな一族として、ほかの集落に倣《なら》った。こんな小さなところは、どうでもいいのだろうと思っていたが、集落のそばにチンギスは幕舎を張った。

そしてナルスに訊《たず》ねてきたのが、金国の城郭の強さや構造についてだった。

いつも修復に駆り出され、わずかな報酬を貰って、集落はなんとか命を繋いでいた。もともと遊牧の民だったが、豊かな牧草地から遠く離れ、かろうじて二十頭ほどの羊を飼っているだけだった。

チンギス・カンの要請に応じることで、集落の暮らしむきはずっとよくなった。

ただ、チンギスの要請は厳しく、父から自分の二代にわたる経験のすべてを、搾り出そうとするものだった。

調練として命じられることをやっている間に、記憶の端から滲《にじ》み出てくるものがあった。なにも出てこない時は、四日も五日も眠らずに考え続け、ナルスが考えついたこととして、工兵隊の方法に加えられるのだった。

そうして日が経つと、搾り尽されて水気さえなくなっているのに、どこからかじわりと濡《ぬ》れてくるのを感じるのだ。

人の遣い方について、チンギスには鬼のようなところがある。そして鬼に搾りあげられて、悲鳴をあげながら、それが快感でもあったのだ。

ボレウが、二千の歩兵を率いてアウラガの本営へ来た。いきなり八千の兵も押しつけられ、ボレウも搾るものは全部搾られはじめた。

一万の兵を、ひとつの軍にまとめるのは、至難だというふうにナルスには見えた。

ほかに行くところがないのか、ボレウは毎夜のようにナルスの幕舎にやってきて、悪罵をつきながら、酔い潰れた。

秋が深まったころ、スブタイという将軍が、中興府に進攻した。ボレウとナルスは、スブタイを追って、出動を命じられた。

荷車を曳き、交替で兵は丸太を担ぎ、はじめての進軍をした。

ボレウとナルスが中興府に到着した時、厄介だろうと考えていた城外の騎馬隊は、きれいに一掃されていて、六千騎の騎馬隊は、中興府を囲むような恰好で、点々と布陣していた。

歩兵部隊と工兵部隊は、その内側に入るようにして、中興府を包囲する構えをとったのだ。

スブタイ将軍には、その時にはじめて会った。

初対面で、同じ軍となって、中興府を攻める。ちょっと乱暴なやり方だ、とはじめは感じた。

総大将はスブタイだったので、命令を受けに出頭したが、中興府を攻めるために必要なことを、速やかにやれ、と言われただけだった。

騎馬隊の中に、チンギスが麾下二百騎とともにいて、ナルスのところにも副官のソルタホーンだけを連れて、よく現われた。組み立てている攻城兵器に対する興味を、隠そうとしなかった。

そして、煉瓦を運びこんで、窯を作ろうとしている。

夕刻には煉瓦を組み終え、早速火を入れて、鉄塊に熱を加えはじめた。

これがあれば助かる、というものを部下に伝えてあった。寸法なども、できるかぎり正しい方がいいが、少々違っていても、丸太を削るなどすれば、なんとかなる。

攻城兵器に必要な鉄具は、アウラガの鍛冶に作って貰っているので、ここでは緊急に欲しくなったものを作る。

チンギスが、なぜ窯を作ろうとしたか、理由は訊きそびれた。チンギスの頭の中で、組み立てられたなにかがあり、戦場で鉄具を作ることを思いついたのかもしれない。

戦場における鍛冶は、この戦のためだけとは思えなかった。これから先のことを考えて、試みているこことかもしれないのだ。

そういう見方をすれば、この戦もまた、これからの戦のための試みかもしれない。

篝は、多く置かれている。闇に乗じて、城中からなにかしてこようという気配もないが、篝そのものが威圧になるのだろう、とナルスは思った。

明日のことについて、ボレウが確認に来た。

ナルスは、闇が濃い場所まで行って、しばらく立ち話をした。

「モンゴル軍に入って、はじめての戦だからな。失敗したくない」

「俺も同じだよ、ボレウ。おまけに殿は、俺が組み立てた攻城兵器の威力を、全部試させるつもりだと思う」

「組み立ててしまったからな」

ボレウが、低い声で笑った。

ほんとうの戦は、すでに終っているのかもしれない、とここへ来てナルスは考えたことがある。数万の軍を打ち払ったところで、勝敗は定まっている。

この考えをスブタイに言うと、ほんとうには勝っていない、という生真面目な答が返ってきた。

西夏軍は逃げるが、それは騎馬隊にとっては困難な地形に、モンゴル軍を引きこむ目論見《もくろみ》もある、と言った。

会って十日ほど過ぎたことになるが、スブタイははじめの印象とまったく変らなかった。じっと、こちらの眼を見つめて、話を聞く。喋る。言葉は端的だが、冷たい感じはしない。戦の指揮を受けたことはまだないが、総大将として上にいて、不安を感じることはないだろう。

「では、明日だ、ナルス」

「頼むよ」

ボレウが立ち去り、ナルスは窯のところに戻った。

チンギスは、鍛冶が鉄を打ち曲げているところにいた。

ここで、丸太と丸太を繋ぐための鉄具が作れれば、戦の役に立つのか。

ナルスは、破壊というかたちで、城壁などを壊したことはなかった。修理するために崩すか、きれいに撤去してしまうか。そういうことを、やり続けてきた。

壁の構造などは、打ち壊すよりは、石をひとつずつ取り除いて撤去する方が、よくわかった。石の積み方も、大きさの按配も、撤去して知ることだった。

ナルスは、チンギスの後ろ姿を見ていた。少し前のめりになり、鉄の変化に気持を奪われてしまっているようだ。

俺は弟二人を先に知ったのだが、とボレウが言ったことがある。一番上の兄が、一番子供なんだよ。

子供だという意味が、ナルスにもよくわかった。好奇心の持ち方など、まさしく子供だった。ただ、どこか底知れないものがある。覗きこむと、引きこまれて戻ることができなくなる、という恐怖に似た思いもある。

背後から、肩を叩かれた。

ムカリが立っていた。篝の明りの中で、にやりと笑った顔が、人のものではないように見えた。ムカリは、首を動かし、音をさせた。

「夢中になると、あれだからね」

ナルスは、ムカリと並んで歩き、立哨《りっしょう》の兵がいるところまで行った。

「戦場で、鉄を打つか。歩兵の戦で、膠着《こうちゃく》した情況だと、それも役に立つな」

「殿が想定しておられるのは、西夏のもっと奥深くまで攻めこむ、ということなのか」

「殿の想定など、誰にもわからないだろう。想定をするのが間違いだと、言われ続けてきた、という気がするよ、ナルス」

「誰に？」

「殿にさ」

「うむ、わかるよ、なんとなく。雷光隊という名だって、ほかの兵の想定ははずれていただろうな」

「雷光という名は、俺が自分でつけた。戦場で、とっさにそう言ってしまっていた」

「知らなかったな。殿の命令だろう、と思っていたよ」

「こわくて、思わずそう言ったのだ。ジャムカという人さ。なにか、自分で思いもしないことを叫ばないと、躰が動かなくなってしまうような気がした」

「ジャムカというのは、殿の盟友であり、やがて宿敵になったのだろう？」

「宿敵になってからの方が、お互いに友だという思いは強くなったのではないかな。俺らが間に入るのは無理だ、というのはよくわかったな」

「コンギラトの地にも、名は聞えていた。テムジンとジャムカ、みたいにな」

「どちらかが、死ぬしかなかった。それが殿であっても、不思議はなかった。ナルス、俺の玄旗は、ジャムカ殿の旗を受け継げ、と殿に言われたものなのだ。俺には、重たすぎる、としばしば思う」

「はじめて会った時から、玄旗は似合っていたぜ」

「そうかな。そうだといいが」

「それに関しては、自信がないのか。俺の印象では、自信の塊のような男なのだが」

「おい、強がっているだけなのだよ。わかってくれよ、ナルス」

「強がらない。つまり、こわがらない。それは、殿だけか」

「殿が、これからこわがるのかどうか、俺にはわからない。ただ、ジャムカをこわがってはいたよ。そのあたりの百人隊と似た規模の軍を相手にするのに、殿は、五万からの兵を集めたのさ」

「なるほどね」

「おまえ、最初に会ったころより、ずっと明るくなったよな。不幸を一身に背負っているという様子だったのに、いまじゃ殿の悪口を言っている」

「おい、ムカリ」

「悪口は、それを言う相手が好きだからだ。嫌いな相手の悪口など、言いもしない」

「おまえの悪口を、言ったことはない」

「そのうちに、言うさ。俺はもう、おまえの悪口をボレウに言っているし」

「ボレウも、俺の悪口か。まあ、俺たちはうまくやれそうだが」

「それで、明日からのことなのだが」

ムカリの声が、不意に深さを帯びた。声を変えながら、喋ることができる男なのだ、とナルスは思った。

「何日でもいいから、トム・ホトガをそばに置いておいてくれるか」

「五十騎だな」

「いや、五十名だ」

馬には乗らず、徒《かち》としてそばにいる、という意味だった。

城壁のどこかを崩すことができれば、そこから五十名が最初に突っこむ、ということでもある。

「トム・ホトガは五十騎を率いて、以前の雷光隊のような働きができるのだが、あくまで俺の下、というのが殿のお考えなのだ」

「そういうことは、どうでもいいのだ、ムカリ。とにかく、トム・ホトガが俺のそばにいる。城壁が崩れたら、そこからやつに突っこませるからな」

「ちゃんとした働きをするよ。おまえの仕事を、無駄にはさせない」

「引き受けた。あと、殿が勝手に突っこむ、というようなことはないだろうな」

「あの殿がやることには、意味がある。ただ俺たちは、その意味をあとから気づくだけのことなんだ、ナルス」

ムカリが、ちょっと笑った。

「今夜から、トム・ホトガを来させる」

そう言って、ムカリは立ち去った。

四

水が、少しずつ増えてきている、とチンギスは思った。

中興府の城郭は、外側に濠《ほり》が作ってある。三方にめぐらされていて、残る一方は河水そのものだった。

その濠の水位が、朝から少しずつ上がっているのだ。水は城壁の下にまで達し、少しずつ城内に流れこんでいるようだ。

中興府の濠の水は、河水のものを引きこみ、濠を流してまた河水に返す、というようになっている。そして、出口の方に堰《せき》を作ったらしく、出ていかないのに水は入り続ける、という状態になったのだ。

騎馬隊の陣は方々に点在していて、水の影響は受けないだろう。

歩兵部隊も工兵部隊も、よく見ると、水が来ない高さのところに陣を作ってあった。

自分なら、これからどう攻めるか、とチンギスは考えた。濠の水を多くしたせいで、濠は極端に大きくなりはじめた。つまり、守備力はあがった、と思える。

チンギスは、工兵隊の後方に、麾下とともにいた。

広い湖のようになった濠が見え、城郭の中にもかなり水が入ったのがわかる。しかしそれ以上、水位はあがらないようだ。

城壁にむかって、三本、石積みがのびている。水がない時は、それは目立たず、チンギスも気づいていなかった。

チンギスの前にいる工兵隊は、長い丸太がついたものを、押し出していく。水の中にのびている、石積みの先端まで進んだ。その後方から、荷車が五輛《りよう》続いた。三つの石積みは、まったく同じように長い丸太の兵器と、五輛の荷車を載せていた。

兵器についた長い丸太は、投石機の腕で、それが一斉に動きはじめた。

子供の頭ほどの石が、城壁を越えて次々に撃ちこまれている。城壁の上からの弓矢の反撃は、わずかなものだ。かろうじて、矢が届くぐらいの距離だった。

石が、撃ちこまれ続ける。飛ぶ距離を少しずつ調整できるのか、軌道はひとつずつ違うようだ。

城内が、混乱しはじめた気配が、ようやくチンギスのところにも伝わってきた。戦らしくなってきた。実際に兵同士がぶつからないので、戦闘の気配は稀薄《きはく》なのだ。

中興府の城内の広さは、相当なものだろう。ほとんどのものを、城壁で囲んでしまう。そういうところは、中華の城郭の作り方と同じだった。

いまの状態なら、城郭の中の家々も、水浸しになっている。

夜になって、水位は下がりはじめた。入ってくるところを止め、出ていくところを開いたのだろう。歩兵が動き回っているのはわかった。

チンギスは、差し出された兵糧を、ちょっとだけ口に入れた。

「水を入れて抜くということで、なにができるのでしょう。水上に筏《いかだ》を浮かべて、なにかやっていたのはわかったのですが」

ソルタホーンも、兵糧を少しずつ口に入れていた。水によって、少なくとも城内はひどいことになっただろう。だが、水の意味は曖昧《あいまい》でもある。

篝は、陣中にあるだけで、城郭は闇に呑みこまれたように見えた。

夜中も、濠の方でなにか作業がなされていたが、敵とぶつかるというようなものではなかった。

天幕の下に腰を降ろし、チンギスは具足のまま朝を待った。

「眠れませぬか、やはり」

「おまえが現われるのではないか、と思ったよ、ヤク」

「狗眼の働きどころも、あまりありません。私も、眠れないのですよ」

普通の兵の恰好で、チンギスと話をしているから、咎《とが》めようという者はいない。

周囲にいるのは、麾下の兵である。それに混じり合って、違和感が出ない動きが、ヤクにはできるらしい。

チンギスは、横たわらずじっと腰を降ろしていたので、眠れないのだと麾下はみんなわかっているはずだった。

横たわっている方が、眠れないことについては苦しいのだ。腰を降ろしていると、眠れないのではなく、眠っていないだけだと自分で思うこともできる。

戦の最中だから、さすがに酒は飲んでいない。酒を飲めば、四刻ほどは眠れる。

「これからの戦は、みんなこんな具合かな、ヤク」

「これと言った好敵手がいないからです。ジャムカが、いる時は殿を退屈させませんでした」

「いまもいるが、前とは違うかたちでいるのだな」

「この一年で、草原はみんな殿にひれ伏してしまいましたし」

北の方のバルグト族や、豊海《バイカル》の西のオイラト族は、闘うことなくチンギスに服属してきた。南のオングト族は、金国との関係が深いが、チンギスとも敵対しているわけではなかった。

メルキト族の帰趨《きすう》は、明らかではない。しかしアインガは、モンゴル軍と衝突することを、徹底的に避けている。

アインガが最後にどう出るか、チンギスは見守りたいと思った。理由はなく、そうしたくなっているというだけだが、周囲はみんな、それぞれに理由を勝手に考えているようだった。

アインガは、メルキト族の領地のずっと北、バルグト族と境界を接するあたりにいるようだ。

アインガの動静を探る必要はない、と一度だけヤクに言った。

三者連合との戦が結着したのは、何年前のことなのか。あの時は、トオリル・カンと連合して、闘った。そして勝ち、モンゴル族のほぼすべてを掌中にした。相当昔のような気がするが、十年も経っていない。

巨大になった。巨大だと思っていた部族を二つ滅ぼし、その地も民も併合した。

「明日の朝から、攻撃がはじまるのでしょうね」

「今日も、投石機の攻撃はしていた」

「あれは攻撃ではない、と私は思いました。飛んでくる石にはじめはうろたえたでしょうが、すぐに身を隠していればどうということはない、とわかったはずです」

「そうだな」

「殿も、西夏との戦の結着を、急ごうとはされていません」

「それと、明日の攻撃と、どう関り合いがある？」

「明日の攻撃は、闘い方の幅をずいぶんと広くするのでしょう。そうなれば、西夏も険しい地形を味方にしていられません」

「もうやめておけ、ヤク」

「はい」

「西夏には、腕のいい職人がいる。その職人を、とりあえず集めて、なんとかわれらの役に立って貰う」

「それは、命じてやらせよう、というおつもりがない、ということですか？」

「兵ではないのだ。職人に命じてはならぬ、と俺は思っている。何代もかけた技を磨きながら、いまがあるのだぞ」

「しかし殿、なんの職人ですか？」

「それが、わからんのだ。わからんと言うほど、さまざまな職人がいる。草原では、羊を飼った。それを基本にして、人の暮らしを発展させてきた。それが優れた部分もあるが、羊を中心にした単純さもある」

「言われている意味は、わかります」

「俺は、十三歳の時に、一年余、金国の大同府で暮らした。そうなのか、と感心することが多かった。いろいろなものが繋がっている複雑さの中で、暮らしは彩り豊かなものになる。同時に、腐ってくるものもある」

「モンゴルは、遊牧だけの国ではなくなるのですね。殿は、アウラガに、アウラガ府の建物を作られ、工房群も整備された。学問所を作り、養方所も作られた」

「母が、縫い針一本を手に入れるのに、苦労しているのを見た」

「大同府には、いくらでもあったものでしょうな」

ヤクは、いつの間にか腰を降ろしていた。

革袋が差し出されるが、それには酒ではなく水が入っているのがわかっていた。

草原をほぼ統一したが、それは国なのか。統一すれば、国ということになるのか。

部族というものを、捨てた。それが草原を小さく区分し、人の争いを生んでいると思ったからだ。

はじめは、百人隊を新しく編制することで、それをやった。嫌がって参集を拒む者もいて、兵力を増やすという意味では、ずいぶんと遅れた。いまでは、モンゴル軍ではあたり前のことになっている。

「国の姿を、見つけなければならん」

自分で言い、かつて聞いた言葉だ、とチンギスは思った。

言ったのは沙州楡柳館《さしゆうゆりゆうかん》の宣凱《せんがい》で、梁山泊頭領、楊令《ようれい》の言葉だったのだという。玄翁の父親で、血統だけを辿《たど》れば、チンギスの祖父ということになる。

チンギスは手をのばし、ヤクの革袋から水を飲んだ。

夜は、いっこうに静まらない。上体を起こしているからではなかった。遠いが、人の動く気配が伝わってくるのだ。工兵隊は、夜を徹して、なにかをやっているらしい。

「しばらく眠るぞ、ヤク」

「はい。とりとめのない夜を、お届けしてしまった、と思っております」

「その方がいいさ。眠くなった」

もう一度、水を飲もうと思った。ヤクの姿は消えている。革袋だけが、草の上に残されていた。

実際に数刻眠り、空が白んできた時、眼醒《めざ》めた。

具足姿の従者が、顔を洗うための水を運んでくる。この戦には、二名の従者がついてきていた。兵站部隊の中にたえず従者はいて、必要だと思った時、ソルタホーンが手配する。戦場で従者もあるまいと思うが、もうそういうことについて、チンギスはなにか言うのをやめていた。

「殿、たまげますよ」

「濠の水が、全部抜けていたか」

「もう、水は入ってきています。堰を長く保《も》たせるのは、もっと難しいそうです」

「おまえ、もうナルスと喋ったのか」

「濠を眺めていたら、むこうから寄ってきたのです」

「わかった。おまえがどんなものに驚いたのか、見に行こうではないか」

麾下に、進発の合図を出した。

曳かれてきた馬に、チンギスは跳び乗った。

ソルタホーンが、並んで駈けてくる。野営のあとが、いくつかあった。工兵隊は、交替で休んだのかもしれない。

濠の水面に、なにかが見えてきた。

水面に突き出すように、三つ石積みが作ってあったが、そこから水面になにかが続いていた。

やがてそれが、数百本の杭であることが見えてきた。

「あの杭、水の中をどうやって運んだのかと思いましたが、およその間隔をとって繋ぎ、浮かべたのですね。それから水を抜いた。実に考えられたものですよ」

「浮かべていたのか」

「それから、水を抜いたのです。立てるのに、造作はなかったようですよ。あんなに太いのに」

杭の頭に、横木がつけられはじめている。

つまり、ひと晩で橋が作られるのだ。橋は、城壁の下の広場のような場所に通じている。そういう場所が、城郭をぐるりと回れば、十数カ所あった。

横木がつけられることで、杭は橋脚として安定するようだった。

「これだけの数の、橋脚があるのです。どんなものでも渡せますし、相当な数の兵も、一度に渡されます」

「矢避《やよ》けか」

橋桁を渡している兵の上に、屋根のようなものが運ばれた。

城壁の上では、橋に気づいた敵兵が、ようやく騒ぎはじめている。

投石機からの、石が飛んでいく。それはほとんど城内に飛んでいったが、中には城壁の上の兵の頭上に落ちることもあった。

横に橋桁が渡され、さらにその上に板が打ちつけられた。釘は、ここで作られたものだ。歩兵部隊が、三千ほど到着した。

「殿、そろそろはじめます」

ナルスが、そばへ来て言った。

「まず、どうする?」

「城壁を、こちら側にむけて、十間《じつけん》ほど倒します」

そんなことができるのかと言いかけ、チンギスは言葉を呑みこんだ。

三ツ股に組んだ丸太二つの上に、横木が渡してある。それが、橋の上を運ばれはじめた。荷車も、ついていく。

いろいろな攻城兵器が組み立てられていたが、それだけがなんだかわからなかった。それが、最初に試されることになる。

横木の上から綱が垂れてきて、荷車の上に鉤《かぎ》が持ってこられた。構造がどうなっているのかからないが、鉤にひっかけられたのは、丸い鉄の塊だった。人の頭ぐらいは、充分にあるだろう。

「あれに、勢いをつけて、城壁にぶっつけるというわけだな。鉄球からも綱が垂れているが」

「あれに兵がとりつき、方向を調整します」

「これで、城壁を崩せるか」

「無理ですね。十間ほど、こちら側の石を落とします。それから、引き倒すのです。真中あたりに、鉄の棒が何本も入っています。ただ、こちらへ引き、相当な力を加えると、支える石がなくなっているので、こちらにむかって倒れます」

ナルスが喋っている間にも、鉄球は引き寄せられ、かなりの高さのところで止められた。

「崩せるのか、おまえの言うやり方で」

「わかりません。やったことはないのです。ただ、鉄棒が真中に入っている壁は、金国では最も強固なものだ、と言われています。これで崩せれば」

大抵のものは崩せるという言葉を、ナルスは途中で切った。鉄球が放たれたのだ。

城壁にぶつかる重い音が、チンギスのいるところまで響いてきた。肚《はら》を揺さぶるような音だった。鉄球はすぐに持ちあげられ、また放たれた。弾けたように、石が飛び散る。

動きは速く、ぶつかった鉄球を引き寄せるとすぐに放たれる。十間ほどのところを崩すのに、大して時はかからなかった。

壁の穴は、十間ほどはある。手が回らないだろうと思えるほどの太い綱が、二カ所につけられ、濠のこちら側まで端が引っ張られた。

馬が十頭ずつで、こちら側に引っ張るようだ。引いている馬は、しばらく動かず、それからゆっくりと前へ出た。

城壁が、こちらにむかって倒れてくる。

「大丈夫です、殿。あれぐらいの壁なら、倒せます」

ナルスが、胸を張っている。

五十名ほどが、崩れた壁を攀《よ》じ登り、城内に消えた。雷光隊の半分だろう、とチンギスは思った。

次に、一千ほどの歩兵が続いた。城壁を崩した鉄球の仕掛けは、橋を戻ってきている。

「雲梯《うんてい》というものを、お見せします」

長い筒が、橋を渡っていく。その中を、兵が駈け登るものらしい。高さの調節ができるし、濠のこちら側からでも渡すことができる。

「矢を避ける工夫はしてあります」

二千ほどが、雲梯の中を駈け登り、城壁の上に出ていくのが見えた。普通の梯子を繋いでかけ、そこを登るよりもはるかに安全で速いだろう。

「弱点は、ナルス？」

「少なくありません。城外の敵の攻撃には脆いのです。一旦、城内に入ってしまえば、内側から崩すことができるので、そこからはかなりの優勢に転じるのですが」

「城外に、強力な騎馬隊が必要になるな」

「城外を制圧したら、攻城兵器は城壁の際まで運べます。火をつけられる。石を落とされる。そんなものを、乗り越えなければなりません。正門から突っこむには、衝車《しょうしゃ》というものがあります。それは勢いをつけて門扉にぶつかり、突き破ってしまうものですが、それより内側に入った味方が、内側から門を開く方が、たやすい場合が多い、と思います」

ナルスは、いろんな場合の効果と危険性を、一冊に書き出しておく、と言った。ソルタホーンがそれを受け取れば、各将軍が共有できる情報とする。

城壁から、なにか合図があった。

「門も制圧しています。ただ、衝車の威力を確かめるために、突っこませます」

二里ほど左に、正門はある。そこで声があがり、音が伝わってきた。

「三回で、突き破りました。濠にかかった橋は降ろしてありましたから」

「歩兵部隊との、連携だけではないな。騎馬隊との連携も、必要なものだろう」

「堅固な城があるそうです。それがどういうものか、俺は調べるつもりです。そして、陥す工夫をしてみます」

「それほど堅固な城郭が、あるのか？」

「なんでもないようでいて、堅固です。なにをどうしても陥せず、緊密な攻囲を二年続けて、兵や住民を飢えさせたそうです。それでやっと、抵抗できなくなったのです」

金国に、そういう城郭は多分あるだろう。あれだけの数が、広い国土に散らばっているのだ。

「殿、兵器をさまざまに御覧になっていただけましたが、この中興府は、都の持つほんとうの強さはないと思います。重要な部分は、戦がはじまる前にどこかへ、多分、山岳地帯へ避難しているのではないでしょうか」

「がらんどうのような城郭か」

「ですから、中興府を長く占領しておこう、と考えるのは危険でもあります」

金国や西遼に挟まれながら、国をきちんと守り抜いてきた。特に、金国の攻勢は厳しかったはずだ。

「西夏は、金国や西遼とむき合って、国を守り抜いてきたのだ。なかなかのものだ。その場の戦の負けなど、気にしていない」

「俺はまだ、闘う相手のことを、よく知らないと思います」

「ボレウもな。しかし、苦労するのはおまえたちさ。騎馬隊は、命ぎりぎりで闘う。おまえたちは、耐えるだけの時もあるだろう。闘えず、そして死ねない。ナルス、いまから後悔しても遅いぞ。ボレウにも言っておけ」

「はい」

「この攻めでは、水の扱いが見事だった、と俺には見えた。水に浮かべた丸太を立てていくとはな。水を抜くことで、底を平らに均《なら》したのか？」

「はい。工夫するところが、そこぐらいしかなく」

「俺の軍に、歩兵と工兵が加わった、と思えた」

チンギスは、馬首を回した。

「スブタイに。雪が解けるまで中興府近辺に駐屯し、戻ってくる職人たちを集めろ。歩兵も工兵も、ともにいる」

ソルタホーンが、小さな声で、しかしはっきり聞えるように復唱し、伝令を二騎走らせた。

チンギスは、陽山寨にむかった。

五

これぐらいの歳の時に、チンギス・カンは弟を殺して逃亡し、金国大同府で一年余を生きた。

タュビアンを眺めながら、ジャカ・ガンボは思った。草原へ戻っても、困窮した家しかなく、そしてタイチウト氏につきまとわれる。

一年の歳月が、チンギス・カンにとってどういう意味があったのかは、しばしば考えたことだった。自分が十三歳の時は、ひたすら兄のトオリルの顔色を窺っていた。

タュビアンが、馬から落ちる。稚拙で落ちているのではなく、落ちる稽古をさせているのだ。

腿《もも》で締めつけるので、疾駆では落ちやすい。鐙に立つこともできないのだ。

カシュガル近郊のジランの村に来たのは、一年半ほど前だった。そこで半年、タュビアンの躰を鍛えた。それから、旅に出た。

流浪のように、目的がないわけではなく、イスラム教の聖地へ、タュビアンを巡礼させるためだった。

馬が二頭と荷を載せた騾馬《らば》。きちんと準備はしているが、身軽な旅でもあった。

出発すると、ひと月で北の山系だった。相当に険しい山だった。そしてそちらの方向だと、商いの道からそれ、西遼の国外に出ることにもなる。

山の途中で、タュビアンは馬から落ち、丈夫な方の左脚を折った。厄介な折り方ではなく、ジャカ・ガンボは整復して副木《そえぎ》で固定した。

馬に乗るのはしばらく無理で、タュビアンを担いで、通ってきたところにあった、小さな集落へ行った。

長が、空いている家を貸してくれた。

ジランには、宿代として銀ひと粒を渡していたが、出発の時、餞別《せんべつ》だと言ってそのまま返してくれた。

路銀の半分だと言って、長にそれを渡すと、できることをすべてやってくれた。

冬になったので、薪《まき》が必要だった。毛皮も分厚い鞜《くつ》も必要だった。毛皮の帽子まで、長は全部揃えてくれた。そして冬の間の食糧もくれた。それでも、銀ひと粒では多すぎたのだろう。秣《まぐさ》や、三頭が入る厩《うまや》も作ってくれた。

タユビアンはしばらく動けず、朝から夕方まで、世話をしてくれる老婆を雇った。折れた骨は治せるが、身のまわりのことなど、自分ひとりでも精一杯だった。

結局、かなりの部分、ジャカ・ガンボも老婆の世話になった。もうひと粒、銀を渡そうとしたが、それでは無一文になるだろうと、長は強く固辞した。

西夏での買い荷の中にあった、色のついた貴石を、十ばかり選ばせたが、それも恐縮していた。

冬の最中に、タユビアンの左脚の副木は取れた。雪の中で、歩く稽古をさせた。

春になって、出発した。

どちらの方向でもよく、とにかくまず山系を越えようと思った。

北へむかって越え、さらに西へ進んだ。ひと月ほどで、低地に入った。またタユビアンが落ちると面倒なので、馬は駈けさせなかった。

低地は荒涼としていて、砂漠でも土漠《どばく》でもなかったが、背の高い木はあまり見かけなかった。

そこで、賊徒に襲われたのだ。十二名いて、二名は馬乗だった。

その二名を馬から払い落とし、駈けて逃げようとした。しばらく駈けると、タユビアンの躰が鞍の上で跳ね躍り、落ちた。

賊徒が追いついてきたので、仕方なく馬を降りジャカ・ガンボは剣の鞘《さや》を払った。

軍からはみ出した者たちなのか、剣は全部同じものだった。ぶつかり、三名を斬り倒した。タユビアンが、襲われた。逃げることはできず、斬られそうだった。ジャカ・ガンボは、剣を振ろうとするひとりを斬り倒したが、横にいた男に肩を斬られた。

タュビアンを背後に庇《かば》いながら、斬り合うしかなかった。二名、斬り倒したが、まだ六名残っていた。

不意に騎馬が二騎駈けつけてくると、鞍から身を躍らせ、賊徒の中に立った。ほとんど瞬時に、六名は二名に斬り倒された。

四騎と荷駄が近づいてきた。

主人らしい男が、傷の手当てをするように言い、手際よく肩の傷が縫われた。

五騎の護衛を連れた、ごく普通の商人の旅のように見えた。主人はともかく、五騎はとんでもない手練《てだ》れだった。だから、主人もただ者ではない。

はじめから、見ていた、とアサンと名乗った主人は言った。遠くからすべて見ていたが、二騎を駈けつけさせるのに、いくらか時がかかってしまった。そう言って、アサンはちょっと謝ったのだ。

行くところがあるのなら、どこへでも連れて行く、とアサンが言った。ない、と答えようとしたが、タュビアンが必死の声で、カシュガルへ行きたい、と言ったのだ。なんとしても、ジャカ・ガンボをカシュガルのジランという村の長の屋敷に連れて行きたい。

アサンが、面白そうに笑い声をあげた。ジランを知っていたのだ。

そして、二十日ほどで、カシュガルへ戻ってきたのである。

アサンと一緒に現われたジャカ・ガンボを見て、ジランも面白そうに笑った。

また、ジランの食客になった。自分の時は世話をさせてやるという態度だったタュビアンが、平伏して涙を流しながら、ジャカ・ガンボのことを頼んだのだという。

「落ち方を、いつになったら覚えるのだ」

タュビアンに、ジャカ・ガンボは声をかけた。

「こわがるな。こわいというのが、躰の動きに出ている。落ちてもまだ鞍の上。そう思えたら、ほんとうに鞍に戻れる」

タュビアンは、十三歳になった。いくらか厳しすぎるかと思ったが、涙も見せずに耐えている。

「よし、西の岩まで駈けて、二刻のうちに戻ってこい」

それだけ言い、ジャカ・ガンボはジランの屋敷に戻った。

出かけていたジランも、ちょうど戻ってきたところだった。

「しっかりと、馬に乗るようになったではありませんか」

「ほんとうに駈けることが、まだできないのですよ、ジラン殿」

ジランが、母屋に入らず、食堂の方へジャカ・ガンボを連れていった。

食堂の女に、酒と肴《さかな》を命じ、ジランは地図を持ってきて拡げた。

「ずいぶんと、北へ行かれたのですな、ジャカ・ガンボ殿」

「北へ行き、それから西。そして南下する。旅を続けていれば、聖地がどこだかわかるだろうと思っていました」

「大雑把な方向としては、それでよいのですよ」

「しかし、この地図は」

「遠くまであるわけではありませんが、天山山系のむこう側も、ある程度は描かれています。ジャカ・ガンボ殿が、アサン殿に会われたあたりまでです」

「これに、聖地の位置は？」

「それは、ありません。どんな地図にもないと思いますが、ムスリムならわかるのですよ、なんとなく。この地図の、ずっと外側に聖地があるのです。しかし」

「行けないのですか？」

「いや、タュビアンは、いますぐ巡礼という気も、なくしているかもしれません。目の前で人が死ぬという体験をして、自分が死ぬかと思って、ジャカ・ガンボ殿には大怪我をさせて」

「タュビアンに斬られたわけではありませんよ」

「ひとりなら、負けなかったでしょう。それ以前に、馬を駈けさせて、逃げきれましたよね」

「そうかな」

言ったが、楽に逃げきれた。相手も馬は二頭いたが、背中が落ちこんだような老馬だった。騾馬を曳いてでも、逃げきれただろう。

女が、酒と胡桃《くるみ》を煮たものを運んできた。

こうして飲むひと時が、ジランは愉しいようだった。ジャカ・ガンボもそうだ。

「傷はもう、痛みませんか？」

「こういう傷は、三日で痛みは消えてしまいます。しかし、また口が開くことがあります。それも、ありませんね。アサン殿の護衛の人の、傷を縫う手際が、見事だったからです」

「そういうものですか」

「自分で縫った傷など、いまだに引きつれていますよ」

「ほう、御自分で」

「戦の傷など、それほど深くなくても、縫って塞《ふさ》いでしまうのです。血を失いすぎると、闘えないのですから。俺は草原にいて、数年前までは、戦の日々でした」

「いまは旅の空というのは、とても幸福なのではありませんか」

ジランが、器に酒を注いだ。

カシュガルの街からは離れているが、この村は豊かだった。砂漠を通る交易路が、もたらしてくれるものが大きいのかもしれない。

カシュガルは、金国や西夏の城郭とは違った。城壁などなく、ただ家が集まっている。ここより北へ行ったが、天山山系を越えて出会う集落は、城郭であることも、街であることもあった。

そこの成り立ちが、関係しているのかもしれない。

北へ行ったのは、西へ行けば、ホラズム・シャー国の版図のうちで、窮屈かもしれないと思ったからだ。

「アサン殿は、まだ戻られないのですか？」

戻ると言っても、この村に家があるわけではない。ジランがいる、というだけのことだ。

ジャカ・ガンボは、傷の養生をしていた。左の腕が、動かしにくいままなのだ。以前なら、そういう傷は、次の戦で治したものだった。戦がなければ、調練で治した。

いまは、静かに養生をしている。

「アサン殿は、沙州楡柳館を経て、いまは金国におられます。多分、開封府《かいほうふ》あたりに」

「よくわかりますね、ジラン殿」

「旅程を聞いておりますす。そこから推測しているだけのことです」

「何者なのです。ずいぶんと、親しそうでしたが」

「ともに、轟交貫で働いた、ということです。私はいい歳でしたが、アサン殿は若かった。幼なかったと言ってもいいぐらいです。なぜか、蕭雋材《しょうしゅんざい》という方にかわいがられましてね」

沙州楡柳館とか、轟交貫とかいうものは、名だけだが知っていた。テムジンという名だったチンギスが、西にむかうのを、ケレイト領内で見つけた。羨しい旅をしていると思って、いろいろ調べているうちに、沙州楡柳館という名が出てきた。

「ところで、タュビアンの巡礼ですがね。カシュガルへむかう旅の途次でも、アサン殿に巡礼の望みを語ったようなのです」

「アサン殿は、なんとなくタュビアンを気に入られたのだと思います」

「いや、あなたですよ、ジャカ・ガンボ殿。あなたに、強い関心を持たれた。タュビアンの巡礼など、ついでの話ですね。アサン殿は、自分はムスリムだが、まだ巡礼をする気はない、と言われたようです。死ぬ前に、巡礼をしたければすればいいと。それまで懸命に生きて、そうすれば、一度だけの巡礼をしたくなるだろうと。それまで、神も聖地も、心の中にあるのだと」

「俺には、その方がわかりますね。タュビアンの、命を懸けた巡礼というのは、理解できないところがあります」

「それでも、巡礼をさせてやろう、という気持になられた」

「人がなにかをなし遂げようと思うことに、心を動かされたのだと思います。なにもなし遂げず、最後は逃げるような人生になってしまったのですから」

「酒を飲みながら、自分を語っていただける。そんな間柄になりましたな、ジャカ・ガンボ殿。タュビアンがいてくれたおかげです」

「やつは、巡礼をどう思うようになっているのでしょうか?」

「私のところに、アサン殿の言葉を持ってきました。まだ死ぬと思っていないので、巡礼にも出発していない、と私も言ってやりました」

ジャカ・ガンボは、声をあげて笑い、煮た胡桃を口に入れた。甘辛くなっていて、いまの自分にはぴったりだ、と思った。

「おかしなやつです、あの小僧は。そばにいる大人が、隠した方がいいと思っているものを、遣えなくなった右脚で暴き出すのです。左脚を折った時、これで終りかと思ったのですがね。きわめて健やかな、どこにでもあるような左脚でした」

「飲みませんか、ジャカ・ガンボ殿」

「飲んでいますよ」

「もっとです。湯気を集めた、強い酒があります。二人で、酔いに酔って、高笑いをしませんか。

人の、いとおしいほどの愚かさを語りながら」

「いいですな、それは。俺には、特に考えなければならないこともないのに、考えこんでしまう癖がありましてね」

「やはり、飲むことですよ」

ジランが卓上の鈴を振って、女を呼んだ。

ジランの居室の方に、肴を次々に運ぶこと、酒を切らさないこと、を命じている。食堂では子供や女たちも食事を取るので、酒は居室がいいと思ったようだ。

食堂から、渡り廊下で母屋へ行き、池に面したジランの居室に入った。

壁には、西遼と、その西の国々の地図が張ってある。もう一方の壁の棚からは、書物が溢《あふ》れそうになっていた。

ジャカ・ガンボは、腕を組み、池の水面を眺めた。もう、初冬と言っていいころだ。なにもすることがないのに、時が過ぎていくという焦りに似たものがある。

「ジラン殿にお許しをいただきたいことがあり、そしてお願いしたいのですが」

「はて、なにを」

「この村で、家を構えてもいいでしょうか?」

「それはもう。いい家を、御提供できます。大きくはありませんが、池のそばで」

「あくまでも、俺はそれを購《あがな》いたいのです」

「まあ、ジャカ・ガンボ殿なら、そう言われるのでしょうね。誰が聞いても、適当だと思える価格で、お譲りしましょう」

「砂金の小袋かなにかで」

テムジンが持たせてくれた砂金は、二袋とも遣っていない。銀の小粒も、七つあり、西夏の貴石が袋一杯にあった。

「ジャカ・ガンボ殿。それでは私がいやな商売人になってしまいます。銀五粒。それで家に手を入れて住み心地をよくし、世話をする女をひとりつけます。適正な価だと、誰もが言うでしょう」

「そうですか。ならば、それで。そして、タュビアンを、ジラン殿のところで働かせていただけませんか。住むのは、私と住みますが」

「なにをお考えかはわかりませんが、悪いことではなさそうですな」

酒肴《しゅこう》が運ばれてきた。

ジャカ・ガンボは椅子に腰を降ろした。椅子全体を毛皮で覆ってあり、座り心地はよかった。

「アサン殿は、草原に大きな関心を抱かれています。そこへあなたが現われた。西域に帰る時に、またここへ寄られます。その時、草原の話をしていただけませんか？」

「それはもう、いくらでも。ただ、なんの力も持ってはいません」

「力など、商いでは無用ですよ。アサン殿がやりたいのは、商いなのですから。草原では、ムスリムは許されるのか。そんなこともお知りになりたいはずです」

「知人はいる、と言ってもいいだろうと思います」

ジャカ・ガンボはジランが注いだ酒を飲んだ。強い酒だった。

天山山系の途中の、山の集落について、ジャカ・ガンボは話をした。交易路からははずれたところにあった。それでいて、貧しいという感じはしなかった。

多分、戦などないのだ。それが、人をやさしくする。

「西遼の民だ、と自分では思っていないのかもしれませんね。天山山系だけでなく、崑崙《こんろん》の山系にも、小さな集落が、数えきれないほどあるようです」

静かな池の水面が、かすかに波立った。

それほど大きくはないが、魚が棲《す》んでいるのである。

「どこかに、猟師はいませんかね、ジラン殿。帽子を、毛皮にしたいのです」

「いますよ。帽子になりそうな毛皮を持ってくるように、伝えておきましょう」

「どんなのが、いいですかね。いま被っているのは栗鼠《りす》なのですが」

「白い狐。銀狐とも言うのですが。ただし、高価です」

「ちょっと変っていて、気に入りそうな気がします」

「ジャカ・ガンボ殿は、ここの人間になろうとされていますな」

ジランが笑った。タユビアンが大人になるまでだ、とジャカ・ガンボはいま思っていた。

それからはまた、流浪もいい。

泥塑《でいそ》

一

都は、ウルゲンチだった。

だからアラーウッディーンは都にいるべきだったが、東のサマルカンドに軍営を築くと、そこを動こうとしなかった。

バラクハジは、ウルゲンチに戻りたいと何度か上奏したが、アラーウッディーンは聞き入れない。ウルゲンチには、実母であるトルケン太后がいて、窮屈きわまりないと感じているのだ。

トルケン太后は、その性格がなすのか、周囲に阿《おもね》る臣ばかりを集め、勝手に政令を出したりするのだ。息子のアラーウッディーンも、当然自分の言うことを聞くべきだ、と考えているようだった。

二人が言い争い、アラーウッディーンが怒鳴りつけ、剣を口もとに突きつけ、その口を閉じろ、と言い放ったことがある。アラーウッディーンは、その瞬間だけ黙った。

しかし翌日には、すべて忘れたように同じことを言い、同じ言い争いが起きた。太后は、そ

そういうことが耐えられないと、アラーウッディーンは痛感したらしいが、太后は何度くり返されても、まったく動じることがなかった。

太后の出す政令は、暮らしにまつわるものなどが多く、政事に大きく関わってくるわけではなかった。そこだけが、バラクハジにとっては救いだった。

それでも、ウルゲンチの朝廷にいる年寄たちからは、つべこべと細かい指示が届いた。

自分たちが帝《スルタン》に従ってサマルカンドに足を運ぶことはなく、言葉だけを届けてくるのだ。若いバラクハジは、それを黙って聞いているしかなかった。

アラーウッディーンがサマルカンドを動かないので、バラクハジが文官として送りこまれた。

サマルカンドは、西遼の一部である、西カラハンの中にあった。西遼と国境を接しているかたちであり、北部は西カラハンのまま、南に眼をむけている。

もともと、西カラハンとホラズム・シャー国は、ナイマン王国の残党であるグチュルクと組み、西遼という国を撃ち破った。

なぜそういう戦が必要か、バラクハジにはわからなかった。グチュルクに、うまく乗せられたのかもしれない。グチュルクは、西遼の朝廷を圧倒し、帝位を簒奪《さんだつ》しかかっていた。

根底に、宗教というものがあるのだと、このところバラクハジにもわかってきた。他宗ととも

に生きることを、イスラムは許さなかった。

バラクハジも、ムスリムである。ただ、神は自分ひとりの心の中にいる、と思っている。だから、礼拝すらも、熱心ではなかった。

礼拝の場所や時刻の手配をきちんとやるのは、熱心なムスリムに不平を抱かせない、ひとつの方便だった。

「浮かない顔をしているな、バラクハジ」

背後から声をかけられた。テムル・メリクだった。三つほど歳下だが、サマルカンドに来た時、俺、おまえでつき合おうと言われ、頷いたら二年近くそのままの状態が続いている。

「いつもの顔さ」

「そうだな。おまえは考えすぎるからな」

ウルゲンチの老人たちと、アラーウッディーンの間で挟みつけられる苦悩など、粗暴な軍人のこの男に、わかるはずはなかった。

そのテムル・メリクも、皇子のひとりであるジャラールッディーンの旅の供を言い渡された時は、ずいぶんと愚痴をこぼしたものだった。

ただ、半年ほど経って戻ってきたテムル・メリクは、そういう愚痴を一切こぼさなくなった。たまに酒を飲むと、笛を吹いてくれる。

笛の音は、理由もなくバラクハジの心を揺さぶった。鉄の筒に穴のあいた鉄笛で、実に細やかな音が出る。

「軍が騒々しいが、私が知らないなにかがあるのかな」

「カンクリ族の傭兵《ようへい》と、連携する調練があるのさ。大して気にする必要はない」

「傭兵か」

版図が拡がり、傭兵を遣うことも多くなった。代りに、ホラズム・シャー国の生産はあがっている。富もうとしている国を、傭兵に守らせている危うさもある、とバラクハジは思っていた。

そのことをウルゲンチの年寄たちに言ってみたが、相手にされない。トルケン太后とアラーウッディーンの間で、どうやって自分を守っていくかしか、考えていないのかもしれない。

「どうも、大きな戦だな」

「ほんとうか」

兵糧などの調達の仕方で、バラクハジにもそれがいくらか見えていた。

組む相手が、西カラハンと、西遼で叛乱《はんらん》を起こした旧ナイマン王国のグチュルクだろう。ただ西遼を打ち倒したいということで、アラーウッディーンは、いまホラズム軍がいるこの地域を、戦後は西カラハンに返還する、という約束をしているのかもしれない。

西遼が滅びることになれば、ホラズム・シャー国には当面の敵はいなくなる。

その時に、アラーウッディーンは、内政というものに眼をむけるだろうか。

戦の日々だった。戦が好きなのだと、見ていてよくわかった。ウルゲンチで、口うるさいだけの廷臣に囲まれているより、戦塵《せんじん》にまみれる方が快適だと感じる男だった。

「ほんとうの出動は、近いのか?」

「多分な」

「おまえは、陛下の幕僚のひとりだろう」

「麾下の将校だった、というにすぎない。いまは一応軍営にいるものの、若君のお供を命じられているからな。遠からず、若君付きの将校にされると思う」

皇子たちには、それぞれ従者がついていて、ジャラールッディーンにもいるはずだが、テムル・メリクは特別なのかもしれない。周囲に軍人がいるのは、末弟のウズラグだけだ。皇太子に冊立されることが決まっているので、当然と言えばそうだった。

「俺はこれから、若君を連れて調練に加わる。といっても、陛下のそばにいるだけだがな。若君が、たってと望んだ。旅の時もそうだったが、陛下はそういう望みがお嫌いではないからな」

バラクハジは、ジャラールッディーンを遠日で見たことがあるだけだ。それもほかの皇子たちと一緒のところで、年齢と躰の大きさから見当をつけただけだ。

「なあ、テムル・メリク。私も連れていってくれないか？」

「調練にか。陛下のおそばだぞ」

「陛下は、多分、こういうことがお嫌いではない。そう思わないか」

「まあな。しかし、文官というのは暇なのだな」

仕事は、臨時でやらなければならないことばかりで、ウルゲンチから連れてきた六名の部下でもなんとかなる。帝がいるにもかかわらず、ここは都ではなく、ほんとうの内政の仕事はウルゲンチでなされている。

即位した年に、ホラズム・シャー国は、隣国からの侵攻を受けた。まだ国は脆弱《ぜいじゃく》で、朝貢をしていた西遼を頼り、なんとか逃れたという。

それからは小さな戦に勝ち続け、領土を徐々に拡げ、いつか西遼と対等な立場に立つようになった。西遼は、仏教国である。長年の朝貢には抵抗があり、対立するようにもなっていた。

そしてついに、本格的な戦がはじまろうとしている。仏教国の西遼に大打撃を与えれば、ホラズム周辺のイスラム教国は、一斉に靡《なび》きはじめるだろう。

アラーウッディーンは、西遼との微妙な関係を乗り切り、もしかするとかつての宗主国を併呑《へいどん》してしまうかもしれない。

西遼の帝の直魯古《ちょくろこ》は、あまり政事を顧みることがなく、好きだという狩猟と、女色の中で暮らしているようだ。それで、助けた旧ナイマン王国のグチュルクに、叛乱を起こされたりしている。

「ホラズム軍の中にあって、傭兵であるカンクリ族の割合は、どの程度なのだろう」

「二割と言われているが、実は四割近くになっているさ」

「そんなにか」

「急激に、国が大きくなりすぎたからな。トルケン太后の実家に、ちょっと手を貸してくれというところからはじまっている」

「まあ、傭兵は国を奪おうとはしないだろうが」

「手を引くことはあるよ、バラクハジ。そうなると、戦力は半分だぜ。それを憂えている軍人は、いくらかはいる」

トルケン太后のわがままの背後には、カンクリ族の力があるのかもしれない。

「ところで、おまえ、馬に乗れるのか？」

「言っていなかったがな、テムル・メリク。私はもともと軍人志望だった。ウルゲンチの家には、馬がいたのだよ。親父が、根っからの文官だった。私は、それに引きずられたのだな。サマルカンドには、馬はない」

「乗れればいいのだ。おまえの乗る馬は、軍営でなんとかしよう」

「すぐに出発するのか？」

「六刻後、だな」

「ならば、私は留守中の仕事を部下に命じてくる。着替え、剣は持っているから、それを佩いて三刻で軍営へ行くよ」

「その剣で、なにをするつもりだ、バラクハジ」

テムル・メリクはそう言ったが、口もとは笑っていた。

調練は五日にわたって行われるというので、部下には六日分の仕事を命じた。

それから宿舎の部屋へ行き、旅のための衣装を着て、サマルカンドでは一度も佩くことのなかった剣を出した。

家に伝わった剣だった。大したものではないことは、見ればわかった。しかしバラクハジは、それを大事にしてきた。

剣を佩くと、それまでとはまるで違う心持ちになった。

バラクハジは、軍営まで駈けた。

それほど離れてはいないが、到着した時は息が切れていた。

「ほんとうに、剣を佩いてきたのか」

テムル・メリクが、馬の間から出てきて言った。馬は、百頭ほどいるようだ。兵が忙しく行き交っていた。

「陛下のお許しを得なければならない」

「もう得てある。なにを考えているのだと笑っておられた」

テムル・メリクは馬の間を縫うようにして歩き、本営が見えるところまで行った。

馬三頭がいるところに、少年がひとり立っていた。周囲が具足の兵ばかりで、鮮やかな青い色の服を着た姿は、それだけ異質だった。

前まで進むと、バラクハジは拝礼した。

「バラクハジか。その名を、聞いたことがある」

「文治省で、仕事をしております。殿下とは、あまり縁はないかと思いますが」

「仕事をするのは、大事なことだ。テムル・メリクも、いつもそう言う」

「友人の私には、申しません」

「言わずともわかるのが、友というものだろう、バラクハジ」

「はい、いい友なのだろうと思います」

「バラクハジも、戦に興味を持ったか。文官の興味とは、どんなものなのだろう」

「戦費というものが、戦には必要です」

「そうだ。それは、私にもわかる。そして戦費は、民の税で賄われるのだな」

「そうできればいいのですが、足りないことの方が多いだろうと思います」

ジャラールッディーンは、ちょっと考える表情をした。十歳なのか十一歳なのか。年齢には関係なく、引きつけられるような気分が襲ってきた。

本営の前で、テムル・メリクが数名の将校と話をしていた。

「テムル・メリクは、こういう時に必ず具足をつけてくる」

「それは、軍人でありますから」

「そのくせ、私には具足を許さないのだ」

「陛下だけが、それをおできになります」

「私は、父上を好きになった。旅から戻った私を、半分忘れているだろうと思っていたが、なにを見てきたのか、強い関心を示してくれた。私は、懸命に旅のことを語ったのだ。しかし、よくわからないこともあり、うつむくしかなかった。その通りに語ると、父はまたそこへ行ってみればいい、と言って笑った」

「そうですか。殿下が御覧になってよくわからなかったのは、なんでございますか？」

「たとえば、アウラガ。そこに、なぜ人が集まり、活気に満ちているのか、短い滞在ではわからなかった」

「草原の中心と言ってもいい場所であります。私は行ったことはないのですが、草原が秘めている力が、アウラガという場所に、見えるように現われたのだ、と思います。物の流れを観察していると、そんな気がして仕方がないのです」

「私は、アウラガとコデエ・アラルで、十日ほど過ごした。そこを見せた方がいいと考えたテムル・メリクが、私よりも驚いていたな」

「チンギス・カンは、ほとんど草原を統一しています。これまでの歴史には、なかったことですよ。願わくば、チンギス・カンと殿下が、出会っておられたら、と私は思います」

「ところが、出会ったと私は感じている。まさか、とテムル・メリクは言うが、出会わせたのは鉄笛だよ」

「なるほど」

「すぐにわかるな、バラクハジ。テムル・メリクは、いまだにそれを考え続けている」

「なにか、手がかりはあるのでしょうか?」

笛の音の美しさとか、聴きに来た男の雰囲気とか、そんなものはただの情緒だった。その時のことを、テムル・メリクは何度か語ったが、笛を吹くことに心のすべてを傾けて、見えているものはなかっただろう、とバラクハジは思っていた。

「名乗ったな、そばについている男が。その名を調べれば、誰だかわかるはずだ」

軍の移動が近くである中で、その男はやってきたのだ、とテムル・メリクは言った。そんな行動ができるのは、軍の上級将校だろう。チンギス・カンの軍には、そういう将校が多いかもしれない、とその時思った。

「ソルタホーンと名乗った」

「それは、モンゴル軍がそばにいた、ということですよ。ソルタホーンは、チンギス・カンの副官の名であります」

草原で勢いを持ちすぎた男のことは、多少は調べていた。

民政に関しては、ボオルチュという、チンギス・カンの義弟にあたる男がいて、すべてを統轄しているようだ。アウラガ府に、大規模な民政組織があるが、戦で手に入れた領地には、そこから数十名単位で文官が行っている。それは、旧ナイマン王国でも同じだった。軍を大事にするように、民政にも手をかけている。

調べてみて、外から見る印象とはいささか違うものが見えてきた。アウラガから方々へ通じる道を、活発に作っている。

道沿いに点々と駅というものがあることは、テムル・メリクからも聞いた。

軍は、ジェルメとクビライ・ノヤンという二人の将軍が、全体を統轄しているが、実戦にむかう将軍の数は多く、優秀な将校も揃っていた。

チンギス・カン麾下の兵はわずか二百騎で、その副官の名がソルタホーンだった。

「私が会った人は、やはりチンギス・カンだな。なにか、やさしい男だ、という気がした。汗血馬に乗っているのか、と言われたよ。モンゴル草原の馬は、みんなひと回り小さかった。ただ、すごく我慢強いのだという」

「アウラガでは、汗血馬は目立ったと思います」

「牧《まき》を差配しているという男が、わざわざ見に来た。そして、コデエ・アラルの牧に案内してくれた。見るのを許されたのは、一部だろうとテムル・メリクは言った。河の中洲《なかす》で、横は百里近くあるかもしれない、とも言った。私は、どこまで牧が続いているのだろう、と感心しているだけだった」

コデエ・アラルは、モンゴルの中心的な牧で、長さが七十里、幅が二十里という、とんでもない広さだという。馬がどれほどいるのかは、見当もつかないらしい。

調べるのは、商人の身なりで旅をする、十名ほどの一団だった。傭兵と同じように、彼らも雇うのだ。

そういうことをやる裁量は、アラーウッディーンから与えられていて、調べたことについては、ひと月に一度ぐらいは報告を入れている。

本営の前にいたテムル・メリクが、駈け戻ってきた。

本営が騒々しくなり、数十頭の馬が曳かれてきた。

具足をまとったアラーウッディーンが、馬に乗った。兜《かぶと》を持った者、馬印《うまじるし》や旗を持った者が続いた。

アラーウッディーンは、軽快に駈けてくると、ジャラールッディーンのところで停まった。

「麾下の最後尾からついてこい、ジャラールッディーン。そこの文官は、好きで加わっている。落馬したら、捨ててこい」

「父上、バラクハジはよく乗るそうです。自分で言っているのですが」

「声が昂《たかぶ》っているな。嬉しいのか」

「はい」

「調練地まで、一気に駈ける。遅れるなよ」

アラーウッディーンは、軍営の建物の中にいる時とは、まったく違っていた。躰からも気持からも、余計なものを削《そ》ぎ落としたとでもいうような、鮮やかな印象がある。

麾下が駈け抜けると、バラクハジは馬に跳び乗った。

ジャラールッディーンとテムル・メリクは、もう駈けていた。

「馬は、いいものだぞ、バラクハジ」

追いつくと、テムル・メリクが言った。

「この脚で、調練地まで五刻駈けると、かなり疲れているが、ひと晩休めば、朝からはまた、同じように元気だ」

「陛下は、すっきりしておられた。日々の屈託を本営に置いてこられたな」

「帝であられる前に、戦人《いくさびと》なのだよ。殿下にも、その血が流れているな」

ジャラールッディーンは、気持よさそうに前を駈けている。

「文官より軍人がいい、とこんな時には思うよ」

「おまえ、腰のその剣は遣えるのか？」

「以前は、そこそこ稽古をした。相手がいないのでひとりだったが。おまえと較べると、ほとんど遣えないも同然だな」

「今度、相手をしてやろう。殿下も、そろそろ反吐《へど》を吐くほどの稽古をやっていいころだからな」

「殿下が、反吐を吐くのか」

「吐く吐かないは別として、死すれすれのところまで追いこむ。おまえも、一緒に追いこんでやるよ」

「いや、私は」

「それではじめて、闘うというのがなんだか、躰でわかるのだ、バラクハジ」

「やめておく」

言いながら、闘うことを躰でわかるのが、抗《あらが》い難いほど魅力的なことであるような気もしていた。

風が、頬を打つ。

ジャラールッディーンが、ふり返って笑った。

二

二度目の冬が去った。

岩を打ち続けたこの前の冬は、自分のなにかを変えたのか。変ったようでもあるし、前と同じだとも思えた。

強くなったという自覚は、マルガーシにはまったくない。またトクトアと三度立合っても、三度とも負けるだろう。

トクトアがマルガーシに命じたのは、もっと高い場所へ行ったところにある、切り立った崖を、素手で攀《よ》じ登ることだった。

ほとんど垂直で、落ちれば下も岩場だった。崖に取りつき、虫のように這《は》い登っていく。指をかけるところも、足を踏ん張れる場所も見つけられない時は、横に移動する。

一度目は、登り切るまで二日かかった。二度目は半日で済み、三度目を登れと、トクトアは言わない。それから、ひとりで小動物を追って、一日をひたすら駈ける。そのやり方で、黒貂を一匹獲った。

それから、岩の上に三日座っているように命じられ、それは三度やった。

ダルドとオブラは姿を消すので、二人だけで大虎を追ったが、足跡や人間の腕ほどもある糞を見つけたりはしても、ついに大虎に会うことはなかった。

ただの狩にも何度か出て、熊や猪が相手の場合は、マルガーシが丸太でむかい合い、仕留めた。

一度だけ、命じられて山を降り、黒貂の皮一枚で、米を大袋に二つと、鍛冶の道具、鉄塊、布の服などを手に入れた。それから、鞍を載せた、若い新しい馬も一頭手に入れた。

それはどこかに売っているのではなく、街道まで出て隊商に話をすると、駅というところで品物を集めてくれたのだ。米が、最も時がかかった。

駅で待っている間に、草原をほとんどチンギス・カンが統一していることを知った。ジャンダラン氏も滅び、父のジャムカは半年前の戦で死んだ、とも教えられた。

トクトアのもとに戻っても、父の話は口にしなかった。じわりと、岩に水がしみこむように、躰に父の死をしみこませていった。

そういうことをしている間に、二度目の冬が来て、充分すぎるほどの肉と薪があり、時間もたっぷりある中で、冬を越すことになった。

また岩を打てと言われると思い、棒を数百本用意して積みあげていたが、トクトアは平気でそれを薪に遣った。

そしてトクトアは、狩というものをマルガーシに語った。獲物によって、近づく距離を変え、得物《えもの》も変える。狡猾《こうかつ》な獲物もいれば、力まかせに闘おうとする獲物もいる。

夜ごと、その獲物とひとりで闘うことを想定して、さまざまな方法を語るのだ。マルガーシは、頭の中に獲物を思い浮かべ、トクトアの語る通りに闘う。

同じ獲物でも、場所によって、時刻によって、まるで闘い方が変ってくる。山のかなりの部分を遣った巻狩をやることもあり、虎と熊と猪が、ほとんど同時に出てくることもある。

マルガーシは、狩の話を聞いているのではない、とある時、感じた。

まるで戦をしているようで、マルガーシはひとりではなく、二百、三百、あるいは一千の兵を率いているのだ。

戦だと感じてから、マルガーシはトクトアの話に口を挟むようになった。もう狩とは考えず、戦と考えて喋り、トクトアも敵の軍などと言うようになった。

雪の中で、森は静寂に包まれる。お互いの言葉だけが、熱を帯びていた。マルガーシは、トクトアが実際に自分で闘った戦を語っているのだ、と思った。

一軍の将であることは、疑いようもなかった。闘っているのは草原や森でも、もしかすると父と対したこともあるかもしれない。トクトアの話の中には、誰の軍という、特定する言葉がない。しかし頭の中では、誰の軍かはっきりとわかって語っている。

時々意見がぶつかり、マルガーシは前の冬にひたすら打ち続けた、岩の上に座った。じっと眼を閉じている。十刻もそうしていると、頭や肩に雪が積もった。それを解かすほどの熱は、自分にはないのかもしれない、と思った。

ダルドもオブラも、岩の上に座っているマルガーシを、見ようともしなかった。トクトアよりもっと火に近いところで、二頭は寝ているのだった。

マルガーシは、岩と語った。岩の声が、聞えるような気がした。それは、ひたすら棒で打ち続けていた時には、感じることもなかったものだ。

おまえは、私をただ岩だと思ったのか。声が、頭の中で谺《こだま》する。岩としか見ずに、ひと冬、打ち続けていたのか。岩のむこう側にいる己を見ることができず、ただ岩を打ち続けた。己を見て、己を打っていれば、もっと違うものが現われたはずだ。それこそが、おまえが打つべきものだった。

声は途切れ途切れで、時には聞えなくなる。マルガーシは、それを深く聴こうとは思わなかった。すでに終ったことではないか。己であろうと岩であろうと、いくら打っても割れはしなかった。

た。

岩の上に座るのは、十日に一度ぐらいだった。トクトアはなにも言わず、マルガーシがそこにいないように振舞っていた。

戦の話は、続いた。同じ戦で、違う方向からはどう見えるのか。それを念入りに話し合うと、勝つ者は勝つだけのことであり、負けるべくして負ける。勝敗は、時の運などではない、と思った。

「おまえは、軍学のようなものは学んだのか？」

「いえ」

「そうか。ならば心しておけ。俺が喋っていることが、絶対というわけではない」

「絶対ならば、トクトア殿は負けておられません」

「ほう、俺が誰だと思っている？」

「それについて、ずっと考えてきました。草原の部族の族長だった人だろう、と思います。戦について解析するような、そんな日々を母は許しませんでした。できるかぎり、戦とは違う方を見させる。そんなふうにして、幼いころから育ったのです」

「俺は、メルキトの族長だった。いまの族長のアインガの前だ。俺にとっては、敵は常に、ケレイト王国のトオリル・カンだった。しかし本気で殺し合いをしたのは、モンゴル族ジャンダラン氏のジャムカだった。殺しかけたし、殺されかけたりした」

父の名が出ても、驚くほど動揺はなかった。母が死んだのを見た時、父も死んだのかもしれない。

父と、戦について語ったことはない。草原一の武将だ、と部下の将校に聞かされたことがあるだけだ。チンギス・カンと闘って、負けた。それは、草原一ではなかったということだ。

「おまえは、ジャムカの息子だな、マルガーシ」

トクトアは、マルガーシに測るような視線をむけていた。マルガーシは、眼も口も、手も足も動かさなかった。

「おまえが何者だか、考え続けてきた。テムジンとジャムカは、俺にとっては草原で最も心に食いこんできた二人だった。羨しいほどの、盟友だった。いや、友か。あの二人が対立しなければならなかったのは、やはり乱世ということなのかな」

マルガーシは、トクトアを見つめた。メルキトの族長なら、草原で一、二を争う男だったのだろう。戦の解析も、普通だと絶対に聞けないものを聞かされたのだ、と思った。

「ジャムカの息子だな、マルガーシ」

「父の名は、忘れました」

「そうか」

それ以上、トクトアは訊いてこなかった。

雪が、解けはじめた。

トクトアが、ちょっと改まった感じで、マルガーシを座らせた。

「ここを出ろ、マルガーシ」

「俺はまだ、弱いままなのですが」

「ここにいて、それ以上強くなれるわけもない」

それは、その通りだった。トクトアと立合っても、いまならばたやすく勝てるのかもしれない。自分が強くなったのではなく、トクトアが老いて弱くなった。

「トクトア殿に、命を預けてしまっています」

「ならば、返そう」

雪が解けた地の上に、なにかが放り出された。よく見ると、それは洞穴の中でぶら下げて干された、熊の苦胆《にがぎも》だった。

「これは？」

「持っていけ。黒貂の皮も、一匹分やろう」

「両方とも高価で、気軽に頂戴できるようなものではありません。それに、二匹分の黒貂の皮は、俺が持っています」

「一匹分をやっても、まだ五匹分は残っている。山を降りたら、とにかく黒貂と苦胆で、必要なものを整えろ。この間手に入れた馬は、乗っていっていい」

マルガーシは、自分がそれほどの物を受け取る理由はない、と思った。

五つあった苦胆の中の二つだけを、マルガーシは取った。

「これと、馬で充分すぎるほどです」

もともとトクトアが乗っていたものが、一頭いる。山を降りて手に入れてきた一頭は、マルガーシ自身が気に入って選んだものだ。

「持ち過ぎるほどのものを持っても、俺には役に立てようがありません」

「流浪か、マルガーシ」

「はい。俺は、草原以外のところにも、行ってみようと思います」

その夜、マルガーシは一匹分の黒貂の皮を遣って、帽子を作った。そばで見ていたトクトアが、手を出してくる。

「ジャムカ殿の帽子は、尻尾《しっぽ》をうまく帽子のまとめに遣っていた。見るたびに、俺は感心していたものさ。戦場では目立つのに、兜を被ることもなかった」

「そうですか」

父の帽子と思って見ていただけで、どんなふうに作られているか考えたことはなく、手にとったこともなかった。

「被ってみろ」

トクトアが言ったので、マルガーシは帽子を被った。なにか温かいものが頭を包みこんできた、と思った。

「いいだろう。ジャムカ殿と見まごうほどだ。それでは、俺が教えるところを、しっかり縫いつけろ」

トクトアが言った数カ所を、しっかりと縫いつけた。するとそれはもう、帽子以外のものには見えなくなった。

「いつ、出発する？」

「数日のうちに。薪と秣《まぐさ》を作っておこうと思います。それから、余分な肉を煙に当てておきます」

「老いた俺には、そんなことがこたえると思っているな」

「トクトア殿、俺は三年以内に、ここへ一度、戻ってきます。お願いがあります」

トクトアの眼が、マルガーシを見つめてきた。トクトアが老いたと思うのは、この一年のことだった。出会った時より、仕草が老人臭くなっている。

「俺は、トクトア殿と一緒に、あの大虎と闘いたいのです。俺が戻るまで、あいつを見逃してやってください」

「見逃すのか」

トクトアが、声をあげて笑った。それ以上は、なにも言わない。

死なないでいてくれ、とマルガーシは伝えたつもりだ。ここで、こういう生活をしながら、トクトアは生き急いでいる、とふと感じることがあった。ほんとうに急いでいるのかどうか、よくわからない。

しかし、老いはしっかりと後ろから追いかけてくる。不意に、老いの脚が早くなったのではないか、とマルガーシは感じていた。

「俺が、ここを動くことはない。ダルドもオブラも、ここにいる」

群の一員だった。人間が入っていることで、群の狩は効率がよかった。そして、分け前の肉も多かった。

三日経って、マルガーシはやることをなにも見つけられなくなった。

「トクトア殿、行って参ります」

マルガーシは、鞍に荷をくくりつけ、トクトアの前に立った。

「教えられたことは、忘れません」

「俺が教えたことは、おまえの考えのもとになるかもしれない、というだけだ。流れ歩いていると、さまざまなものに出会うだろう。そこで、おまえは自分のやり方を、考え方を、築きあげればいい」

「はい」

トクトアが泣いているように見えたが、よくわからなかった。それ以上トクトアの顔を覗きこむことはせず、マルガーシは馬に乗った。

ふり返らなかった。岩場を通り、灌木《かんぼく》の中を通り、深い木立の中を通った。岩のところまではオブラがついてきていたが、そこで諦めたようだった。

二日で、草原に出た。

マルガーシは北へむかい、数日進んで西へ方向を変えた。寒い地帯で、まだ方々に雪が残っていた。

果てが見えないような、巨大な湖にぶつかった。

狩をしている者たちがいた。それが巻狩らしいので、ちょっと驚いた。包囲からはずれるようにして、マルガーシは北へ進んだ。

人がいた。赤茶色の大きな熊と出会《でくわ》し、矢を放ったが、逆襲されているというところだろう。

マルガーシは馬を駈けさせ、馬上から三矢放った。肩と胸に矢を突き立てた熊が、逆上して立ちあがった。襲われていた男は、その間に少し熊から離れた。

マルガーシは馬を降り、剣の柄に手をかけて、熊に近づいた。熊の皮は厚く強靭《きょうじん》で、斬ろうと思うとうまくいかないことがある。まず刺す。刺したままの剣で、斬り下げる。

熊は吠《ほ》え、周囲の樹木の枝を叩き落としている。動きを、しばらく見た。それから跳躍し、熊の胸に剣を刺すと、動きを止めることなく斬り下げ、離れた。

熊は、大きな咆哮《ほうこう》をあげた。

しばらく、マルガーシは剣を構えていた。熊が、横に倒れ、やがて動かなくなった。マルガーシは、熊の躰から三本の矢を抜き取り、矢柄《やがら》と鏃《やじり》を熊の躰で拭って、立ち去ろうとした。

「待ってくれ」

襲われていた男が、上体だけ起こして言った。

「熊はもう死んでいる。襲ってくる心配はない」

「助けられた。礼をしなければならん」

「気にするなよ」

「助けた方はそう言えても、助けられた者は、そうですかで済ませることはできない。いま、火薬の入った筒に火をつける。黄色の煙があがるのだ」

それで、仲間がここへ来る、ということだろう。急ぐ旅ではない。それに山から出て、まだ一度も人と話していなかった。

「どこを、やられた」

「腿と、胸を」

腿の傷が深く、マルガーシは三カ所を縫ってとめ、血が乾くようにそれを晒した。

男が火を熾こし、筒のようなものを放りこんだ。黄色の煙があがってきた。

「水は持っているな。飲めるだけ飲め。出血がいくらか多い」

男は、革袋から水を飲んだ。

「巻狩の包囲を破った熊だった。破ったのが俺のところだったので、こだわってしまった。反撃は強烈だったな」

「まあ、爪が急所に入らなくてよかった」

「おまえ、剣で倒したよな」

「矢だけでは、倒しきれないところがある。胸のあたりを斬り裂けば、相当力が奪えるし、うまく行けば殺すこともできる」

「村の男で、矢が尽きて剣で立ちむかったが、皮が厚くて斬れなかった、と言う者がいた。熊の皮は、分厚くて、たやすく斬れない」

「はじめに突くのだ。そのまま斬り裂くように剣を動かす」

一刻も待たない間に、男が二人駈けつけてきた。まず傷の手当ての具合を見て、それから倒れた態を検分した。

　また、火が燃やされ、そこに黄色い煙が出る筒が放りこまれた。

　さらに一刻ほど経って、馬車と三騎の騎馬がやってきた。馬車を操っているのは、女だった。

「俺はこれで」

　大柄な女に礼を言われ、マルガーシは言った。

「お急ぎですか？」

「特に急いでもいませんが」

「できることなら、ひと晩だけここに留まっていただけませんか。私たちは、馬車で南へ商いに行くのですが、靴の材料が数百足分ほどあります。それで、靴を作らせていただきたいのです」

　靴は、かなり傷んでいた。山中で二度、自分で作ったが、どうしてもどこか窮屈で、そこから破れてしまうのだ。破れたところに革を当て、もともとのかたちを留めなくなっている。

「靴ですか」

「私は、縫い方に習熟しております。われらだけの作り方というのもあって、草原の南の方で、求められはじめているのです」

「靴は、ありがたいな。買いますよ」

「いえ、お礼です。うちの者の傷は、縫わなかったら、死んでいたかもしれないというものです。血が流れすぎたでしょう。それを助けていただいた」

「巻狩をやっている人たちも、森のどこかにいるのでしょう？」

「巻狩の包囲は、西の平地に絞りこまれています。もうここに、虎や熊が来ることはないでしょう」

怪我人をどうするか、マルガーシがなにか言う筋合いではなかった。

怪我をした男とは、同じ歳頃なのか。

マルガーシは、毛皮の上に寝かされている男のそばに、鞍を遣って自分の寝床を作った。

「タルガという者だ」

「俺は、マルガーシ」

「あの女の人は、長の妹で、南で商いをしてくる」

その女がそばへ来て、寝ているマルガーシの靴を脱がせた。しばらく、足に手を当ててじっとしている。

「あなたとそっくりな足をした人を、私は知っていますよ。触れてみて、はっとしました。そして、いい靴が作れます」

タルガが、弓と剣をどうやって組み合わせて遣うか喋りはじめた。間違ってはいないが、すべてそれでいいというものでもない。

「そうか、柔軟にか」

「一矢で済むこともあれば、五矢射ても、思い通りに立ってくれないこともある」

「確かに」

「経験を積めばいい」

その場で熊は解体され、肉の一部が焼かれていた。

焼きあがった肉が運ばれてきたころ、陽が暮れはじめた。

「熊が立つように、矢を遣うのだな」

タルガが、呟いている。まだ狩のことを考えているようだ。

「ここの北に、バルグトの集落がある。ホルガナと呼ばれているところが。近くを通ることがあったら、寄ってくれ。一緒に、狩をしてみたい」

「ホルガナか」

行くことがあるかもしれない。流浪の旅で、向かうべき場所などないのだ。

タルガが、集落の暮らしについて語りはじめた。気を遣っているのか、マルガーシのことについては、なにも訊かない。

革袋に入れられた酒を、少し飲んだ。

それから眠った。

眼醒めると、そばに新しい靴が置かれていた。

三

駅の整備は、進んでいた。

アウラガや黒林《カラトン》やカラコルムから、西へ南へ、かなりの道が拓《ひら》かれ、その途中には必ず駅を設けた。

交易のための道はすでにいくらかあるが、それは品物を積んだ荷車を通すことを考えて作られたものだ。遠回りでも、平坦な土地を選んであることが多い。山地も、谷を縫うように通っている。

チンギスが考えたのは、軍が速やかに移動できる道だった。交易路に軍を通すと、物流が滞ると考えなければならない。

平時には、軍の移動路を駱駝《らくだ》の背に荷を積んだ隊商などが通りはじめている。軽い荷車も、やがて通るだろう。

道を通すことについては、地図作製の責任者であるチンバイの部下が、現地で指揮を執る。チンバイ自身で行くことも多いようだ。

チンギスの頭の中には、道の終点から、さらにどこかへのばすという考えがあるが、それはどこも異国で、いまのところ使節の交換すらもしていない。

領内を、チンギスは二百騎の麾下を連れて移動した。

アウラガの軍営で、危険が大きいと判断した地域には、一千騎が駐留している。それははじめ、十カ所近くあったが、いまは四カ所に減っている。

ほかに、国境の駐留軍もいて、特に金国、西夏国境にいるスブタイの軍は、総勢で八千騎に増えていた。

金国とはいまだ同盟の関係にあるが、国境では時折り金軍が不穏な動きを見せる。些細《ささい》な理由を見つけて、交戦状態になる、ということも警戒していなければならなかった。

もうひとつ、眼を離さないようにしているのが、メルキト族の動向だった。

剣呑《けんのん》な気配は、まったくと言っていいほど見せないが、勢力が衰えてもいない。戦になれば、三万の軍を動員する部族の力を維持している。

時が経てば、孤立して弱体化するという見方も幕僚の中にはあったが、族長のアインガは、民政の手腕も、軍を掌握する力も持っているようだった。

これには、チラウンが一軍を率いて備えている。

チンギスは、アウラガから南にむかって駈けていた。旧タタル族の地である。タタル族の好戦的な残党は、もうほとんど残っていない。ただ戦が好きだという者たちは、モンゴル軍に加わっていた。

「この先十里に、指定された池があります」

ソルタホーンが馬を寄せてきて言った。

「あの緑がそうだな」

タタル族の掃討には、幕下の将軍たちがずいぶんと時と手間をかけた。その掃討に、チンギスはほとんど直接関わっていない。

だから、湧水《わきみず》やオアシスの位置など、摑んでいないものも多い。

ソルタホーンは、前方の緑の中には斥候を送り、なんの危険もないことを確かめているはずだ。

いまでは三百名以上の人員を抱えるようになった狗眼《くがん》は、チンギスの行先の安全はしつこいほど確認しているだろう。

自分の身を自分で守ろうと、チンギスはあまり考えないようになっていた。部下たちが守っているのは、チンギスであって、チンギスではないのだ。

地が緑色に包まれている場所に、到着した。

思いのほか木立の範囲は広く、池も小さなものではなかった。

すぐに、大きな幕舎が張られる。チンギスひとりが寝られればいいというものではなく、人が集まれる場所があり、その奥にチンギスの部屋がある。部屋には、毛皮を敷いた寝台と胡床と卓が置かれている。

馬車が二台、宿営地に先回りしていて、必要とは思えないものまで揃えられていた。

「ここには、民の集落があったのではないのか？」

「はい。タタル族の遊牧民の営地になっていたようです。いまは、駅が作られることになっております」

ソルタホーンが、答えた。

駅には充分な条件が揃っている。大規模な駅を作り、相当の数の馬も置けるはずだった。どういう土地でも、大事なのは水だった。

「ここからダイルの城砦まで、二百里というところか」

「あの城砦には、牧が作りにくいのだそうです。豊富に水があるというわけではなく」

「そうすると、ここは大規模な牧の予定地でもあるな」

「殿の御検分をいただき、お許しが出れば、白道坂《はくどうはん》の李順《りじゅん》殿の牧から、一万頭の馬が運びこまれることになっています」

牧は、方々に作られていた。

西へむかう道の途中にも、二百頭から五千頭の馬を飼える牧が点々とある。

麾下だけで移動するなら、毎日でも馬を替えることができた。

草原全体で、馬は四十万頭にものぼる。そのうちの三十万頭が、軍馬だろう。チンギス自身、正確な数は把握していない。

羊に到っては、どれほどの数なのか、ボオルチュのアウラガ府でも、わからないかもしれない。五千万頭と推測している者がいたし、六千五百万頭と言う者もいた。

草があり、羊がそれを食い、そして人が羊で生きる。すべて、この大地の上で育まれていることだった。

「この池の水は、どこで湧いている？」

「池の底に、三つの湧水があるそうです。ゆえに水が古くなることはなく、魚も棲んでいるそうです」

「池から水が流れ出し、川を作っているのだな」

「はい。川沿いにさらに池が三つあり、すべての流れが集まって、大きな河になっているという話です」

「よかろう。ここはいい牧になる」

「最終的には、三万頭の馬がここにいることになります。別に、殖やすための牧も、作られると思います」

「ソルタホーン、白道坂の李順は、泥胞子《でいほうし》と組んでいるのだよな」

「はい。塡立《てんりつ》殿とも」

「すべて用意をして、泥胞子は俺に会いに来るのか」

「そういうことになります」

「李順、泥胞子、塡立。そして、おまえもそこに絡んでいるな」

「はい」

「もういい。俺は、悩みもないのに、眠れぬ日々が続いている」

「移動を続けてきましたので」

「泥胞子は、いつここへ来る？」

「なにもなければ、三日後ということになります」

チンギスは幕舎に入り、従者に命じて具足を解いた。

ソルタホーンは、その時も従者の背後にいた。

いま、チンギスの幕僚たちが恐れているのは、暗殺だった。奇襲などではなく、そばにいる人間が刃物を突き出す、毒を盛る。そういう暗殺は起こり得ると考えて、従者など選びに選ばれている。その上、ソルタホーンが従者たちの挙動を、さりげなく見ている。

食いものも、忠実な料理人がひとり常に随行していて、チンギスの食事は将校の前で例外なく試食されるのだ。

食いものについてまで、いつからそうなったのか、と考える。やはり、ナイマン王国を倒し民を併合してからだ。あそこで、大きなものがいくつか変った。

そして、ジャムカもいなくなった。

「十名の隊を編制せよ、ソルタホーン。それで俺は、この地の十里四方を駆け回ることにする。おまえも、要らないからな」

「そうはいきません、殿。俺がそうしたと本営に知られれば、首を打たれます」

「大袈裟な」

「殿は、ジェルメ将軍や、クビライ・ノヤン将軍と、このところ喋っておられません。あのお二人の考えが変らないかぎり、俺のやることは大袈裟とは言えません」

二人と、もう少しよく話をしろ、とソルタホーンは言っているのだろう。

チンギス自身も、自分の警固について、二人とよく話さなければならない、としばしば思った。ただ、いささか面倒で、先送りにしてきたのだ。

「アウラガへ戻ったら、俺はひと晩、やつらと飲むことにする」

「そうですか。お二人は喜ばれる、と俺は思います」

「ソルタホーン、俺の暮らしは、なぜこうも窮屈になったのだろう?」

「それは、殿が御自分で思われているより、はるかに大きな存在になられてしまっているからです。殿は、御自分で望んで、いまの立場におられるのです」

ジェルメもクビライ・ノヤンも、チンギスをどう守ればいいのか、よくわかっていないのだろう。守られるチンギスの思いなど、はじめから伝えていない。

平服を着ると、チンギスは幕舎を出て、馬に乗った。ソルタホーンと数名の供だけで、池の周囲を駈け回った。

「殿は、十名の警固隊を編制する暇さえ、与えてくださらないのですか」

「もうできているではないか、ソルタホーン。つき従ってきた者たちは、みんな隙がなかった」

「七名です、俺も含めて。殿は十名と命じられ、しかしその暇は与えられませんでした」

「わかった。もういい。十名の隊を、三つ編制しておけ」

「明日までには」

ソルタホーンが、いつもの冷静な口調で言った。

夕刻、スブタイとダイルが来た。

二人は、チンギスに挨拶すると、そそくさと幕舎を出て、馬で駈け回りはじめた。南の城砦から来た兵ではない五名を連れている。

「牧の縄張りをしようとしているのか？」

「らしいですね」

「李順は、すぐそこまで来ているか」

チンギスは、半分諦め顔をしているだろう、と思いながら言った。

「泥胞子殿は、李順殿と一緒なのですよ。この牧の馬は、泥胞子殿も遣われますのでね」

「ソルタホーン、俺は細かいことから、ずっと除外されているのか」

「除外などと。畏れ多くて、誰も殿にそのようなことは言えません。ダイル殿もです。ボオルチュ殿は口うるさく言っておられますが」

「あれは、耳もとでうるさい。つまり俺が耐えていれば、もの事は捗《はかど》るということなのだな」

「楽をしているではなく、耐えると思われるのが、殿というお方なのだ、と俺は思っているのですが。俺には、なんの裁量もないのです。殿のお気持は、そばにいてよくわかっているとは思います」

移動中などは、ソルタホーンは自分の裁量を発揮している。たったそれだけのことで、チンギスはずいぶんとのびやかな気分だった。

その日、麾下の兵の一隊が囲んでいる焚火のそばに行って、チンギスは肉を食った。

ほかのところでは、煮た羊肉か戻した干し肉を食っているようだったが、ここでは焼いた肉だった。

「香料をふりかけてみろ。俺が食らうものだけでいい」

「われらの肉は、香料を禁じます」

「待て、誰が禁じると言った。ふりかけたいと思うものは、そうしていい。みんなの好みではないかもしれないと、俺は気を遣って言っただけだ」

「殿が気を遣われるなど」

言っていた兵が、うつむいた。

チンギスは、兵たちの輪の中に割りこんだことを後悔した。無用な緊張を強いているとしか思えない。

「もうひとり分あけて、そこにソルタホーンを呼んで座らせろ」

ひとりが、走って呼びに行った。ソルタホーンは、すぐにやってきた。

なぜチンギスが自分を呼んだのか、ソルタホーンはすぐに理解したようだった。

ソルタホーンは、ひとりひとりの名を紹介し、麾下に加えられる前はどこの軍にいたかを言った。チンギスは、二つずつ質問をし、短い答を受けた。全員でそれをくり返していると、焼かれていた肉はなくなった。

チンギスは腰をあげ、全員が立ちあがって見送った。

「明日からは、どこかの焚火に座っていただかなければなりません。麾下全員と、同じ分量の言葉を交わしていただけますか」

「わかっている」

安易に、兵と交わろうなどとしないことだ。ナイマン王国を倒すまで、チンギスは平気で兵たちの中で過ごした。それが許される立場ではなくなったのだと、自嘲とともに考えた。あの時から、すべてが変った。

アウラガにいる時は、特にそうなのかもしれないが、やりたいことが手に余るほどあったので、あまり窮屈さを感じることはなかった。

「ソルタホーン、キャト氏の長であったころが、俺には懐かしい」

「いま、殿はちがう視界の中におられるのです。そしてそこは、殿おひとりしか見えないものなのだと思います。たとえボオルチュ殿でも、殿と同じものは見えません」

それは、よくわかっていた。それでも、若いころの自分が、やはり懐かしかった。

その夜は、チンバイの地図を眺めながら、酒を飲んだ。地図はしばしば更新されて、またその範囲も拡がっている。十名の踏査隊をいまは六つか七つ抱えていて、旧ケレイト領や旧ナイマン領も、ずいぶんと詳しくなった。

チンバイの地図は、もう大きく分厚い冊子になっている。

夜更け、声がして、女がひとり入ってきた。

アウラガ以外では、時々これがあって、ソルタホーンの知り人が手配しているようだ。まず、暗殺を目論んでいないかを、詳しく調べている。女とはほとんど口を利かないので、従者から聞いた。

女は、卓にいたチンギスに拝礼すると、服を脱いで寝台に横たわった。

チンギスは地図を閉じ、横たわった女の躰に眼をやった。女体についての好みがあるわけでなく、ただ情欲をかき立てるために、見るという行為が必要なのだ。

灯台が三つあり、白い女の躰は浮きあがって見えた。

情欲はすぐに頭をもたげてきて、チンギスは裸になり、女の上に乗った。女が、声をあげる。女によって、その声はさまざまだった。それを愉しもうという心持ちには、ほとんどならない。

精を放つと、チンギスはすぐに寝台を出て服を着た。女も、言い含められているのか、身繕いすると幕舎の中の部屋を出ていく。

器に二杯ほど酒を飲むと、チンギスは寝台に入り、すぐに眠りに落ちた。

女の効用として、ソルタホーンはチンギスが眠れることを、第一だと考えているようだ。アウラガを離れて移動している時は、三日に一度ぐらいはどこからか女が現われる。

眠るために必要なものが、酒と女というのが、自慢できることなのか恥ずべきことなのか、よくわからない。眠れることが、ただありがたかった。

酒は、飲みすぎると眠れなくなる。多分、女も同じようなものだろう。

女がどこの誰かは、できるだけ知らないようにした。女が孕《はら》み、子を産むことがあっても、それは周囲がどうにかすればいいことだ、と割り切った。

ボルテが産んだ子だけが、自分が知る子供たちである。

供回り十名の編制は、三隊できあがっていた。駈けていても、身軽でいいと何度も感じた。ただ、いくらか遠くまで足をのばすと、見えないようにしてついてきている、一千騎の一部に出会ったりしてしまう。

二千頭の馬群が、追われてきた。みんないい馬だ、とチンギスは思った。二千頭の群は、さらに後方に四ついるらしい。

「馬を追うというのは、はじめてやったことです」

泥胞子が、現われた。少し、歳をとったように見えた。

「おまえには、つらい旅だっただろう、泥胞子」

「いえ、気持のいいものでしたよ。騎馬隊の馬を見ているのとはまた違っていて、一頭一頭の性格が見えるようでした」

「おう、泥胞子」

ダイルが来た。スブタイの部下が三千騎ほど一緒に来ていて、広大な場所を囲む丸太が、地に打ちこまれている。

「ダイル、ついに牧ができるぞ」

「規模は、俺とスブタイで決めておいた。縄が張ってある。五万頭までだな。馬が駈ける道をつけるのに、スブタイは腐心していた。一日駈けても大丈夫なように、縄張りの中に道がつけてある」

「おい、ダイル。スブタイも来るのか？」

「それが、あいつは細心というのか臆病《おくびよう》というのか、立てた丸太を、確かめて回っているのです、殿」

「それは細心だな、ダイル」

泥胞子が言った。

妓楼《ぎろう》のある大同府から離れると、泥胞子は人が変ったように明るくなるという。

確かによく喋る、とチンギスは思っていた。

「俺は、馬を見てくるぞ、泥胞子。夕餉は、スブタイも来ます、殿」

それだけ言い、ダイルは馬の方へ行った。

チンギスは、泥胞子を連れて、幕舎に入った。

「さて、妓楼の親父は、金国のどういう情報を集めてきた？」

「これに書いてあります」

端を綴《と》じて冊子にしたものを、泥胞子は卓の上に置いた。

大同府の妓楼には、役人がやってくる。役人だというだけで、払う銭は半分で済むし、特別な部屋にも通して貰える。ただ堅固に感じさせるその部屋の声は、壁のむこう側の狭い隙間には筒抜けになる。

役人は、燕京《えんけい》の朝廷から来た高官を、そこでもてなす。中央の将軍が来た時も、大抵は妓楼に案内する。

つまり、情報の宝庫だった。その情報は、すべて冊子に記録されている。

「ひとつ、これは私が感じているだけかもしれないのですが、腕の立ちそうな軍人がいます。まだ若く、ようやく将軍に昇ったたばかりです。迎え入れる挨拶に出て、私ははっとしました。それだけなのですが」

「名は？」

「完顔遠理《かんがんえんり》。科挙、武挙を通った者ではないのですが、十六歳で軍に入り、十二年間で、実に見事な功績を残しております。主に、賊徒討伐や叛乱鎮圧ですが、一度、南宋の精鋭と称されている軍とぶつかり、半分の兵力で撃ち破っております」

南宋の軍の力を、チンギスは正確に知っているわけではない。しかしどの国の軍でも、精鋭と称されるには、それなりの理由があるはずだった。それを寡兵で撃ち破ったのだ、と泥胞子は言っている。

「金国軍の本営にいる、せいぜい一千を率いている将軍のひとりにすぎません。しかし、有事には、一万、二万の軍を率いるかもしれません」

「妓楼で遊ぶのか？」

「きわめて、豪快に。そしてなぜか、相手をした遊妓に認められます」

「なるほどな」

「その完顔遠理が、しばしば大同府に視察に来るのです」

「もしかすると、その完顔遠理は、完顔襄《じょう》将軍の縁者だったりするのか？」

「はじめは、信じられませんでしたが、そうなのです」

「なぜ、信じられなかった？」

「完顔襄将軍の伝手《つて》を遣えば、すぐにも出世できたはずなのに。完顔襄将軍は、遠理の叔父なのです。それなのに、一兵卒から軍に入り、実力で認められて、短い間に、将軍にまで昇ってきたのです」

完顔襄は、チンギスが草原に拠《よ》りどころを作ろうとしている時、金国軍百人隊長という地位をくれたのだった。

それを考えなくても、チンギスが好意を抱く潔さと果敢さで、いまだ記憶の中で鮮やかなのだ。

「そうか。あの完顔襄将軍の甥《おい》なのだな。そして、闘えるのだな。泥胞子、俺は愉しくなってきたぞ」

「殿のお心の中では、金国はすでに敵なのですね」

「つまらん男が、即位したしな。朝貢の額までも、言ってくるようになった」

そんなことは、どうでもいい。闘って骨がありそうな男は、腐り切った国にも、いないわけではないようだ。

軍人は、国がなくなるまで、軍を保持しておこうとする。いや、そうする男が、闘うに値する、ということなのか。

「愉しみだ、泥胞子」

チンギスが言うと、泥胞子も嬉しそうに笑った。

四

毎日、馬に乗っているわけではない。

アウラガ府の部屋に籠って、外に出ない日の方が多いのだ。

全身が疲労でどうにもならなくなると、ボオルチュは言い訳のようにそんなことを考えた。そして、夜営を命じる。

部下の四名は、ボオルチュと同じように疲れているようだ。

しかし護衛の十騎の兵たちは、力を持て余していた。陽が落ちる四刻も前に夜営を命じるので、すべての事を整えても、暗くなるまでに時がありすぎるようだ。あろうことか、組打ちの稽古などをはじめたりする。

アウラガからカラコルムまで、一千里余り。道路は荷車が擦《す》れ違えるほど整備されていて、駅も四カ所にある。

通信には大量の鳩《はと》が用意されていて、短いものなら、その日のうちに届く。ただ半数は未到であり、確実に届けるためには、六、七羽を飛ばすようだ。

まだ明るいが、ボオルチュは幕舎に入り、横になった。部下も、四名でひとつの幕舎を遣っているが、護衛の兵には幕舎もなかった。

昔は、軍とともに移動しても、音《ね》をあげることなどなかった。

アウラガからカラコルムまで、軍の移動なら六日で、駅四カ所は適当と言えた。ボオルチュは、駅を遣いながら、夜営も数度しなければならない。

「明日の午《ひる》に、カラコルムの本営に到着します」

食事のために外へ出ると、護衛隊の隊長が言った。

ボオルチュは、ただ頷いた。周囲はすでに暗くなっている。焚火の音はしているが、草原は静まり返っていた。

干し肉を煮て戻したものが出された。旅の間、食っているものはそれだけだ。

アウラガの家では、テムルンが野菜の入った料理を作る。アウラガ府から出られない時でも、食堂から料理を運ばせる。

野菜の畠が作られていて、たやすく手に入るのだ。冬の間に食する根菜なども、少なくない。

ボオルチュには、考えなければならないことが、多くあった。

チンギスはいま南へ行き、スブタイや泥胞子と会っている。

なんのためにそうするかは、考えなかった。命じられたら、動けるようにしておく。常備軍はいつでも動けるし、召集をどこにかけるかも、細かく決めてあり、軍の規模だけを聞けば充分なのだった。

歩兵部隊は、一万数千に達している。指揮をしているのはボレウという男で、ボオルチュはよく知らない。ただ、カサル軍の統轄の中にいるので、カサルの眼から見たボレウや歩兵部隊については、いくらでも聞き出せる。

歩兵を整えようとしているのは、草原の外の戦が考えられているからだ。チンギスは、心の中の一部しか、ボオルチュにも語らない。

金国との戦を想定しているのか、それとも別なことまで考えているのか。

草原を平定することさえ、チンギスの一生をかけてもできるかできないか、とボオルチュははじめ思っていた。

モンゴル族キャト氏をまとめ、モンゴル族そのものをひとつにするまで、ずいぶんと時がかかった。しかし、それからは目まぐるしかった。

草原を平定し、いま戦をするとなると、外国しか相手はいないのだ。

民政を施さなければならない地域は、飛躍的に増え、ボオルチュの忙しさも過酷なほどだった。

アウラガ府には、文官と呼べる者たちが、六百名ほどはいる。各地の分所は二十一を数え、二十名から六十名が詰め、その数も六百名を超える。

税の不公平さをなくし、応召する兵についても、最後のひとりまで載っている名簿を作り、それはたえず更新されている。

法は、カチウンが整えた。基本になる法は完成したが、細かいものはまだ作られ続けている。氏族の数だけ法が必要なのではないのか、と考えたくなるほどの煩雑さだ。はじめはひとりでやっていたカチウンも、いまでは三十名ほどの部下と書類に囲まれている。

ただの遊牧の民であったら、勇猛に闘える男たちをまとめる将軍が数人いて、家令のもとに十数名の部下がいる。それだけで充分のはずだ。国というかたちをとり、すべてがモンゴルの民と定めてからは、単純なものはなにもなくなっている。

このまま、どこへ行くのか。

草原の民以外の人々も、国の民に加わってくるのか。どれほどに、周辺を斬り従えることができるのか。

斬り従える、という言葉が、チンギスにそぐうものだと思ったことは、一度もない。それはもう、出会った時からずっとそうだった。

それでも、人々はそういう言い方をするのだ。

戦に勝って、領土が拡がってきたというのは、間違いのないことだ。それでもボオルチュは、斬り従えるなどと言われると、訂正したくなったりする。

肉を食うと、ボオルチュはしばらく部下たちと、焚火を囲んで話しこんだ。

旧ナイマン領にまで拡がった領土は、乾いた土が水を吸いこむように、民政をなす文官を必要とする。足りないという声は、ほぼ全土から届いているが、すぐに増やしようもなかった。

アウラガの黄文《こうぶん》の学問所からは、相当な数の文官が出たが、それでも不足がないという状態になるまで、あとどれぐらいかかるのかわからない。

チンギスが、金国にいる臣下の者たちと会ったから、すぐに金国を相手に戦をするということにはならないだろう。泥胞子や塡立や李順から、金国について自ら聞こうと思ったのかもしれない。狗眼の者たちが探り出してくる情報とは、また別のものがあるはずだ。

朝貢の要請は、相変らず来ていた。要請と言うより、命令に近い。チンギスに対する出頭命令もくり返され、命令違反の弁明の使者として、チンカイが二度、燕京の金国朝廷へ行った。

チンカイはいま、ボオルチュと会うために、ほかの者たちと一緒に、カラコルムの城砦で待っている。

話を切りあげ、幕舎に入ると、すぐに眠りに落ち、眼醒めたのは朝だった。

寝つきのよさと、いつまでも眼醒めない自分を、うとましく思ったものだ。チンギスが、まるで反対だったからだ。

「午になる前に、到着しよう」

護衛の指揮官に、ボオルチュは言った。

これまでより、いくらか馬の脚があがった。

ボオルチュは、もうつらいとは思わなかった。頬が風を切るのが、むしろ快いほどだ。護衛の兵はもとより、馬まで気持よさそうに駈けていた。

草原の中に、長い城壁が現われた。カラコルムだった。最初に作られた時から較べると、城壁はかなり高くなった。常に、増強の工事が行われているのだ。

煉瓦を焼くための樹木も少ないので、日干し煉瓦が積みあげられる。いまも、城壁の下に、日干し煉瓦の山がいくつか見えた。

城壁の上には、見張りの兵の姿があるが、戦のためのものという感じはない。

護衛の指揮官が声をあげると、城門が開いた。近づいてくる一行の姿は、かなり前から見えていただろう。

チンカイと黄貴《こうき》が、並んで立っていた。黄貴は、黄文と双子の兄弟である。十五歳になる前に、西域からボオルチュが連れてきた。

モンリクの館にいるころは、兄弟の見分けがつけにくかった。ある時から、それぞれの道を歩むようになった。黄文はやがて学問所を作り、黄貴はモンリクのもとで交易に携わった。すると、身なりだけでなく、顔つきまで変ってきたのだ。

「もう一度、はじめから話をしたいのですが」

チンカイが言った。黄貴も頷いている。

二人に案内されて、ボオルチュは営舎に入った。そこも、日干し煉瓦の建物だった。

ここでは一千名ほどが屯田をしていて、家族を伴っている者も少なくない。城外に家帳《ゲル》が並んだ地域があり、そこから城内に通ったり、畠に出たりしているのだ。

チンカイの話も黄貴の話も、筋道が立っていて、きわめて明快だった。

もともとは、黄貴が交易路でホムスという男に会ったことからはじまる。

ホムスは、黄貴を、その名から考えて、漢民族の人間だと思ったようだ。

新しい交易の道を、模索していた。物さえあれば、大なり小なり交易は成立する、と黄貴は言った。それは普通で、普通でないところで商いをしたがっていた。

遣っている道は、北から南へ浄州《じょうしゅう》にむかい、榷場《かくじょう》のあたりに到っていた。

それで思いつくのは、メルキト族が古くから持っている、金国との交易路だった。

ホムスは、メルキト族ということを隠していたが、黄貴がチンギスの部下だと告げると、諦めたようにうなだれ、泣きはじめた。

交易では、チンギス・カンの眼を避けていたのだ。それが、チンギス・カンの部下と知り合いになってしまった。

ホムスは、砂金を少し持っていて、それで商いをしようとしていた。黄貴は、別の商人を介して、絹の反物を売ってやろうとした。妙に鋭い男で、黄貴が手を回したということに、すぐに気づいた。

駅の同じ宿舎に泊り、四日一緒にいた。ホムスはそれで、絹の反物を買うことを肯《がえん》じた。

メルキト族は、戦をやるかやらないか、ずっと迷っていたという。民が迷っていたのではなく、族長が迷っていたのだ。迷っている間に、抗いようもないほど、チンギス・カンは巨大になった。

族長であるアインガは、いまはもう、戦をして勝つことではなく、どうやれば民を守れるか、と考えているという。

黄貴はその話をよく理解し、謙謙州《けんけんしゅう》で人を集めてカラコルムにむかっていた、チンカイに話した。チンカイはそれを小さなこととは思わず、二度、ホムスに会ってさまざまなことを聞き出していた。

いまのアインガは、すべて民の安寧に繋げて考えているのだという。しかし、チンギス・カンがテムジンと言っていたころ、厳しい戦をした。

その時、同盟していたジャムカは死に、タルグダイは行方知れずである。自分が無事に済まないことはどうでもよく、民を救いたいと考え続けている。

チンカイも黄貴も、アインガのその心情は信じた。交易の利も多少あるので、メルキト族の民は、飢える者もなく安定していて、幸福とさえ言えるような状態だった。

チンカイは、それほど迷うこともなく、メルキト領の北の端にいるアインガに会いに行った。数日にわたって、さまざまなことを語り合っただろうが、大事なのは、チンカイがアインガを好きになったということだった。

ただ、アインガの命を保証する権限は、チンカイにも黄貴にもない。それで、ボオルチュに話が持ちこまれたのである。

「おまえらの独断専行を私が責め、アインガの首を殿のところへ持ってこいと言う」

「そんなことを、ボオルチュ殿は言われるはずはなく、アインガの助命などという次元で、殿もお考えにならないと思うのです」

「チンカイ、おまえの独断専行は、ほんとうに眼に余る」

「これは、ボオルチュ殿が俺を懐柔した時と、かなり似ているような気がするのですよ」

「それを言うか、チンカイ」

「この際、遣えるものはなんでも」

チンカイを取りこむのは、ボオルチュの独断専行だった。チンギスに引き合わせたのは、かなりあとのことだ。

「わかった。おまえたちのことは、すべてわかった。ここへむかっている時、私が考えていたことを言おう。速やかにアインガに会い、メルキト族の処遇を決める」

チンギスは、近々、軍を南へむけるかもしれない。そうなれば、メルキト族は完全に北にいるということになる。モンゴル軍の後方を襲うことは、難しくはないのだ。メルキト族は、いまだ三万余の軍を出動させられるはずだった。チンギスにとって、普段はなんでもない存在でも、戦になると厄介な情況を想像させるのが、メルキト族なのだ。

チンギスの手間を省く。それは、臣下としてはやるべき重要なことのひとつだった。

「できるかぎり早く、アインガに会いたい」

「明後日に」

「ほう。明日進発してか」

「はい。明後日に会える場所まで、アインガも進めます。いま、ボオルチュ殿を待って、モンゴル領に潜んでいるのですから」

「明日、進発するぞ。おまえたちが、アインガに与えた言質《げんち》は？」

「なにもありません。ボオルチュ殿と、差しで話ができる、ということは言ってあるのですが」

「それを言質という。俺は伴った護衛の十騎を、すぐ背後に控えさせる」

「ボオルチュ殿」

チンカイが、低い声で笑っている。

「わかった。おまえらは、なにも言質を与えてはいない。メルキト領に追いこんで、私はかなりの仕事をしてきた。アインガが、私のその仕事を認めるかどうかだ」

「認めているから、出てきているのです。アインガに会うのが、愉しみになってきませんか。喜怒哀楽をすべて肚に収め、アインガはそれを持ち帰る場所をいまは持ってさえいないのです」

「族長は孤独とでも言いたいのか」

「もう草原に族長はいない、とボオルチュ殿は言われているのですね。しかし、いたのですよ、ひとりだけ」

「ボオルチュ殿、私は交易のことしかわからないと思うのですが、あのアインガという男は、助けられないだろうか、と思います」

「おまえも会ったのか、黄貴？」

「三日前に、会いに行ってきました。ホムスを通したので、三人で会った恰好ですが」

ボオルチュは腕を組み、眼を閉じた。

チンカイの遣いを貰ってアウラガを出発した時、さまざまな想定をした。いまの情況の進み方は、想定よりもかなり早いということなのか。

「よく、黄貴がホムスと会い、深い言葉を交わしたものですよ」

「おまえなら、やりすごした相手だったかもしれないな、チンカイ」

商いについては饒舌《じょうぜつ》な黄貴が、この問題をボオルチュに語る時は、言葉が少なく、考え考え口を動かしていた。そういうところが、アインガの家令であるホムスの心を動かしたのかもしれない。

「明後日、私は心してアインガに会う」

営舎の中に、ボオルチュは寝台を用意され、夕食をとるとすぐに潜りこんだ。疲れていたのではなく、不意に心が昂ってきたのだ。

翌朝、早くから起き出し、すぐに出発した。

チンカイも黄貴もついてきて、二十数名の一行になった。一日駈け、夜営し、翌朝、四刻ほど駈けた。

そこで、一行は馬を停めた。

ボオルチュは、単騎で丘を登っていった。さらに、丘が二つあり、目印の岩があった。馬に乗った男がいて、下馬するとボオルチュを待つ態勢を作った。

軽く駈け、四半里ほどの距離で、ボオルチュも馬を降りた。

草原の男が、立っている。そう見えた。アインガの眼は、じっとボオルチュにむいて動かない。

名乗り合った。

「ボオルチュ殿は、なぜここへ来ようと思われました？」

「わからないのです、それがよく」

言って、ボオルチュはちょっと笑った。アインガも、束の間、笑みを返してきた。

どちらともなく、話しはじめた。降伏や帰順の条件を、アインガは訊いているようだった。ボオルチュは、メルキト族の民の暮らしむきを訊いた。それで話が擦れ違う、ということはなかった。

草原の民の暮らしが、部族によって大きく変るはずもなかった。

兵役と税の問題がある。それは統治する側がなすことで、民の負担に変りがあるわけではない。

アインガは、きわめて明解にメルキト族のことを語り、なにができてなにができないのかも伝えてきた。

「兵が召集されるところまでは、なんら変りはありませんな。問題は、軍に加わってからです」

「百人隊のありようは、一応理解しているつもりです、ボオルチュ殿」

「それならば、説明も無駄ですか。キャト氏のころ、モンゴル族のころは、百人隊を効果的なものにするために、遊牧地を入れ替えたりしたものです。それ以上になってきた時から、召集した兵が所属する百人隊を、軍の本営から指定する、というようになっています」

「俺のような凡庸な人間には、百人隊を変えるなどという考えは浮かぶはずもなかったのです。百人隊がまとまっているので、軍をひとつにまとめられる。そうとしか考えられなかったのです。

百人隊が、それぞれの限界まで力を出せる。思えば、テムジン軍にはそういう強さがありました。しかし、はじめからよくそれをなされた、と思います」

アインガは、こちらから伝える前に、ほぼすべてのことを理解していた。それでも降伏や帰順をすぐに考えなかったのは、局地戦を何度かやって勝ち、できるかぎりメルキト族の民を、厳しいところから離そうとしていたということか。

「軍の編制のやり方から、誰ひとりテムジン殿に、チンギス・カンに及んでいなかった。勝てるわけがなかった、といまにして思います」

「テムジンは、何度も負けましたよ。それでも、潰《つい》えはしなかった」

「最後まで潰えなかった男に、ジャムカ殿もいます。一度は、しっかりと手を結んだ相手でした。最後まで戦をともにやり遂げることが、俺にはできませんでした。それについては、男として恥じています」

戦を続ければ、過酷なものを民に負わせることになる。それが耐えられなかったのだろう、とボオルチュは思った。

戦のあと、アインガは領地の北に逼塞したと言われているが、領内の統治にはなんの乱れもなく、メルキト族はひとつにまとまっていた。

風が、のびかかった草を揺らした。ここに羊群がやってくるのは、これからなのだろう。地平まで羊の背が続いている光景が、いまは想像できない。

「この草原に、血を流して闘ってきた。俺はそれを終らせるのも、族長たる者の仕事だ、と考えるようになりました」

時はかかったが、この男は間違った選択はしてこなかった。早く動いていれば、結局は、戦のあと屈服ということになったかもしれない。

「帰順という言葉を遣わせていただくが、アインガ殿はメルキト族をそこに導くことができるのですね？」

「このまま、チンギス・カンの大モンゴル国に組み入れていただけるなら」

「民についての問題は、なにもありません。私が口で言っているだけでなく、長く敵対したタイチウト氏、ジャンダラン氏の民を、いや、ケレイトやナイマンやタタルなどの巨大な部族の民を、見ればわかります」

「心配していません。メルキト族の中にも、好戦派がいました。時をかけることができたので、その者たちの気持も鎮まりました。頭を冷やしたというところです」

「いつ、アインガ殿がアウラガに来られ、チンギスと見《まみ》えるかは、チンカイらと話し合って決めてください」

「そうします。時はもう必要ではありません」

「民の問題はいいとして、あなたの問題が残っているのです、アインガ殿」

アインガが、軽く声をあげて笑った。なにかかなしみが漂うような笑顔だ、とボオルチュは思った。

「俺は、いつでもどうにでも。ただ、自分の首をぶらさげて、チンギス・カンに拝謁もできません。拝謁したあとには、いかようにも。チンギス・カン自身の言葉として、民は無事と聞きたくもあります」

ボオルチュが問題と言ったのは、そういうことではなかった。

チンギスは、この男を遣いたい、と思うだろう。チンギスがアインガにむかって言う言葉を、ボオルチュはほぼ正確に思い浮かべることができた。

五

子供が慣れるのは早い、とラシャーンは思った。

トーリオがわがままに振舞うことに、ラシャーンは微妙な無理を感じていた。微妙だから、放っておいて眺めているしかなかった。

しかし、無理をしているかもしれない、と思った部分は、少しずつ消えていった。

タルグダイの部下のソルガフの子で、孤児として引きとられたということは、頭の中には入っているだろう。

いつか、自然にタルグダイを父上と呼んでいた。だから母上は、ラシャーンである。母上と呼ばれて、なにかを感じるということはなかった。

ソルガフは、タルグダイがかわいがっていた、若い長である。テムジンだったチンギス・カンの奇襲を受けた時、避難したのがソルガフの集落で、ラシャーンはその時はじめて会ったのだ。

タルグダイのまわりにいた者たちについて、ラシャーンはそれほど深く考えなかった。正しいか正しくないか。それを基準にすべてを決めたが、タルグダイに忠実かどうかと言い換えることもできた。

いまは、タルグダイのまわりには、誰もいない。かつてタルグダイ家の家令であったウネも、礼忠館《れいちゅうかん》で家令殿と呼ばれながら、ラシャーンの部下のようなものだった。

ラシャーンのまわりに人がいて、タルグダイのそばにラシャーンがいるので、ほんとうはみんなタルグダイのそばにいる。

礼忠館から、毎日のように鄭孫《ていそん》がやってきて、ラシャーンと話しこんだ。

ラシャーンは、小規模だが、新しいことをしようとしていた。それができるかどうかを、さまざまな方向から、鄭孫が検討しているのだ。

相当の利があがる、という分析も出れば、危険が大きすぎるという側面もあった。

実行しようと決めたのは、タルグダイがトーリオに、船の話をしているのを聞いたからだ。

ラシャーンが計画したのは、船を二艘所有して、それで商いの荷を運ぼうというものだった。

鄭孫が最も心を砕いていたのは、運ぶ荷についてだった。荷車を空で動かしてはならない、ということをラシャーンのもとで叩きこまれたので、船も同じと考えたのだ。

絹の反物と甘蔗糖《かんしょとう》の交換を、雷州《らいしゅう》でやる。それで往復しても、船に荷は積まれている。もう一艘の船で、海門寨《かいもんさい》に運ばれてきた甘蔗糖を、さらに北へ運ぶ。

問題は、北からなにを運んでくるか、ということだった。それを、細かいところまでしっかり決めなければ動けない、というのが鄭孫の欠点だった。

決める前に動くということを、稀にだができなければ、商いが小さくかたまってしまう。自らの船を持つという考えも、あてどないものでしかない。

「はじめましょう。やりなさい、鄭孫」

「しかし」

「勘定が合わなければ、なにもできない。そこから、たまにはずれてみるのも、いいのではありませんか」

「堅実な方がいい、と私は思います」

「日ごろは、それでいい。なにかを感じた時、跳んでみればいいのです」

「奥方様は、なにを感じられたのですか？」

「言葉では、言いにくい」

タルグダイが、トーリオに船の話をしたからと言っても、鄭孫はなにひとつ理解できないだろう。自分は、そんなふうにして決めたことが、何度もある。

「とにかくはじめますよ、鄭孫。私は心積もりを持っています。おまえも、持つといい」

船は、すぐにでも手に入る。船を運航しているところから、買わないかと持ちかけられたのだ。信用できる商人に、任せてしまいたい部分もあるのだろう。

もっと大型の船が建造され、西の海域に航路をのばすのだ、という話は聞いた。ただ、西がどれだけ西なのか、想像がつかない。

「わかりました。まず、船を買う交渉からですね」

「彼らが遣っている船が、そのまま手に入るのです。すべてのことを、教えてくれます。ただ、一艘につき、三名雇ってくれと言っていました。その三名については、調べた方がいい」

三名が、船に乗り組む者を集める。それについては、理解できた。礼忠館で集めようとしても、うまくいかないだろう。

三名は、船頭と、それを補佐する者たちだった。

取引をするほかの城郭《まち》の商人を調べるために、常に雇っている一家がいる。家長の下に、弟が二人、息子が三人、甥と姪《めい》が五人いる。どこへでも出かけていくが、一家の住《すま》いは、潮陽である。孫たちの人数は相当になるが、年長の者で十四歳だという。

その一家とは、銀のやり取りをするだけだ。細かいことまで詳しくするより、仕事を多くして、お互いに信頼を深くしておくことだった。

そういう人間を遣うことに、鄭孫はあまり積極的ではなく、ウネの方は当たり前のこととして受け入れた。だから一家とのつき合いは、ウネの仕事ということになる。

ひと月も経つと、船がやってきて、海門寨の波止場に繋がれた。ラシャーンの仕事は、大筋のところを決めることと、船の代金を払うことだった。

手入れをするためにはこれまでの場所を遣えるらしく、それは海上を一日、東へ行ったところにあるという。

船が海門寨の波止場に繋がれて数日経ったころ、ラシャーンはタルグダイに、新しい仕事のことを語った。

船と聞いて、タルグダイの表情はちょっとだけ動いた。トーリオも連れて船を見に行く時も、それほどはしゃいだ様子ではなかった。それでも、船を舐めるように見ていた。

六人の男たちはすでに雇ってあって、いま乗り組む人員を集めているところだった。

船は櫓と帆の二つを遣って進み、雇わなければならないのは主に櫓を執る漕手《そうしゅ》だった。

船頭のひとりは、もともと海門寨の荷を扱う船に乗っていて、人柄もある程度わかっていた。年齢から、あまり長い航海には耐えられなくなる、と判断されたのだろう。

もうひとりの船頭は、若かった。

タルグダイとラシャーンのところに、その船頭が挨拶に来た。

「軍人か」

男をじっと見つめたまま、タルグダイが言った。

「軍船に、乗っていました。俺を、御存知なのですか？」

「知っているよ。無数のおまえを、知っている」

「無数と言われても」

「戦場でひどいものでも見て、腰が抜けた。抜けたまま、元に戻らないというところだな。よくいるやつだ」

「俺の腰は」

「抜けているさ。それを恥じることはないぞ。人間らしいということだからな」

「恥じなければならないような言い方を、なさっています」

「腰が抜けているなどと、わざわざ言う必要はないからな。人間らしい、とも言ったぞ」

笑いながら、タルグダイが言った。

ラシャーンは、黙ってやり取りを見ていた。タルグダイが、こんな言い方をするのはめずらしいのだ。

鄭孫が波止場まで走ってきて、タルグダイの前に立った。かなり遅れて、ウネもやってくる。

「礼忠館に、声ぐらいかけてくださいい、殿」

「別に、礼忠館に用事はなかった」

「素通りされたら、鄭孫と私の面子《メンツ》が潰れます」

「そうか。気づかなかった。どうも、俺は世慣れをしていないようだ。いまも、そこの若いのに余計なことを言って、叱られていたところだ」

「李央《りおう》に、なにか言ってみたくなったのですか。なんとなく、私にはわかります。軍船の将校をしていたのに、将校になりきれなかった男です」

「おい、ウネ。李央とやらは、拳をふるわせているぞ。俺かおまえを殴ったら、ここにはいられん」

「行くところがないのですよ、ここをしくじったら。潮陽の城郭には、御母堂がいて、仕事を失うわけにはいかないのですから」

潮陽には、李央の母と妹がいて、慎《つつま》しいが平穏に暮らしている。そこまでは、調べがついていいなかった。タルグダイとウネは、戦場で胆を失ったことを、見抜いたようだ。ラシャーンには、わからなかった。

「李央はな、自らを恥じているところが、いいのだ、ウネ。取り戻したら、それは大した胆になっているぞ」

李央は、うつむいたままだ。

「お互いに、ふるえて生きようか、若いの」

「俺は」

「やめい、李央」

ウネが、低い声で言った。

「船頭を無事に務めることで、取り戻した胆を殿や奥方様に見せるのだ」

ウネは、殿という呼び方を、やめない。そばで聞いていると、なぜかただの尊称としか思えなかった。人前で、ラシャーンが殿と呼べば、大きな意味を持つような気がする。

「あなた、試しに乗ってみますよ。トーリオや、ウネや、鄭孫にも、乗って貰いましょう、いい機会だし」

年嵩《としかさ》の船頭がいる方の船を、ラシャーンは指さした。李央は、船頭としての技倆が、まだわからないところがある。

「おう」

タルグダイは言って渡り板の方へ歩き、李央の方をふり返った。

「水夫《かこ》が集まらないのだろう、李央。少々駄目でも、船頭の自分とは見合っている、と思うのだ。そう思えた時、まずおまえの腰は、少しだけ繋がるぞ」

笑い声をあげ、タルグダイは渡り板を歩いて船に乗った。トーリオとラシャーンが続き、ウネと鄭孫はしぶしぶという恰好で乗ってきた。

「出航するぞ、銅鑼《どら》を打て。心配せずとも、四刻以内に、ここへ戻ってくる。漕手の二隊は、波止場で待機」

離岸の作業をする者たちの動きは、きびきびとしていた。

船が、動きはじめた。

タルグダイとトーリオは、足を踏み鳴らして喜んでいる。

ゆっくりと進み、船は波止場のある湾から、外海に出た。

これまでの揺れとまるで違うものが、躰を襲ってきた。

漕手たちの、掛け声が聞えてくる。

普通は十挺の櫓で進むというが、いまは八挺だった。それでも、乗っていると思いがけない速さである。

舳先《へさき》から飛沫《しぶき》が飛び散り、それを頭から浴びたトーリオが、叫び声をあげてはしゃいでいる。

甲板に一本棒が通っていて、全員がそれを摑んでいた。

タルグダイは、無表情で前方に眼をやっていた。ラシャーンは、自分の状態を点検した。船上では、まず気分が悪くなる。立っていられず、座りこむ。胃の中のものを吐き続ける。つまり、うずくまって、なんの役にも立たなくなるのだ。

気分が悪いとは、感じなかった。めまいもせず、胃からこみあげてくるものもない。

タルグダイの状態はまったく変らず、トーリオはまだ声をあげている。

ウネと鄭孫が、うずくまって吐きはじめた。顔は極端なほど蒼白《あおじろ》く、眼は閉じていた。これが船酔いというものだ、とラシャーンは二人の様子を見ることで、それがどういうものか理解していった。

成都《せいと》から西へ行った深山に、半年いたことがある。そこに、剣の師がいたのだ。

太原府《たいげんふ》で賊徒討滅の軍に志願した時、とんでもなく強い男と出会った。百名の軍で三百名の賊徒とぶつかり、驚異でしかない動きで、多数の賊徒を倒した。

こちらの軍で残っていたのは二十名ほどだったが、賊徒は全滅していた。

太原府の城郭に戻って、報酬の残りを受け取ると、ラシャーンはその男に弟子入りしようとした。しかし相手にしてくれず、妓楼に入って数日、出てこなかった。銭を遣い切って、出てきたようだ。

待っていたラシャーンを見て、いささか驚き、自分はまた賊徒が多い地域へ行き、討伐に加わるのだ、と言った。すべてが、報酬を受けるためだったようだ。

ラシャーンはついていって、二度、討伐に参加した。

ほんとうに強くなりたいのなら、成都の西の山中へ行けと言われた。そこに、何歳になっているのかわからない、老師範がいた。

厳しい稽古をさせられたわけではなく、はじめは遊びとしか思えなかった。

木に登り、手を遣わずに梢《こずえ》の上を走るのだ。当然、揺れる。落ちる。そのたびに、老師範は声をあげて嬉しそうに笑った。

何日も同じことをさせられ、怒りに似たものに襲われ、地上で打ちかかったのである。何度打ちかかっても、老師範の躰はそこにはなかった。どこを打たれたかもわからないまま、気を失った。

翌日も打ちかかったが、同じことだった。

諦めて、木に登った。老師範も登ってきて、棒で打ち合い、すぐに落とされた。

それからは、くる日もくる日も、梢の上を走り、下から長い棒で突き落とされた。

梢は次第に細くなり、折れるかもしれないと思いながら駈けたが、一度も、折れたことはなかった。

梢を走るのは一日に四刻だったから、残りの時間は、ひとりで剣を振った。それを見ても、老師範はなにか言うことはなかった。

月に一度、三頭の荷駄を曳いて、中年の商人がやってきた。商いに来るのではなく、暮らしに必要なものを運んできたのだ。料理や雑事をする老婆がひとりいたが、それも連れてこられたらしい。

同じ弟子だ、と商人には言われた。三日泊っていくので、よく話をした。商いがどういうものかも、教えられた。

なぜ自分が弟子にして貰っているのだろうか、と商人に訊いた。師は、天稟《てんぴん》を見たのだろう、と言われた。自分は金持ちであることを見られた、とつけ加えて、商人は笑った。

訪れてくるのはその商人だけで、ラシャーンは人と喋ることがなくなった。老師範は、梢を走っているラシャーンに関心を示すだけで、あとは口も利かれなかったのだ。

以前はもっと弟子がいたが、ほとんど一年ともたず山を降りた。耐え抜いたのは、この十年で三人だけだという。なにに耐え抜いたのか、ラシャーンは訊かなかった。梢を走るなどということではないだろう、と思っただけである。

あの半年がなんだったのか、いまでもはっきりとはわからない。必死の日々だった。細い梢を走らされただけでなく、最後には眼隠しをされた。

半年が経って出ていけと言われた時、自分が強くなったとは思えなかった。しかし、賊徒とむかい合ってみると、斬りつけてくる剣さえも、止まって見えた。

あの時、自分が強くなったのかどうか、いまでもわからない。

しかし、揺れていた。梢を走ると、この船のように、揺れていた。

船は、大きく回って、引き返しているようだ。揺れ方が、なにかにぶつかるような感じになった。

「ラシャーン、おまえが平然としているのは、わかるような気がするが、トーリオも大丈夫なようだ。興奮してはいるがな」

「あなたは、馬に乗っているようなおつもりでしたか」

「よくわかるな。まさしく、そうだった。それにしても、この二人は半分死んでいるぞ」

ウネと鄭孫は、なにを言っても、身じろぎひとつしない。

船が揺れる。あの山中の半年は、ほんとうにあったのだろうか、とラシャーンはふと思った。夢のようなものだった。そう思えば、思える。

「もう少しで、湾に入ります。風が遮られて、波は小さくなりますんで」

船頭が言った。漕手の掛け声が、それに重なってくる。

「今日の海は、時化《しけ》ているのか？」

タルグダイが、うずくまった二人のそばにかがみこみながら訊いた。

「時化なら、礼忠館の方々を乗せたりゃしません。適当に波立っている、というところですかね」

「船に強い者とそうではない者の差は、実にはっきりと出るものだな」

「まあ、そういうことです。海の上のことは、俺らに任せていただければ」

揺れが小さくなった。叩きつけるような波も、なくなったのだろう。

前方に、海門寨の波止場が見えている。

草原を出る日

一

陰山山系の鉱山から出た鉄鉱石を、山系の北側の窯で鉄塊にする。

それが、新しく作られた道を通って、鉄音《ズルフ》に運びこまれてくる。馬車は五台ひと組で、毎日のように到着した。

鉄音は、鉱山を閉鎖し、川に沿って小さな小屋が数十も並び、ひとつの小屋にひとつずつ窯が備えられていた。つまりは、鍛冶が並んでいるのだ。鎚《つち》を遣う音がいくつも重なっていた。

アウラガにも鍛冶工房はあるが、そこでは鉄音よりもっと細かいものを作っている。

鉄音では、剣を数千本とか、槍の穂先を一万とか、そんなふうな作り方だった。

アウラガの鍛冶工房には、船で鉄塊が運ばれる。骸炭も運ばれる。そして、およそチンギスの想像が及ばないものまで、作られているのだ。

なにがどこでどう作られているのか、もう把握はできない。しようという気も、チンギスはとうになくしていた。

製鉄部と呼ばれる陰山一帯は、義竜《ぎりゅう》が差配しているが、もはや役所のようなもので、註文《ちゅうもん》を受けたり、作った鉄塊がうまく分配されるように管理したり、石炭から骸炭にするための作業を滞りなくしたり、そんなことのために卓を前にして働いている者が数十名いるのだ。

アウラガの鍛冶工房は、陳元《ちんげん》の弟子のひとりが差配し、百名近い鍛冶を抱えていた。

チンギスは、南からアウラガに一度帰ると、すぐに麾下と鉄音にやってきて、駐留した。鉄音の差配を、アヒン・ダジンという、死んだヌオの副官のひとりがやりはじめた。

ヌオは牧で馬を育てていただけでなく、武器も作っていて、それをアヒン・ダジンが受け継いだのだ。

牧のそばで作れるような規模ではなくなったので、武器の製造は、すべてこちらへ移された。牧は、ハド副長とチンギスの息子たちに呼ばれていたハドが、すべてを統轄している。白道坂《はくどうはん》の李順《りじゅん》も、ハドの下に組み入れられていた。

草原だけで、十数カ所の牧があった。

四角い鉄塊が、打ち続けられて、剣に変っていくのを見たりするのが、チンギスは好きだった。

陰山では、鉄鉱石が鉄塊に変っていく。しかしアウラガから遠すぎて、気ままに滞留することなどできない。

暑い季節になっていた。

チンギスは、河で泳ぐと、具足ではなく服を着て、丘を二つ越えたところにある、酒場へ行った。これもダイルが作り、陰山の酒場と同じようなやり方をしている。食事もできることになっていた。

さらに丘二つ越えた木立の中に、泥胞子《でいほうし》の部下が来て作った妓楼があった。ひとり者の男が多いので、二軒の妓楼はそこそこ役に立っているという。

註文した羊の脳を食っていると、ソルタホーンが老人を案内してきた。

「久しいな、陳元」

「殿も、御健勝な御様子で」

陳元は、軽いが病を得て引退し、アウラガと鉄音の間にある、小さな集落でひっそりと暮らしていた。船の通行を管理する者たちと家族が住んでいる。

引退した時、陳元がそこに家族を作っていることがわかった。チンギスだけでなく、ボオルチュも知らなかった。

「会っていただいて、ありがとうございます、殿」

「なにを言っている。躰は、元気になったと聞いたが」

「はい。もう先はあまりないと思いますが、血を吐くことなどもなく、穏やかに暮らしております」

チンギスの鍛冶の、創始者と言ってもいい男だった。太原府で、女房を寝盗《ねと》った男を打ち殺し、北へ逃げてきた。手引きしたのは、ボオルチュである。

ボオルチュは、アウラガ府に籠って仕事をするいまと違って、ある時までは席の温まる暇のない、旅の空の暮らしだった。どこであろうと歩き回り、人を捜してくるのが仕事だったのである。

陳元が註文したのは、煮た野菜で、肉を食らうのはつらいのかもしれない、とチンギスは思った。

チンギスは、陳元の酒の器に、少量の酒と水を入れた。

「恐れ入ります、殿に」

「長生きをするのだろう、陳元。娘と息子が、大きくなるまで」

「そのつもりではいます」

陳元が笑った。どこか澄んだ笑顔だと、チンギスは思った。

ソルタホーンが、アヒン・ダジンを連れて入ってくると、並んで卓に座った。

「陳元殿、アヒン・ダジンと申します」

「おう、あんたがそうか。ヌオ隊長の部下だったのだな。どこかで、擦れ違っているかもしれん。ヌオは、馬具が脆いのを、なんとかしたがっていて、よく俺の窯に来て話しこんだものだった。土産には、大抵、馬の金玉を酒漬けにしたものを持ってくる」

「ああ、あれか」

軍馬は、去勢することが多い。雌馬の匂いで、暴れたりするからだ。だから牧には、大きな甕《かめ》に漬けこんだものがずらりと並んでいるが、チンギスに出されたことはなかった。何度かその話を聞いただけだ。

「陳元殿は、やはり鉄弓を作られたのですか？」

「作ったが、難しい。硬い鉄だと、力を加えると折れる。軟らかいものだと、曲がって戻らない。鉄に銅を混ぜてみるとか、とにかくほかの物を混ぜることで、反撥《はんぱつ》力は出る。つまり弓にできるのだが、限界がある」

「それを、もっと改良する余地はあるのですか？」

「いくらでも。反撥力の強い鉄をまず作る。それにさまざまなものを混じりこませることで、かなりの弾力が出そうだ、ということまで、いまわかっている」

「殿から、巨大な弓の御下命をいただきましてね。これまでの十倍近くある弓です」

「それはまた。殿、それでなにを射るおつもりですか？」

「敵の心」

「なるほど」

「その上で、壊せそうもないものを、壊せればいい」

「ははは、アヒン・ダジン、とんでもないことを言われているな」

「陳元殿の知恵を、お借りしたいのです」

「俺の家に、小さな窯が三つ作ってある。鉄塊とは別に、銅や錫《すず》など、手に入るすべての金物を届けてくれないか。それで、さまざまな試しをやってみる」

「弦も、難しいものになるな」

チンギスが言うと、アヒン・ダジンは困ったような表情をした。

「切れなければいいのだ、アヒン・ダジン。鉄の弓を引けるだけの丈夫さがあればいい。ヌオ隊長は、馬の尻尾の毛を縒《よ》りこんだり、さまざまな工夫をしたという。そこのところを、やってみろ」

「わかりました、陳元殿」

四人で、酒を飲みはじめた。ソルタホーンは喋らないので、いるかいないかわからないほどだ。

「俺には、材料を届けてくれるだけでいいぞ、アヒン・ダジン。ひとりでできることだ」

「骸炭も、届けさせます」

アヒン・ダジンが、註文した魚料理を突っつきはじめた。コデエ・アラルと同じ魚が獲れる。ここで出されるのは、コデエ・アラルの食堂で作りあげられた料理だ。

「反撥力の強い鉄の板のことですが」

ソルタホーンが、喋りはじめた。

「スブタイ将軍が、持っておられます。西夏朝廷の、帝の馬車についていたもので、接収し、しっかりとした倉に、保管されております。なにか役に立ちそうだったら、アウラガに伝えろ、と言われていました。いい機会に出会《でくわ》しましたよ」

「西夏では、馬車の乗り心地などを考えるのだな。それは多分、発条《ばね》と呼ばれるものだろう。金国の朝廷の馬車にも、それがついているかもしれん」

陳元が言った。

「スブタイに言って、すぐにこちらへ届けさせろ」

「はい、殿」

「発条となる鉄板を、武器として工夫しようとはしなかったのですかね」

「金国にも西夏にも、それはない。闘って負けるという発想がなかったからな。陳元もアヒン・ダジンも、よく見ておけ。はじめに居心地のよさを求めると、闘う力は落ちる」

「戦のために、最上の材質を求める。つきつめて、さらにつきつめる。それでいい武器ができた時、それを居心地のよさを作り出すために遣ってもいい、ということですね」

「青銅器の国を鉄器の国が打ち負かした。はじめの勝負は、とにかく武器だった」

羊の脳がもうひとつ出てきて、それには陳元も箸《はし》をのばした。

鉄音でも、箸と匙はずいぶん普及してきている。

「殿は、明日アウラガへむかわれるのですね」

「むこうにも、大事な用があるのです。殿はこの地をお好きなのですが」

ソルタホーンが代りに答えた。

アウラガの本営にいると、すべてが面倒なことになる。その面倒を省けと、ジェルメとクビライ・ノヤンに言うつもりだった。

羊の内臓も食らい、血を混ぜた腸詰も食った。陳元が酔いを見せはじめたので、外にいるチンギスの従者に、宿舎へ送らせた。宿舎には、家帳《ゲル》もあれば、床のある長屋もある。床のある建物を好むのが、金国から来た者たちばかりとは、かぎらなくなっている。

翌朝、チンギスは五名で、アウラガへ鉄塊を運ぶ船に乗った。チンギスとソルタホーンと従者三名である。

麾下の二百騎は、河沿いの道をついてくる。

チンギスは、荷の上に敷かれた毛皮に、仰むけに寝そべった。

空。雲。視界に、それしか入ってこない時がある。動いている。天は、動いているのか。

雲が、走る。あの雲に、なにかを託したことがあった。託したということだけ憶えていて、なんだったかを忘れている。

時々、樹木の緑が視界の端に入ってくる。岩肌が見える。谷の底を流れていることもあるのだ。河幅も狭くなり、船を操っている者たちは、緊張した声をかけ合っている。

はじめのころは、石炭を積んだ船が岩にぶつかり、ばらばらになったこともある。

船を造っていたのはバブガイで、船大子《オンゴッ》と呼ばれていた。船だけでなく、いまの軍の兵站を作りあげた。

もともとは、草原で孤立していたチンギスのもとへ、百人隊を率いて参集してきた、最初の二人だった。もうひとりは、ヌオである。途中から軍指揮をはずれたが、二人とも後方の大立者だった。

ヌオは牧に葬られ、昨年の戦の時に、バブガイは帰還したチンギスを迎えに出なかった。ヘルレン河岸に、墓はある。

夕刻前に、コデエ・アラルへの渡しの船着場に到着した。

馬に乗り替え本営に戻ると、ジェルメとクビライ・ノヤンが待っていた。

本営の奥の自分の居室に、チンギスは食事を運ばせた。

「明日、チンカイが連れてくるぞ。十騎を伴っているだけだが、ちょっとした戦より、大事かもしれん」

「ジャムカ殿と組んだ。俺は、本気なのだと思いましたね」

ジェルメが言った。クビライ・ノヤンは、腕を組んで壁を睨んでいる。

「これまでのことがある。メルキト族と闘わずに、帰順を許すというのに、抵抗はあるだろうが」

「俺はいま、あの押し合いを思い出していました。激しい戦でしたが、あの押し合いだけは、何日も動かなかった。膠着したのではなく、両方が死力を尽して押し合ったまま、動かなかったのです。あの戦場で、あそこが一番熱かった、と思いますね」

「あの押し合いか、クビライ・ノヤン」

ケレイト軍主力の、アルワン・ネク将軍と、メルキト軍を率いるアインガの押し合いだった。

「あれを見ていて、誰もがぞっとしましたよね。あそこにだけは、立ちたくない、と思ったものです」

「そのアインガが、来るのさ。動かしたのは、チンカイではなく、ボオルチュだ」

「チンカイなどという、口だけ達者な青二才に、できることじゃありませんや」

軍人らしい軍人に、チンカイはあまり好かれないだろう。そのあたりは、ボオルチュの見方とはかなり違う。

「アインガが帰順すれば、草原で旗幟《きし》が明らかでない者は、ひとりもいなくなりますね」

ジェルメが言った。

「アインガは、これからどこかで逼塞して暮らすことになるのですか」

つまらなそうに、クビライ・ノヤンが言う。

「帰順の条件を、俺はアインガに出す」

「条件を、出すのですか？」

「メルキト族の民は、ほかのすべての草原の民と同じになる。いいな、クビライ・ノヤン。しかしそれは、俺のもとで軍人としてアインガが働く、という条件でだ」

ジェルメが、声をあげて笑った。クビライ・ノヤンは、いくらか複雑な表情を浮かべている。

「左箭は、アインガが山中にでも隠棲《いんせい》するというのが、どうにも気に入らなかったのですよ。モンゴル軍で働く、ということですね」

「俺の臣下で、将軍のひとりとする。それを、アインガが呑むかどうかわからんが」

「殿、俺はアインガの一行を迎えに行きたいです。許していただけませんか？」

「よせ、左箭」

「いやいい。行ってこい、クビライ・ノヤン」

クビライ・ノヤンは、真っ直ぐにチンギスを見つめ、頭を下げた。

「殿、これで草原は完全に平定されます。俺は、こんな日が来るなどと、思ってもいませんでした」

「まだ終っていないさ、ジェルメ。おまえとクビライ・ノヤン、チラウン。それにボオルチュとダイル。カサルとテムゲと息子たち。その顔ぶれで、今年中に会議を開きたい」

二人の表情が、強張ったようになった。

チンギスは鈴を鳴らして従者を呼び、酒と肴を運びこませた。

翌日の正午前、本営の前で、胡床に腰を降ろして、チンギスはアインガを待った。

正午ぴったりに、アインガはひとりチンカイに伴われて、歩いて近づいてきた。

「お初に御意を得ます。メルキト族を」

「戦場で、何度も顔を合わせたぞ、アインガ殿。アインガ殿は、俺よりジャムカの方が好きだったらしいが」

「えっ、そんな。同盟を組みはしました。その点では、タイチウト氏のタルグダイ殿も同じです。テムジン殿、いやチンギス殿とは、闘うめぐり合わせだったのだろう、と思います」

「過ぎた戦のことを言うのか、アインガ殿。俺は、ジャムカを殺してしまったが、もう気にしないようにしている」

「チンギス殿とジャムカ殿は、遠くから見ていても、その結びつきは羨しいほど強固で、情に満ちておりました。そのジャムカ殿と闘われた苦悩は」

「黙れ、アインガ。ジャムカと俺のことだ。おまえごときが口に出すのか」

「申し訳ございません」

アインガが、うなだれた。

胡床は、チンギスが腰を降ろしているものひとつで、アインガは膝をついて対するしかなかった。

「いまから俺が言うことについて、おまえは拒絶はできん。メルキト族の民は、草原のすべての民と同等に扱われ、これから生きる。おまえは」

「首を打って戴《いただ》きたい。もし助命されると言われるなら、山中の隠棲が望みです」

「甘いな。たやすく死ねると思うな。ジャムカは先に死んで、生きることの苦悩を、すべて俺に押しつけた。トクトア殿は、森に隠棲して、気楽に暮らしておられるようだ。昔なら、それはできた。いまはもう、無理な話だ、アインガ」

「俺に、どうしろと言われているのですか？」

「戦人だろう、アインガ。戦人として俺のもとで生きながら、メルキト族の民のことを見届けよ」

アインガの掌が土につき、摑んだ。

「ここへ来る途中で、クビライ・ノヤン将軍に会いました。ともに戦場に立ってみたかった。そう言われました」

「生きていれば、ともに立てる」

「チンギス殿の幕下に」

「幕僚のひとりだ、アインガ。一軍を率いて、戦人のすべてを絞り出し、死んでいけ」

「はい」

「吹っ切れたか？」

「きのうの俺が、違う自分だと感じます」

「よし、いいぞ。ジェルメ、クビライ・ノヤン、チラウンという三人の将軍と話をして、一度、メルキトの地に戻れ。ボオルチュの部下とチラウンが行き、メルキト軍を解体して再編する。チラウン将軍は、メルキト軍の兵が、モンゴル軍の兵になるための調練を担当する。戦人は、あらゆるものごとを、複雑にはしない。来春の雪解け、おまえはチンギス臣下としてここで一軍を預けられる。冬の間、メルキトの兵や民に、自分たちはモンゴルの兵や民だと思わせるのが、おまえの仕事だ」

「殿。そうお呼びする日が、来春に来るように、力を尽します」

「よし、ジェルメ、クビライ・ノヤンと話をしてから、帰れ。何日ここにいてもいいのだが、数日で」

　アインガが、顔をあげた。

「チンギス様。戦人は、すべてのことを複雑にはいたしません。明日、俺はチラウン将軍とここを出ます」

　チンギスは、軽く頷いた。

　メルキト族は、部族が持っている力を、そのまま保持していて、敵にすれば面倒な相手だった。前の族長のトクトアにはない、粘りつくような強さがアインガにはある。それが、部族を乱れなくひとつにまとめあげる、力になったのだろう。アインガが、自分で気づいていない能力が、チンギスにはよく見える。

「よし、行け、アインガ。チンカイは残れ」

アインガが直立し、一度拝礼すると、小走りで駈け去った。

ボオルチュが来て、三人でチンギスの営舎に入った。

入口の、人が数十名は集まれる大広間である。

「決められましたか、殿」

「決めた。チンカイ、おまえは燕京へ行ってこい」

「また、弁明なのでしょうか？」

「今日は違うぞ、チンカイ。そして、おまえが生きて還れるかどうか微妙なところなので、殿も迷われていた」

「そうですか。そして、死ぬなら死ねと思われた」

「おい、チンカイ」

「いい、ボオルチュ。その通り、死ぬなら死ねという仕事だ。生き延びるかどうか、多分、おまえのその舌にかかっている」

「燕京。つまり金国と縁を切る、という使者を、俺がやるのですね」

「そうだ」

「いつ、出発すれば」

「明日にでもだ、チンカイ」

言ったボオルチュに、チンカイは胡乱《うろん》な眼差しをむけている。

「金国と絶縁するには、朝貢をやめればいいだけの話だ。アインガが帰順してきて、草原はモンゴル国として、ひとつになった。国としてはじめてやることが、金国との絶縁だと、俺は思っている。対等だと金国に伝えることで、モンゴル国があるということを、俺は人の世に知らしめたい」

チンカイは、うつむいて考えるような表情をした。

「生きて還ってきます、殿」

顔をあげて、チンカイが言った。

「この任を俺に与えていただいて、恐悦至極であります」

「では、すぐに準備をせよ、チンカイ。明日にでも行けと言ったが、使節のかたちは整えて出発せよ」

ボオルチュが言った。チンカイは、拝礼して、出ていった。

「チンカイが行く、と大同府の泥胞子殿には伝えておきます。チンカイが逃げなければならない情況になったら、役に立ちます」

細かい手配りは、ボオルチュがするだろう。

アインガの帰順については、ボオルチュの功績が大きいが、なにも言おうとしない。

ボオルチュの中では、すでに終ったことなのだ、とチンギスは思った。

二

マルガーシは、眼を開いた。

焚火は、もう熾《おき》だけになって、赤い色がぼんやりと闇の中に浮かんでいる。近づいてくる。切迫しているが、強い害意が感じられるわけではない。馬も、騒いではいないのだ。

かなり近づいてきたので、マルガーシは上体を起こした。小枝で掻き回すと、熾はすぐに炎をあげた。二本、枝を手刀で叩き折って、火に入れた。

闇の中に、五人の影が浮かびあがってきた。

「おまえら、賊徒ではないだろう。眠らせてくれないかなあ」

さらに、近づいてくる。持っているのは、剣などではなく、棒だった。

打ちかかってきたので、マルガーシは薪《たきぎ》にしていた枝を摑んで立ちあがり、打ち倒してまた座った。

五人とも、十二、三歳だろうと思える。瞬時に五人とも打ち倒されたので、動くことさえできないでいる。一番近くで尻餅をついていた者の、襟首を摑んだ。

あとの四人は、逃げかけたが踏み留まった。仲間を捨てていくことはできない、と感じているのだろう。

「襲った理由を言え」

「捕まえて、連れて行く」

「どこへ？」

「俺たちの村だ。大人たちが、いろいろ訊くだろう」

「わからんな。俺はただの旅人だ。なぜ、いろいろと訊かれなければならん」

「ジョルダニの、城の方から来た」

大きな城郭《まち》のそばを通ったのは、二日前だった。そこの城郭に入らなかったのは、城門のところにいる兵の数が、普通考えるよりずっと多かったからだ。面倒は回避する。それを、習性として持ってしまっているのかもしれない。

「おまえが持っているのは、縄だな。それで、俺を縛るつもりだったのか。それを貸せ。貸さないと、こいつの首を絞めあげるぞ」

ほんとうに、少し絞めた。喚《わめ》きながら、縄が放り出された。その縄の一部で、摑んでいた者を、縛りあげた。

「村へ帰って、言え。ひとり捕まったとな。きちんと話ができる大人が、受け取りに来い。そう伝えるのだ」

木の枝を投げると、四人は声をあげ、それから駈け出した。

「頼りない仲間だな、おい。逃げ出しちまったぞ」

「逃げたんじゃない。助けを呼びに行った。強い人がいる。ものすごく、強い人だ」

マルガーシは、草の上に横たわった。

「こんな夜中に、なにをしていたのだ、おまえら？」

「ひとり、ジョルダニの兵に捕まった。ひと月ばかり前だ。それが、奴隷にされて、この近くを通った。見たわけじゃなく、旅の人間が教えてくれた」

「その旅人は、捕まったやつを知っていたのか？」

「いや。でも、子供がひとり、荷を運んでいる奴隷の中にいた、と言った」

「それで？」

「助け出そうと思って、村を出てきた。二日、捜し回った」

「見つからなくて、俺を襲ったのか。賊ではないか。俺は、大した銭は持っていない。獲物を見分けることもできんのか」

マルガーシは、銭をいくらか持っていた。

集落の近くで狩をし、肉と毛皮を買って貰うのだ。それをくり返すと、懐に銭が溜《たま》ってきたのだ。トクトアに持たされた、熊の苦胆も、一匹の黒貂の皮も、まだ持っている。

狩の獲物の肉は、一部だけ食い、塩をしたものと煙に当てたものを、取り分け、数日分の自分の食糧にした。

森へ入って獣と闘っている時は、腹が減っていたら食う、という程度だった。

トクトアのところで、肉を保存する方法を学んだ。獲物は、偶然出会うのではなく、見つけるものだということも、学んだ。

旅は、楽だった。なにしろ、獲物を無駄にすることがなかったのだ。場所によっては、石酪《せきらく》に似たものがあった。ほんとうの石酪ほど硬くはなかったが、充分に保った。

眠った。

泣き声で、眼が醒めた。縛りあげた少年が、泣いている。

周囲は、明るくなっていた。

焚火をかき回して炎を出し、肉の塊を炙《あぶ》った。少年が泣き続けているので、木の枝を投げた。うるさい、と同時に言ったので、少年は声をあげなくなった。

十人ほどの集団が近づいてきたのは、肉を食い終えてしばらくしてだ。

見えないものに、打たれた。マルガーシは立ちあがり、剣を佩いた。躰のどこかが、ふるえた。恐怖ではない。喜びに似ている。

強い者がいる。

これまで、何度か立合をしたが、強い者はおらず、大した怪我もさせずに、終えることができた。

自分が強いのかどうか、相変らずわからなかった。しかし、強い者はわかる。

「おい、その子供を返してくれないか」

「人の寝こみを襲って、挨拶がそれか」

それ以上、マルガーシは言葉を出さなかった。大人が五人いるが、四人まではなんの問題もなく、打ち倒せる。マルガーシの剣を、かわせる者はいない。

ひとり。ぞっとするような手練れだ。その男も、マルガーシをじっと見ていた。

「銭でも欲しいのかね？」

「言っていいことと悪いことがある」

「面倒をかけずに、その子を返してくれ」

マルガーシは、数歩踏み出し、いつでも剣を抜ける体勢をとった。

普通の服を着ているが、男にはマルガーシがわかる気配があった。間違いなく、軍人だろう。父の部下の将校に、望むだけ剣の稽古をつけられた。最初に人を斬ったのも、ひとりの将校の前だった。

「言ってもわからんのかね。子供なのだ。もう充分に懲らしめただろう。連れて帰るよ」

「よせ」

男の声がした。

「並みではない手練れだ。近づくと、斬られる」

「えっ」

「退《さ》がっていろ。俺が斬られたら、みんな逃げろ」

男も、それ以上は喋らなかった。

むき合って立った時、お互いに剣を抜いていた。動けない。それは、相手も同じだろう。どちらかが、機を摑む。その時に、動く。倒れるのは自分なのか、相手なのか。

ぎりぎりの立合だった。全身の毛が、逆立っている。

「待て」

声がした。自分と男の間に、少年がひとり立っている。男が、慌てて少年を背後から抱きあげようとした。少年が、男の腕を擦り抜けた。すぐ目の前で、少年が自分を見ている。マルガーシは跳び退《すさ》った。

「殺し合いをする理由はなにもない、と私は思う。二人とも、剣を収めろ」

妙に迫力のある言い方だった。それに、少年が出てきてから、男の意識はすべてそちらにむいていた。

マルガーシは、縛りあげた少年のそばに立ち、剣先で縄を切った。剣を動かした時、はじめに喋っていた男が、悲鳴に近い声をあげた。立ちあがった少年が、仲間のところへ駈け戻る。マルガーシは、剣を鞘に戻した。

「失礼した。子供のことがあったので、つい高飛車に出てしまった」

はじめに喋っていた男が、小さな声で言った。マルガーシは、間に入ってきた少年に眼をやった。

「私は、ジャラールッディーンという。剣を収めてくれて、ありがとう」

「サマルカンドという南の城郭《まち》の、商家の息子で、世間というものを知るために、旅をしている」

立合った男が、少年をかき抱くようにして言った。

「名は？」

「マルガーシという。ずっと東から、流浪してきた」

「そうか、マルガーシ殿。村へ来ないか。いい村だ、と私は感じている」

「村の人間ではないのだな」

「だから、サマルカンドの」

「テムル・メリク。マルガーシ殿は、強いか？」

「多分、俺の方が斬られたと思います」

「そんなにか」

少年と男の会話は、主従のものだった。

「申し遅れた。俺はテムル・メリクで、護衛のために雇われた。サマルカンドからの旅の途次だが、この若様は恐れを知らない。俺としてはとても困るのだが、こんな情況にもなるのだ」

男には、もう心気が迫ってくる、異様な迫力はなかった。ただ懸命に、少年を守ろうとしているだけだ。

「ジャラールッディーン殿、親父殿は、なんの商いをしておられる？」

「蠟燭《ろうそく》」

「そうか。村へ行くと、俺はめしぐらいは食えるのか？」

「めしなら、いくらでも。私とテムル・メリクも、村の食客なのだが」

はじめに声をかけてきた男が、出てきて頭を下げた。

「子供が縛りあげられているのを見て、俺は自分を失ったようです。申し訳ありません。縛りあげられていただけで、怪我ひとつしていません。五人で、深夜に襲って、この程度で済んだなら、お礼を申しあげなければならないところでした」

「まあいいさ。五人とも、子供だったのだしな」

「村へ、来ていただけませんか」

「どこかへ、泊めて貰おうかと考えていたところではあります」

「ならば、是非」

「マルガーシ殿。なかなかいいところです。木立が深く、村の中央に池があります。豊かな村ですよ」

ジャラールッディーンが言うのを、テムル・メリクは困ったような表情で見ている。もう、手練れの気配はなかった。

「ぜひ、おいでください。子供たちにも、村で改めて謝罪させます」

男は、村の長ではなく、若い者の先頭に立っている、というところなのか。マルガーシよりいくらか上で、テムル・メリクとそれほど変らないだろう。

ジャラールッディーンは、子供たちと較べてもまだ幼く、十歳そこそこだというふうに見えた。

マルガーシは馬に鞍を載せ、荷をくくりつけると、手綱《たづな》を持った。

ジャラールッディーンが、子供と二人で先頭を歩いていく。

「まったくなあ、旅先で、俺は斬られて死ぬのだろう、と思ったよ」

テムル・メリクがそばを歩きながら、呟くように言った。俺もそうだった、とマルガーシは返した。

　丘を三つ越えると、前方に濃い緑が見えてきた。そこに森がある、というようにも思えるが、近づくと樹木はまばらで、広い範囲に拡がっている。それほど大きくはないが、川が流れていて、村の家々はそれに沿うように建てられていた。

　川は池に流れこみ、また出ていっているのだろう。

　池のそばに、広場があった。集会所らしい建物から、子供たちが出てきて、マルガーシの前に立った。全員が声を揃えて謝罪の言葉を口に出し、頭を下げた。マルガーシは、ただ頷き返した。

　部屋に案内すると言われたが、馬の手入れを先にした。馬の囲いが、木立の中にあり、十数頭がいた。二頭、大きな馬がいて、汗血馬と呼ばれるものだろう、とマルガーシは思った。

「東の、草原の男だな」

　馬体を拭っていると、テムル・メリクの声がした。ジャラールッディーンもいた。

「草原を、知っているのか？」

「去年は、草原の旅をしたのです」

　ジャラールッディーンが、得意そうな表情で言った。

「長い、長すぎる旅だった。俺たちは、まず馬の手入れをするという習慣を、そこで身につけたよ」

　草原の旅も、二人でやったようだ。

　馬を、柵の中に入れた。鞍などの馬具は、小屋に入れた。

荷を、担ぐ。

「いいな、それ」

マルガーシの帽子に眼をやって、テムル・メリクが言った。

不意に、靴をくれた女を、マルガーシは思い出した。じっと、帽子を見ていた。その視線が、かなしいのかせつないのか、どうしようもないような思いに満ちている、と思った。

女の唇が動き、なにか言いそうになった。しかしそれだけで、女は結局、帽子についてはなにも言わなかった。靴と、さらに自分で縫えるような革を、くれただけだ。

「俺が、自分で獲った黒貂だ」

「はじめて、見たよ」

「こちらの森にも、いるかもしれない」

「マルガーシ殿、それは弓矢を遣って獲るのですか？」

「そうだよ。矢が刺さった痕が、ひとつだけついている」

「私も、狩をやってみたい」

「森があれば、どこでもできる。しかし、考えているようなものでもない」

「そうなのですか」

「岩になる。あるいは、木になる。そうやってじっと動かずに数日待つのだよ。それをやっても、黒貂を見ないことの方が多い」

「そうか、華々しくはないのですね」

「ひとりでやる狩は、大抵は密《ひそ》やかなものだな」

「それでも私は、狩をしてみたい。まだ、させて貰えないのですが」

「面白いことは、ほかにもある。俺が縛りあげた、あの子」

「サンダン」

「そのサンダンが、友だちが捕えられて、ジョルダニというところで奴隷をしている、と言った。あの五人は、それを救い出すために、村を出たのだという」

「そうです。ただ、商人の話がいい加減だったのです。私は、大丈夫だと言ってしまったのを、くやんでいます」

「ジャラールッディーン殿も、あの五人の仲間だったのか？」

「友だちだから」

「友だちにやらせて、自分は村にいたのだな。それを恥じてもいない」

「私は客であるし、トノウをよく知らないのです」

「もういいさ。あの五人は、なかなかだった。サンダンを捕まえると、逃げられるのに逃げようとはしなかった」

「私は」

「年齢が足りなかったのだ。それで、俺が止めたのだ。この話は、もうよせ」

テムル・メリクが、かすかだが殺気を言葉に滲ませた。

マルガーシはそれを無視し、建物の方へ歩いた。

下女が待っていて、マルガーシを部屋に案内した。五つ部屋が並んでいる中の、ひとつだった。部屋には寝台と椅子と卓があるだけだったが、意外なほど清潔で、明るい光が射《さ》しこんでいた。ここは、村の招待所のようなところらしい。

夕餉の時と場所を告げて、下女が立ち去った。

靴を脱ぎ、寝台に横たわった。持ったままの靴を、光に翳《かざ》した。これまで履いたどんな靴より、履き心地がよかった。足に吸いついている、という感じがするほどだ。

靴を縫いあげてくれた、大柄な女のことを思い出した。口を開きかけたが、なにを言おうとしたのだろうか。

気配を感じて、上体を起こした。

部屋の入口に、ジャラールッディーンが立っている。全身をふるわせながら、泣いていた。それだけのことを言ったのか、とマルガーシは一瞬ふり返った。

男でなかったことを恥じ、男になりたいということなのか。

「ジャラールッディーン殿。俺は退屈で、面白いことをしたい、と思っている」

まだ肩をふるわせているが、ジャラールッディーンの眼の光は、しっかりしたものだった。

「俺はあのサンダンと、練れるだけの策を練り、確実にトノウを取り返す。面白いかもしれないからな」

「私も」

「いろいろと調べる。時がかかるぞ」

「いいのですか？」

「男だと、自分で思えるかどうか、というところだ。テムル・メリクも止めはしないと思う」

ジャラールッディーンが、拳で涙を拭った。口もとに、頑強とも思える線が、浮き出している。

意志の線だ、とマルガーシは思った。

三

三万の兵が、集まっている。

幕舎は、端がどこだかわからないほど、長く広く並んでいる。これは固定されたもので、ひと月経つと、一万が帰り、新しい一万が入ってくる。順次召集される兵は総計六万で、三月の調練を受ける。

アウラガからヘルレン河を渡渉し、二百里南である。

丘の頂の高い場所に、巨大な営舎と、その脇に二つの幕舎がある。

巨大な営舎の奥にカサルとボレウの居室が並んでいて、手前の広間では、数十人が集まることも可能だった。

両脇の大き目の幕舎は、ナルスと兵站部隊が遣っていた。

調練は多岐にわたるが、どれも基本に体力をつけるというのがあった。

兵のほとんどは、一度、騎馬隊の調練を受けた者である。見落としてはならないことが、騎兵と歩兵の体力のありようが違うということだった。

カサルは、それをボレウと徹底的に分析し、調練の内容を決めた。

カサルは、兄となにか話したわけではない。ただ、戦が次の段階に達していることは、前から感じ続けていた。

相手として浮かびあがってくるのは、金国である。

あの大国の底力は、いまだわからない。

カサルは、優秀な指揮官と、調練された軍が、いずれ出てくると読んでいた。北辺の国境は、これまでそれほど緊迫した地域ではなかったのだ。

金軍の総兵力は、八十万とも九十万とも言われていた。戦では、その全兵力と闘うわけではない。

「モンゴル軍について、さまざまなことが、ようやく俺にもわかってきましたよ」

カサルの居室で酒を飲んでいると、ボレウが他国の軍のことを語るような口調で言った。

「兵站を、大事にする。後方にいる人間を、大事にする。生産を大事にする。言われれば、どれもよくわかりますがね。略奪はせず、生産。そんなことを、草原の遊牧の民が、どうやって思いつくのですかね」

「若いころ、兵の数倍を担える兵站があり、なんの役に立つのだ、と思ったものだった。一兵でも多く欲しい時に、兵站だぞ。しかし、いま思うと、兵站など、急にできるものではない。時をかけて、少しずつ築きあげていくものだ。俺は、戦場に物資を運んできた兵站部隊が、輜重《しちょう》に負傷兵を乗せて帰るのが、異様なことに見えて仕方がなかった。いまは、それがあたり前の仕事のひとつだがな」

「輜重に、負傷兵ですか」

「その負傷兵の怪我が癒える。するとやつらは後方で働きはじめる。牧だとか、それこそ兵站の輜重とか、鉱山の坑道を掘るとか、いまじゃ後方の主力になっている」

「殿ははじめから、こうしようと思われていたのでしょうか？」

「ボレウ、兄上がひとり草原に立たれてから、二十年近く、俺たちは小勢力だった。キャト氏さえ、まとめてはいなかったさ。サチャ・ベキという、キャト氏の本家筋にあたる男を討ち果して、アウラガを本拠とした。小さいが、相当強力になったと思えたのは、そのころからだな。それから、ケレイト王国と組んで、三者連合を撃ち破った。あれから、俺にはすべてが目まぐるしくなった」

気づいたら、タイチウト氏を併合して、モンゴル族がひとつにまとまっていた。そのころから十年足らずで、草原を統一してしまっているのだ。

モンゴル族をまとめ、兵力が急速に増えた時も、兵站になんの問題もなかった。

「カサル殿は、ああいう兄上を持たれて、苦労されたのですか？」

「それが、よくわからないのだ。なぜ弟なのかとは、しばしば考えた。ひとりの遊牧民になりたいと、本気で考えたこともある」

しかし、カサルには十一歳の時の、消し難い傷がある。異母兄であったベクテルをテムジンが斬り、死にきれないで苦しんでいるところに、カサルが矢を射こんで止《とど》めを刺した。ベクテルの、一族に対する裏切りで、そうしなければならなくなったのだ。

ベクテルの死については、すべてテムジンが責を負い、タイチウト氏の追及を逃れて、南へ落ちのびた。

兄は、忘れろと言ったが、はじめから自分の手は穢《けが》れていた、という思いがある。黙って兄に従うのが、罪を贖《あがな》うことになると思ってはいないが、生きる道をそうやって求めてきた。

「それにしても、相手は金国ですよね。チンギス幕下に加わってすぐに、そんな戦とは、よほど恵まれているのか、運が悪いのか」

「運が悪い。そう思って諦めていた方が、気楽だぞ」

「では、運が悪い」

ボレウは、革袋から木の器に酒を注いだ。

ぼやきながら、ボレウがこの情況を愉しもうとしていることは、よくわかった。

故郷の山地が、キルギス族の騎馬隊に襲われかかったが、ボロクルの軍がそれを徹底的に撃ち破った。ボレウの、当面の心配は消えた。

そしてキルギス族は、ボロクルの恫喝《どうかつ》に屈し、帰順を申し出てきた。

ある時期から、敵らしい敵は、ジャムカしかいなかった、とカサルは思っていた。

「少し、酒をくれ、ボレウ」

「少しなどと言わず」

ボレウは、カサルの器に、なみなみと酒を注ぎ、白い歯を見せてにやりと笑った。

結局は、二人ともしたたかに飲み、ボレウは自分の居室に這うようにして帰った。

翌朝、テムゲが二千騎を率いてやってきた。冬までにはそれぞれの営地に帰す二千だが、歩兵との調練をもう一度させておこう、というのだろう。

「兄者、そろそろまた冬だ」

調練は将校たちに任せ、テムゲはカサルの居室で兜を取った。

本営の広間で会議が開かれたのは、十日ほど前だった。

ジェルメ、クビライ・ノヤン、チラウン。ボオルチュとダイル。それに弟たちと息子たち。十一名が呼ばれ、チンギスの前に腰を降ろした。

チンギスは、壁に張りつけた大きな草原の地図を前にして立った。

そして、兄弟と息子たちの領地を示したのである。アウラガを中心にしてチンギスの直轄領があり、西が息子たち、東が弟たちの領地になった。

それぞれが、相当広大な地域になる。一万騎を動員できる将軍たちが、つけられる。本営にいるのは、ジェルメ、クビライ・ノヤン、チラウンの三名である。

そういう話し合いがなされたというのではなく、決定した事柄を伝えられただけだった。

奇襲のような会議だ、とカサルは思った。

スブタイ、ボロクル、ジェベは、チンギスの下である。

ひとりひとりが、国の王《カン》のような立場になった。それはかたちがそうだというだけで、モンゴル国の力を維持するために、命をひとつずつ差し出したということでもある。

西を与えられた息子たちは、弟たちの東より過酷だった。特に長男のジョチが与えられた土地には、まだモンゴル国とは言い切れない地域があった。

ジョチは、一度、ケムケムジュートへの遠征をやった。だから与えられた土地とも言えるが、長男により大きな苦難を与えた、とカサルは思った。

カサルが与えられたのは、コンギラト領だったところの北が中心で、ほかと較べると楽な地域だった。ただ、歩兵と工兵は、下に置かれた。

ボオルチュとダイルは、アウラガ府と輸送路の統轄をさせられることになった。ボオルチュはともかく、ダイルは隠居したかったのだと、チンギスの姿が消えてから、吐き出すように言った。

領地が、まだモンゴル族の地の広さぐらいの時は、アウラガですべてを把握し、いくらでも指示を出すことができた。モンゴル族の地を統一するまでは、それが可能だった。それから先の領土の拡大は急速だったこともあり、決まったやり方ですべてを片づけるというところがあった。

それを改める、と兄は言っている。兄弟や息子が、あてがわれた領地で、それぞれに細かく眼を配ってみろ、ということなのだ。統一されたモンゴル族の地における、施政。それを、全員が目指すことになる。

「冬の間に、肚を決めておかなければならん。それがあるよな」

「肚はいつでも決めておけ、テムゲ」

「そう言われてもな。将軍はともかく、将校連中の尻を蹴飛ばさなければならん。いつも蹴飛ばしていあわけじゃないし」

「テムゲ、兄上は南へ行くつもりだぞ」

「だろうな。あの金国と戦など、考えられない気がする」

「まだ、決まったわけではないが。とにかく、兄上の考えは読めん。考えなどないのではないか、と思ったことさえある」

「おいおい、兄者。まあ、兄者がそう考えたことがあるというのは、わかる気がするが」

「歩兵の戦は、本格的なものになる。西夏と試しのような戦をやりはしたが、金国軍はまるで違うだろう」

「兄者は、歩兵を抱えているので、いろいろ厄介なのだろうな。歩兵をどう掩護していくかが、騎馬隊の主な調練になっている」

「打っては、退《ひ》く。それが、モンゴル軍の戦だ。ボレウは、離脱の調練を重ねている」

「そうだね、兄者」

テムゲは、気のないような言い方をした。

居室の寝台の下に、革袋の酒が置いてあることをテムゲは知っていて、手を突っこんだ。

「飲もうよ、兄者」

「外は、まだ明るい」

「堅苦しいことは言うなよ。不眠不休で原野を駈けていることも少なくないのだから」

「そうだな」

カサルは、木の器を二つ出した。

テムゲが、懐から石酪を出し、掌の中で砕いた。酒を飲み、石酪をしゃぶる。外の従者に命じれば、ましな肴はもっとあるが、いまは石酪がいい、という気分だった。

馬蹄《ばてい》の音。それに混じって、兵が隊伍を組んで駈ける音。

将校たちは、命じられたかたちに軍を整えるのに、必死なのだろう。冬が来て、それから雪が解けはじめると、いつ出動を命じられるかわからない。ありそうなようで、時はないのだ。

「ナルスはまた、おかしなものを作りはじめているな。出来上がって、それが実際に遣われるまで、なんのための兵器かわからん」

「いずれ、城壁を毀《こわ》すための道具さ」

「それが、いま作っているやつは、地に潜るのではないか、という気がする」

「そんなものを、作っているのか」

ナルスの工房は本営からいくらか離れたところにあり、時としてなんの工作をやっているのかわからないことがある。

「なんだこれはと思っても、ナルスが作るものは、攻城戦では効果があった」

「それは、知ってるよ。騎馬が駈けることしかしなかった俺たちの戦が、まるで違う局面にもぶつかるということか」

「金国の軍は、大軍による堅陣がひとつあるだろう。それを崩すのも、ナルスの道具かもしれないのだ、テムゲ」

「モンゴル軍は、最後は騎馬隊で敵を蹴散らすべきだ。道具の後から敵にむかって進むのなんぞ」

「テムゲ、戦の局面はどうなるかわからず、いまから余計なことで不平を洩《も》らすな」

テムゲは、ちょっと横をむいて、石酪を口に放りこんだ。

軍全体の規模がどうなり、どういう召集の仕方をするかなどを、しっかりと把握しているのは、ジェルメとクビライ・ノヤンの軍本営だけだろう。兄も、報告を受けてそれを知ることになる。

「大兄上もまた、アヒン・ダジンに巨大な鉄弓を作らせている。モンゴル軍の戦は、いつ道具でやるようになった」

「おまえは、面白がろうという気はないのか、テムゲ」

「そりゃ、面白がるしかない、と思っていますがね」

「兄上の戦のやり方は、これまでとはずいぶん変ってくる、と俺は感じている。歩兵を遣うとか、そういうことではなくだ。俺たちは、いままでより重いものを、背負わされるかもしれない」

テムゲは、横をむいた。

結局、テムゲは夕餉を挟んで飲み続け、従者が呼びに来るまで自分の軍営には帰らなかった。

夜中に、ボレウがやってきた。兎《うさぎ》の肉を焼いて煙に当て、日保ちがするものをぶらさげている。

「歩兵が、六万に達しますよ、カサル殿」

「ボレウ、おまえは毎晩、俺の部屋で飲むつもりなのか」

「どうせ、自分の部屋でも飲むのです。絡む相手が欲しいというところかな」

「おまえ、歩兵部隊を抱えきれない、と思っているのか」

「そりゃね。冬の間に、もしかすると十万に達するかもしれない。一万までは、俺は落ち着いて見ていられたのですが」

　十万の歩兵が、一斉に調練に入るわけではない。調練場には、せいぜい三万がいるだけだ。入れ替えながらの調練だが、総指揮官のボレウには、千人隊ごとの把握も求められることになる。

「カサル殿は、歩兵を俺に押しつけっ放しだ。たまには、なにか言ってくださいよ」

「一万の部隊ごとの把握はしている。率いる将校たちとも、細かい話までしている。その上で、おまえにはなにも言うことがないと思っているのだ」

「歩兵は、一万二万より、五万を超えると、その数だけではない力を出します。動きの激しくない歩兵は、腰を据えられるかどうかが、勝負ですからね」

「そういうところまで、おまえは誰よりも学んだ。だから任せている」

「いいですよ、もう。実戦で力をつけるしか、これ以上やることがないという程、調練は仕あげますから」

「兄上も、頼りにしておられるはずだ」

「俺は、殿が誰も頼りになどされないのが、わかってきましたよ。その人間が持っている力を、ふり絞らせるだけです。もうなにも出てこないとなったら、退役だな」

「おまえが退役するまで、あと何十年もかかる」

　ボレウは、不織布《フエルト》の上に身を投げ出すように横たわった。

いまごろになって、ようやくカサルにもわかってきたことだが、調練をやっている時の方が、根をつめる。細かいところにまで、眼を配る。

実戦の時は、敵がいる。すべてに眼を配る余裕もなく、ぶつかり合う。

それは、どこか吹っ切れることで、むしろ解放される。しかし、兵は死ぬ。できるかぎり死なせないための調練、とカサルは考えているところがあった。

「まったくな、おまえら、俺の居室に、愚痴や悔悟を吐き出しに来ているのか」

「おまえらとは、俺以外に誰です？」

「テムゲがいた」

「テムゲ殿は、後悔などしませんよ」

「もういい。おまえ、自分の居室で、ひとりで飲めよ」

ボレウが、不織布の上を転がった。

「殿になにか言えるのは、カサル殿だけです」

「俺が、兄上にものを言える、と本気で思っているのか」

「殿だって、誰かになにか言われなくっちゃな」

「誰もいないさ。母上が亡くなられてしまったからな」

「奥方様は？」

「俺らより、兄上に近いに決まっているだろうが。ボレウ、酔っ払って俺のところへ来るな。はじめから俺のところで飲むか、飲まないかだ」

「そうですよね。俺は、迷惑なやつですよね」

這うようにして、ボレウが居室を出て行きそうになった。

「今夜はいい。次からだ」

「そうですか。でも」

「いいから、ここで飲め。俺を、ひとりにするなよ」

カサルの方へ顔をむけ、ボレウがにやりと笑った。

四

雪が来た。

ボオルチュは、何事もなく戻ってきたチンカイと対していた。

金国朝廷へ、絶縁の使節として行ったチンカイは、今後鎮海《ちんかい》と名乗れという、朝議の結論を持って、そのままアウラガへ帰ったのだ。

絶縁については、チンギスの、金国軍百人隊長の任を解くという返答を貰っていた。絶縁にどう対処するか、すぐには判断できなかったのだろう。つまり、もの事を決める存在がいないのだ、とチンカイは自分なりの結論を持っていた。

チンカイの燕京滞留は、わずか三日に過ぎなかった。絶縁を告げる使節に、金国朝廷がどう対処するか決めるまで、チンカイは燕京に腰を落ち着けようとはしなかった。

それでも、絶縁の意思はしっかり伝えていたので、任務は全うしたという恰好だった。

「殿は、嗤《わら》っておられた。今後、鎮海と名乗らせろ、とも言われた。だから、そうしろ。それだけだ。任務について、殿に認められたと思うなよ」

「いつ、殿に拝謁できるのですか？」

「拝謁はできない。それは、殿が決められたことではない。私が、そう決めたのだよ。おまえが持ち帰ったものは、殿に拝謁して申し述べるほどのことではない、と私が判断したのだ」

「伝えるべきものを、俺は伝えてから戻ってきたつもりです。使節の人員ごと、楽々と戻ったのが、悪いことなのでしょうか？」

「悪いことではない。思わぬ要領のよさが、おまえにはある。それが、外交の交渉事では邪魔になる、と私は思っている。相手にじっくり考えさせて、答を出させる。それが必要な交渉事だった」

思いつきの対応を、金国朝廷にさせた。金国は、絶縁について、一時的なものだと考えているのかもしれない。百人隊長の任を解くなどという言い方が、それを感じさせる。絶縁なら、任を解くというのは意味がなく、すべてがなくなってしまうのだ。

騙《だま》し討ちのような通告だった、といまになって金国朝廷は騒いでいるかもしれない。

任務は滞りなく終えているが、チンギスの心の底を、相手に伝えてはいなかった。

生きて還ることが、覚束《おぼつか》ないかもしれない任務だ、とはじめに伝えた。その意味をチンカイは深く考えるべきだった。そして、ぎりぎりの命で戻ってくるべきだったのだ。

金国とは、敵対しながらも外交交渉も必要になる、という間柄になるはずだった。その時、チンカイにすべてを担わせるのには、不安がある。あえて、深い交渉をすることを避けたのだ。うつむき、膝に置いた手を握りしめ、チンカイはしばらく考えていた。

顔を上げたのは、かなり時が経ってからだった。

「交渉をはじめる時、俺には二つの道が見えていました。相手を見定めて、どちらを選ぼうか考えました。俺が間違ったのなら、そこだろうと思います」

チンカイの頭は、速く回転しすぎることがある。それは長所であると同時に、短所にもなり得るものだった。

「取り得ることができた、もうひとつの道を言ってみろ」

「鷹揚《おうよう》に構えている相手に、強烈なものを見せるという道です」

「なぜ、それを取れなかった」

「穏便に、話を伝えようと思いました」

「外交の交渉は、それだけでいい、と思ったのだな」

「雪解けには、殿が軍を動かされる。そういうことなら、不意討ちになりかねないやり方だった、かもしれません」

金国との戦は、もっと先のことだと思ったのだろう。この男の、さまざまな推測は、時々、ひとり歩きをする。

「ボオルチュ殿、俺をもう一度、燕京へ遣《や》っていただけませんか？」

「チンカイ、おまえは殿に命じられて、燕京にむかったのだ。すぐに戦をはじめても、卑怯と言われないような交渉をし損った」

「命を懸けようという切迫したものを、どこかに押しやったのかもしれません。もう一度燕京に遣っていただければ、金国朝廷が怒りで騒然とするだけの衝撃を、必ず与えて御覧に入れます」

「すべておまえに任せる、というわけにはいかん。なにを伝えるつもりか、言ってみろ」

「これまでの朝貢を、少しずつ歳幣として返していただきたいと」

言ったら、その場で捕縛されて首を刎《は》ねられることも、充分にあり得た。命を捨ててくるという言い方で、生き延びることを考えていたら、言えないだろう。

「それ以外のことはやるな、チンカイ。そして、死んでこい」

もし生きて還ってきたら、チンカイは幅の広い外交交渉ができるようになる。死ねば、チンギスはいい開戦の理由を摑むことができる。

「行ってこい」

それだけ言い、ボオルチュはもうチンカイの方を見なかった。

来春の出兵を考えると、アウラガ府がやるべきことは、膨大なものにのぼった。一万騎ほどで、どこかを叩いて戻ってくる、という遠征など、チンギスは考えていない。

出兵するならば、それなりに見合うものを、金国から奪い取る。果して一年で済むことか、もっとかかるのか、という心積もりをしておかなければならないのだ。

モンゴル軍の兵站は、駅を繫いで南の城砦にまでしっかり届く。二年、三年と、それを保持することも可能だ。

しかしそれは南の城砦までで、金国領に深く入ると、兵站が切られる可能性は、常にあると考えなければならない。

チンギスが、どれほどの遠征を考えているのか、はっきりしなかった。戦況によって、長くもなれば短くもなる、と思っておいた方がいいだろう。

いまチンギスの眼は、確かに南にむいている。しかし、頭がすべてそちらにむいているわけではないことを、ボオルチュはしばしば感じた。

西への駅の建設も、活発である。領土が飛躍的に拡大したので、それをやる財政の基盤は充分すぎるほどだ。

あと二年あれば、金国にも他国にも、決して揺さぶられることのない、豊かな国になれる。その二年が、実はチンギスの夢を矮小化《わいしょうか》させることだ、とボオルチュにはわかる。チンギスがそれを嫌うことも、よくわかる。

自分がなにをやるべきなのか、ボオルチュは常に考え続ける。チンギスに追いつかないまでも、一歩か二歩遅れるだけで、ついていきたい。いままでは、ついてきたのだ。

チンカイが出立したあと、ボオルチュはボルテの営地へ行った。

ボルテのもとで、幼い子供が五十名ほど暮らしている。戦で、親を失った子供が多い。領地が拡がるたびに、人数は急激に増えてきたが、各地を弟や息子たちが領するようになると、それぞれ同じようなものが作られ、全土で孤児は暮らす場所を得るようになっている。

「ボオルチュ殿か。また子供捜しですか」

ここにいる孤児は、十歳を超えると、かつてホエルンの営地であったところに行く。そこで数年暮らし、軍に入る者、遊牧に戻る者、学問所に進む者と、ふり分けられていく。

軍に入ろうという風潮が強く、学問にむいた者もそれに流される場合がよくあった。

それでボオルチュはボルテの営地の子供たちを見ていて、学問にむいていそうな者は、ホエルンの営地を経由せずに、直接学問所の寮に送りこむのだ。

「今夜あたり、殿が来られそうな気がするのですよ」

「私にわからないことが、ボオルチュ殿にはわかるのですね」

不思議なことだが、チンギスがボルテの営地を訪《おとな》う日が、ボオルチュにはなんとなくわかる。

朝、チンカイをどう扱うかを決めた時、そんな気がした。それで、先回りしてここへ来たのだ。

もし来なかったとしても、子供たちと話をすることはできる。

冬になったばかりのいま、チンギスとは腰を据えて語っておきたかった。チンギスは冬を無駄にせず、各地の長のところを回ったり、鉄音《ズルフ》に滞留したりする。そういう時、ボオルチュと話をする隙は見えないのだ。

ボオルチュは、子供の暮らしを見ている二人の老人に、全員集めるように伝えた。

食堂兼集会所は、屋根と床がある建物である。ちょうど農耕から戻ってきたところで、すぐに集会所は騒々しくなった。

老人二人が、子供たちを大人しくさせた。

「私が会っていない者が、数名いるようだな。ひとりずつ、立ちあがって自分のことを語ってみろ」

一番幼い子は、まだ三、四歳だろう。

立ちあがり、名を言い、それ以上言葉が出ずに泣きはじめた。泣いているのを指さして、嗤った子供がいた。ボオルチュはその子を立たせ、なぜ嗤ったのか執拗に問い質した。その子も、泣きはじめた。

「もういい。泣くなとは言わん。しかし、泣いている者がいたら、嗤う前に、励ましてやれ。助けてやれ。ここで暮らす者は、兄弟だぞ」

自分が幼いころのことを、よく憶えていない。攫《さら》われた体験が強烈で、その前の記憶は、飛んでしまったのかもしれない。大同府でチンギスと暮らしはじめたころは、しばしば泣いた。泣いているボオルチュを、チンギスはほとんどの場合無視していた。

それでも、大人になってから泣いた方が、多いかもしれない。なにかが心に迫ってくると、涙が出てしまうのだ。

ひとりひとりに、少しずつ農耕について喋らせた。これはと思うような言葉を遣ったり、見方が独特だという者はいなかった。

ここで見つけ、そのまま学問所の寮に送りこんだ子供は、五人ほどいるだけだ。

夕餉の刻限になっていて、女たちが皿を運んできた。ここで焼いた皿である。女たちの躾《しつけ》をしたり、焼物を焼いたりというのは、ボルテが引き受けていることだった。

いまチンギスの領土の中で、飢えている民はいないはずだ。ひどい情況に陥った者は、助けられている。飢えているのは、どうしようもない怠け者ぐらいだった。

罪を犯す者もいないわけではなく、盗みが発覚すれば、奴隷に落とされる。馬を盗んだ場合は、死罪である。人を殺せば、大抵は打ち首になる。

そういう裁きをする場所は、いま作られているところだった。法の大筋を、長い時をかけて作り終えたカチウンが、それに携わっている。盗みや人殺しだけでなく、牧草地や水の争いも、きちんと裁かれはじめていた。

女たちが大鍋を用意しているが、それを配るのは、子供たちが交替でやる。

ボオルチュのところにも、羊の肉と野菜を煮たものが、皿に盛って運ばれてきた。

ボオルチュは、皿から食べる時は箸を遣うが、そうする者は少なかった。

馬蹄の響きがして、チンギスが来たのがわかった。

こういう地を移動する時も、ソルタホーンほか十騎ほどがついている。大きく言えば、ここもアウラガだった。

食事を終えた子供たちが、それぞれの家帳へ帰るのを見送った。

食堂のそばにある篝《かがり》が、人影を浮かびあがらせた。

「よう、ボオルチュ」

チンギスが、食堂に入ってきて、そばの椅子に腰を降ろした。

「おまえが待っていることに、耐えられなくなるよ。そして、少しぐらいは話してやろうか、と思ってしまう。本営ではそんなことはないのに、ボルテのところではそうなのだ」

「奥方様のところは、よろしいのですか？」

「それはいい。俺は、二日ここにいるのだ。おまえが来ていることは、知らされなくてもわかった。おかしな具合だ」

自分もそうです、という言葉をボオルチュは呑みこんだ。チンギスが、わかることをなんとなく自慢したように聞えたからだ。

ソルタホーンも連れず、ひとりだけだった。それも、ボオルチュは嬉しかった。

「なかなか、殿と腰を据えて語れません」

「いろいろな心配があるのだろうな。おまえは、よく仕事をしている。これだけ急激に領土が増えたのに、民政についてはなんの問題も起きなかった。おまえが育てた者たちが、みんな優秀だった。だから、金国と絶縁することもできたのだ」

「いずれ、そうなったはずです。いずれと思っていたものが、すぐに来てしまう。私にあるのは、その驚きだけだ、という気がしています」

チンギスは、革袋の酒を飲んでいた。

「奥方様は、酒についてなにも言われませんでしたか？」

「なあ、ボオルチュ。俺は、酒でなんとかなるなどと、思ってはいない」

「やはり、お眠りになれないのですか」

「そんなことは、どうでもいい。若いころからのことだからな」

「それでは、なにを」

「ナイマンを、倒した。草原に、敵がいなくなった。すると、すべてが闇に包まれたのだ。濃い闇の中を、手さぐりで進んでいる。一日に何度も、そう思うことがある」

生きていることはそういうことだ、とボオルチュは言いかけ、はっとした。

孤独だ、とチンギスは言おうとしているのではないのか。誰も歩いたことがない場所を、ひとりで歩いている。

ジャムカが、いなくなった。敵が、いなくなった。それでチンギスは、敵のいない場所の闇に、気づいたのかもしれない。

「自分はどうしたのだろう、とも思う。大同府に逃げた時より、絶望したくなるほど、味方が少なかった草原への帰還時より、闇が深い。闇などない、と思えばそれで済むはずだが、気づくと、両肩に闇の重さを感じて、うつむいているのだ」

「殿はおひとりであり、おひとりではない、と言えます。私がいます。あえて私はそう言いますが」

「おまえ、カサルやテムゲの前で、息子たちの前で、そう言えるか？」

「言えるわけがありますまい。ジェルメ将軍やクビライ・ノヤン将軍の前でも、言いたくありませんね」

「二人だけの時に言う、わがままか、ボオルチュ。そんなことを言えるのか」

「言えるに決まっています。私はずっと、殿の代りに泣いてきたのですから」

「自分が泣き虫なのを、俺のせいにしようとしているな」

「今夜だけです、はっきり申しあげるのは」

「都合のいい男だ、おまえは。その都合のよさで、俺は何度か助けられたかもしれないのだが」

「これからも、闇が薄くなることはありませんよ、殿」

「おまえがいるのだろうが」

「時々、いなくなりますよ」

「それはそれでいいさ。もともと闇だったのだと思うと、闇も闇ではないからな」

「殿は、ほんとうに強い方ですよ」

「泣くためにいるおまえなど、ほんとうは必要なかった。俺は弟を弓で射殺《いころ》した時から、ずっとひとりだったのだ」

「私もです」

「よせよ、ボオルチュ。おまえは、俺がいるだけで生きられた。ほかの者もだ。俺は、おまえがいるだけで生きられはしない」

「少しずつ、殿のわがままになってきましたな」

「だな。おまえも、ちょっと飲まないか。おまえの冷静な声を聞いていると、腹が立ってくる」

差し出された革袋を、ボオルチュは受け取った。

「泣いているのか、おい」

「なにを言われます。泣いてなどいません。殿の闇が晴れるまで、私は泣かないと決めたのですら」

チンギスが、声をあげて笑った。

「俺は、雪解けに進発できるか？」

「できます。もう一度燕京へむかったチンカイが、残していた半分の仕事をしてくるはずですから」

「あいつ、うまくやったと思っていただろうにな」

「生きて還ってきたら、会ってやってください」

「生きて還ってくれれば、もう金国の方はいい。西で遣ってみろ」

「闇の中でも、西のことを考えておられるのですか。呆《あき》れたな」

「金国と戦をする。それは大変なことだという気もするし、たやすいことだとも思う。ひとつだけ言えば、金国戦が俺にとって、最後の戦などではない、ということだ」

いま、チンギスの動員力は、三万騎というところだ。ほかは、弟たちや息子たちを通した通常動員で、十二万騎ほどだった。

この動員力は、これからさらに増える。召集の数を、冬の間に均《なら》していくからだ。

しかしいまは、召集できる数より、遠征できる数というふうに、ボオルチュは頭で思っていた。遠征では、一年以上かかるものが出てくるだろう。そのすべての期間、兵に従わせるのは無理がある。

全体の召集力は小さくても、常備軍を増やすことに作業を傾注させるべきではないか、とボオルチュは考えはじめていた。

チンギスは、どれほどの常備軍を擁すれば、一応納得するのだろうか。

いまのモンゴル軍は、歩兵の問題も抱えていた。召集しても、騎馬と較べると時がかかりすぎる。常備軍である程度は置いておかなければ、軍全体の動きを遅らせてしまう。

「チンカイが無事に戻ってきたら、西に前進拠点を作らせましょう。生還すれば、あの男に運はある、ということですから」

「その時こそ、中華で貰った名の鎮海にしてやればいい。これから、そんな男が増えてくるのだしな」

中華の名を持った者は、中華から来ている場合が多い。養方所の華了《かりょう》など、師の桂成《けいせい》から貰った漢名であり、もとはボオルチュの副官でアンカイといった。

「殿、常備軍だけは、私が自ら編制します。兵たちへの手当ても、不満がないようにします」

「ほう、戦が多いと泣くボオルチュが、そんなことを言うのか」

「殿にだけですよ、言うのは」

「おまえが言うことだから、俺だけは信じることにする」

チンギスが笑った。ボオルチュは、つられて笑おうと、口もとを動かした。

五

ジランのもとで働けと言われたが、結局は村の学問所の手伝いで、自分も同時に学んでいる、という恰好だった。

タュビアンは、もともと字はいくらか読めた。計算などもできた。だから教師の助手もできたが、知らないことが教えられている時は、自分も学ぶことにした。

村の中に家があるので、そこはもう村人のようなものだった。ジランも、農耕をなす大人たちもそう扱う。ずっと前から、住んでいるような気分になった。

ジャカ・ガンボは、父親でもなく、主でもなかった。強いて言えば友だちのようなもので、気楽に暮らすことができた。

巡礼に行かなければならない、という思いは切迫したものではなくなっていた。

病んだ父が、巡礼に行こうとした。実際にタュビアンと旅をはじめたが、ふた月で寝ついた。

タュビアンは、小川のそばに囲いと屋根を作り、そこに父を寝かせ、看病した。起きあがるのも苦しそうな父が、朝に一度だけは起きあがり、聖地にむかって礼拝した。

タュビアンは、わずかにあった銭で、なんとか食い物を手に入れ、父に食わせた。あまり食わないので、残ったものをタュビアンは腹に入れた。

寝ついてひと月で、父は死んだ。呆気《あっけ》ないものだ、とタュビアンは思った。心の中に、巡礼を続けたいという父の思いだけが、傷ついて駈け回る生き物のように残っていた。

その生き物を鎮めるために、タュビアンは巡礼の旅をはじめたのだ。

自分の中に、本物の信仰があるとは思えず、だからこそタュビアンは執拗に自分を駆り立てた。

ひと月ほど旅をして倒れた時、拾ってくれたのがこの村の女たちだった。

ジランの屋敷に運ばれ、躰を癒した。ひどく虫がいいことをしているような気があり、また巡礼に出発したいと、ジランに言い続けた。

巡礼の旅をやり抜こうとする理由を、何度かジランに訊かれたが、答えられなかった。答えなかったり、答えたくなかったりしたのではなく、答えられなかったのだ。

そういう時に、ジャカ・ガンボに会った。

ジャカ・ガンボは、ムスリムでもないのに、巡礼に同道してやると言った。ただ、弱々しかった躰を、半年ほど鍛えられた。

ジャカ・ガンボとの巡礼の旅は、のんびりしたものだった。なんの旅か人々に訊かれることがあり、巡礼だと答えると、みんな頷いた。わずかに、食糧をくれる人もいた。

ジャカ・ガンボは路銀に不足はしていなかったので、巡礼と言って頷かれるたびに、タユビアンはただ安心した。方角を間違っているとは、一度も言われなかったのだ。

それでも、馬から落ちて脚を折った。

馬の落ち方は、ずいぶんと躰に叩きこまれたが、ほんとうに驚いて棹立《さおだ》ちになった馬は、稽古をした時とはまるで違っていた。

山中の集落で脚を癒し、また巡礼の旅に出発したが、賊徒に襲われ、自分を助けるために、ジャカ・ガンボは大怪我をした。

賊徒から救ってくれたアサンに、ジャカ・ガンボをカシュガルのジランの屋敷まで運んでくれと、平伏して頼んだ。

人に頼んだのは、はじめてだったかもしれない。少なくとも、心の底から声を出して、助けてくれと頼んだのは、はじめてだ。

父が病み、死んで行った時も、誰にも助けは求めなかった。自分が倒れて死にかかった時も、こちらから助けてくれと言ったわけではない。

ジャカ・ガンボを死なせないために、自分ができるのは、ひたすら頼むことだったのだ、といまも思う。それほどまでに、自分には力がない。

アサンはジランの知り合いで、快くカシュガルの郊外の、ジランの屋敷まで運んでくれて、三日泊っていった。

ジャカ・ガンボの傷は、タュビアンが思ったほど深いものではなかったようだ。アサンの部下が、指を血だらけにして傷を縫うのを見た時、生きるか死ぬかの端にジャカ・ガンボはいるのだと思い、全身がふるえ続けた。あの感じは、いまはもう蘇《よみがえ》ってこない。

「ジャカ・ガンボ殿に、こちらで夕餉をと伝えてきてくれ、タュビアン」

ジランが、言った。

「はい、いま行きます」

タュビアンは、一度頭を下げて、外へ出た。三日前に降った雪が、道にも残っている。ひと冬の間に、五度か六度、雪は降り、かなり積もる。

この冬、二度目の雪だ、とタュビアンは思った。

ジャカ・ガンボは、上半身裸で、棒を振っていた。庭の雪は、踏み荒らされて、ほとんど消えていた。

ジャカ・ガンボの躰から、湯気がたちのぼっている。

「ジラン様が、夕食をと言っておられます」

「そうか、わかった」

動きを止め、ジャカ・ガンボが言った。

タュビアンを助けるために受けた傷以外に、古いものらしい傷痕が、ジャカ・ガンボの躰には多く刻みこまれている。それを見てはじめて、戦をしてきた人間なのだ、とタュビアンは知った。

いまジャカ・ガンボは、村の男たちに、棒の遣い方を教えている。男たちの半分以上は、カシュガルを通っている交易路で働いていた。ふだんはいないことが多いが、戻ってきて十日ほどなにもしないで過ごすこともある。そういう男たちが、熱心に棒の扱いを習っていた。

若く元気な男でも、ジャカ・ガンボに勝てる者はいなかった。時には、三人がかりでもあっという間に打ち倒される。

「なにか用がある、とジラン殿は言われたのか？」

「いえ、特には。ただ食事にと」

ジャカ・ガンボが、布で躰を拭いはじめる。いくら拭っても、汗が噴き出してくるようだ。

タュビアンは、桶に水を汲《く》んで運んできた。

「おまえも、気が利くようになったな」

「十四歳ですから、もう」

「あまり、おまえの歳を考えることはないのだが、もうすぐ大人だな」

「なのに、自分がやらなければならないことが、見えてこないのです」

「やらなければならないことを、持っている人間は少ない。なにをやりたいかだ」

「わかりません」

「まあ、そのうちわかるさ」

ジャカ・ガンボが服を着た。革で作られたものだ。暑い時季は、布の服を着ていた。白い帽子を被った。白いというのか、銀色というのか、鮮やかに眼に映える。

ジャカ・ガンボは、銀色の狐の毛皮を猟師から買い、それを帽子にした。タユビアンも帽子を許されたので、黄色い布で幘《さく》を作って貰った。黄色い布は、時には金色に見えたりする。

屋敷に行くと、タユビアンも一緒に、ジャカ・ガンボと居室に請《しよう》じ入れられた。

壁に、大きな地図が張ってある。それよりも、タユビアンがいつも眼を奪われるのは、反対側の壁に積みあげられた、さまざまな書物である。

これまでに、三冊を借りて、読んだ。タユビアンが読もうとしている書を見て、ジランはいつも上機嫌に笑った。

タユビアンは、卓の上に拡がっていたものを、慎重に隅に寄せた。

「五日ほど経ってからだろうが、アサン殿がここへ寄られる」

ジャカ・ガンボは、大して嬉しくもなさそうな顔で頷いた。

タュビアンは、アサンの商いの話が好きだった。だから、いい知らせだ。

「チンギス・カンが、大軍を集めていて、雪解けには進発すると見られている」

「アサン殿の情報なのか」

「なぜか、チンギス・カンに強い関心を持たれた。しかし、まだ会っていないのだ」

チンギス・カンというのは、多分、東の草原の王だ。大人たちの話の中から、タュビアンは、そんなものを嗅ぎ取っていた。

「モンゴル族をひとつにまとめたと思ったら、あっという間だったな。草原に、もう敵はいなくなっている」

「知り人のような言い方だぞ、ジャカ・ガンボ殿」

「草原にいれば、いやでも耳に入ってくる名だった」

「ジャカ・ガンボ殿は、モンゴル族ではないのだな」

「俺は、ケレイト族だよ。王国があった。王がいるという国が、大したものなのだというのは、大きな間違いだった」

「チンギス・カンと闘って、負けたか」

「俺は、負けていない。いや、闘っていない。ケレイト族の中で、闘うことができなかった、ただひとりの男かもしれんよ、ジラン殿」

「闘っていないなら、敵でもないのだな」

「俺は、何者でもない男だよ。いないも同然というやつかな」

「そんなことを言うやつにかぎって、どっしりとしていると私は思う」

「ただ流浪をしていた男さ」

「実はな、草原の旅の間に、アサン殿は、ジャカ・ガンボという名を、何度か耳にされたらしいのだよ」

「そうか、そんな用事か」

「ケレイト王国の、トオリル・カンの弟のジャカ・ガンボ」

「あんたに、嘘をつきたくはない。俺は、そのジャカ・ガンボさ」

「あんたが誰であろうと、私にとってはどうでもいいことだ。ただ、それなりの期間、親しくつき合って、なんとなく好きになりつつある。そのなんとなく好きというのに、人と人の間の、ほんとうのものがある、と私は思っているのだ」

「隠居をした、と言ったことがあったよな」

「轟交賈《ごうこうこ》で働いていたころの私は、とうに隠居だな。しかし、人の人生に対する興味は、捨てきれないのだ」

二人の話を、タュビアンは部屋の隅で黙って聞いていた。

ジャカ・ガンボは、多分、戦という生き甲斐のようなものを、なくした。それで、自分などに関わっているのだ、とタュビアンは思う。自分がどう育つか興味を持てば、世間のことも見て考えるようになる。

そんなことよりも、自分がなにをやればいいのか、タュビアンは考えなければならなかった。

それは、父の代りに巡礼をしなければならないと、思いつめていた時とは、まるで違う。人生というものが、はっきりと眼前に拡がっていて、そこはまだ草さえもない荒野なのだった。

「ケレイト王国がモンゴルに併呑されて消滅し、ジャカ・ガンボという男は、拠って立つ場所を失った。そういうことのようだな」

「いま考えると、拠って立つ場所など、もともとなかった」

「まあ、もともとなかったと考えるのが、楽だろうからな」

なにかが、ぶつかった。見えはしないが、鋭い音がした。

「俺に絡むために、あんたは夕めしに呼んだのか」

ジャカ・ガンボの声が、尖《とが》っている。ジランの、低い笑い声が聞えた。

「すまん、ジャカ・ガンボ殿。これぐらいのことでは、ただ笑っているだけだろう、と私は思っていた」

「俺のなにを、確かめたのだ」

「人と人の争闘には無縁だった者たちに、棒の扱い方を教える。つまり、武術の教師でもして、生涯を終える。そんなところにいるのかもしれない、と思ったのだ」

「なにもないのだよ、ジラン殿。心を傾けることができるものが、なにもない」

「タュビアンの成長にでも、心を傾けてみてはどうだ」

「こいつはもう、かなり成長している。学ぶことはまだ多いが、それは成長とは違うことだ」

「アサン殿と、同じ言い方をするな。私などは、タュビアンはまだ成長する、と単純に考えてしまうのだが」

「知識が、これから増えていくのさ」

「まあ、まだ何者とも知れぬ子供のことは、これぐらいでいいな」

食事が、運びこまれてくる。タュビアンは、卓に皿を並べた。

ジランが、酒の壺を持ってくる。シャラーブと呼ばれる赤い酒で、葡萄《ぶどう》から造ったものだという。

ジランはムスリムだが、戒律に構わず酒を飲んでいた。この村の男たちも、大抵はシャラーブを飲んでいる。そして、礼拝は朝起きた時だけである。

タュビアンの父は、酒を飲まなかった。礼拝も一日に数度やった。

戒律についての考え方は、いろいろあるのだろう、とタュビアンは思うようになった。シャラーブを飲んでいる大人に、酒だと指摘すると、ただの葡萄の汁だと言い返された。

タュビアンは飲んだことはないが、それは子供だからで、大人になって勧められたら、口にするかもしれないという気がする。

「アサン殿が、草原への交易の道を欲しがっている」

「すでに、前からあるはずだ」

「それとは較べものにならない、巨大な道なのだろう。チンギス・カンと直接会って、話したがっている」

「俺に、チンギス・カンとの間を繋げ、と言っているのか？」

「チンギス・カンのもとに、草原と西域、草原と中華の交易を差配する人間を、置いておきたいのだ。交易の規模は、これから飛躍的に大きくなる。不正もはびこる」

「俺の任ではないな。チンギス・カンの部下には、有能な者も多いのだろう。それを遣えばいいではないか」

「アサン殿の側、つまりは轟交賈側の人間を、必要としているということだ。轟交賈の人間ではなくだ」

「それはたとえば、アサン殿自身では駄目なのか、ジラン」

「アサン殿は、草原専従というわけにはいくまいよ」

「しかし、俺がそんな」

「アサン殿は、おまえのことを調べあげているよ。それで言っていることだ、ジャカ・ガンボ」

いつの間にか、二人が呼び捨てで話しはじめていた。それが、二人の距離を、いくらか近くしている、とタュビアンは感じた。

「チンギス・カンの敵でもなく味方でもない。おまえの立場は、絶妙と感じさせるほどいいものらしいぞ」

「アサン殿と、話をしたのか、おまえ」

「いや、書簡を受け取っているだけだ。交易の道に乗って、それは驚くほど早く着く。もっとも、半年以上も前から、書簡は何通も届いているのだが」

「あと五日ほどで、アサン殿は来る、と言ったな。遠くないところにいるのだな」

「アサン殿は、やらなければならない仕事を、多く抱えている。書簡の方が、先に着くのだよ。私は、おまえに話すことをためらっていた。遠慮していた、と言ってもいい。一度、生涯を終えた人間、というふうに見えていたのでな」

「そうだよ。俺は死んでいるのだ」

「タュビアンを、育てようとしている。死んだ人間がやることではない、とアサン殿は言ったよ」

ジランが席を指さしたので、タュビアンも腰を降ろした。二人は、シャラーブを飲みはじめている。

「こいつとは、ただの腐れ縁だよ。俺は、新しいことをしようなどという気はなく、ただ流れてここへ来た」

「そして、タュビアンに会った。ずいぶんと躰を鍛え、巡礼をさせてやる、というところまで行った。ただの気紛れだと思ったが、アサン殿は、そう見てはいなかったな」

アサンは、二度ほどここに立ち寄り、二、三日泊っていった。

タュビアンは必ずそばに呼ばれ、商いがなにかという話を聞かされた。人の躰に血が流れるように、人の世に商いが流れているということを、百年も昔の話まで持ち出して、語り続けたのだ。問いかけてくることも、かなり多かった。タュビアンは、考えている通りのことを、正直に答えた。

大抵、アサンは笑っていたが、物が多ければ人は愚かになると言った時、ちょっとたじろぐほどの眼の光を見せた。

「タュビアンに会ったのも、アサン殿に助けられたのも、めぐり合わせか」

「そういうことだ、ジャカ・ガンボ」

「俺は、商いをすることには、それほど抵抗はない。貴石などを買い、ほかで売ったりした」

「銀狐の毛皮も、猟師とうまく取引したようだな。その帽子、よく似合っている」

「黒貂の帽子の男が、草原にいた。チンギス・カンと並ぶほどの男だったが、どこか直情径行で、その分、複雑なチンギス・カンに後れをとったな」

「その男を、好きだったのか？」

「草原で戦をしていた者たちは、みんなその男が好きだったよ」

ジランに促され、タュビアンは肉の大皿から自分の小皿にいくらか移し、食いはじめた。

ジャカ・ガンボが笑うと、ジランも笑いはじめた。

タュビアンは、肉を噛み続けた。できるかぎり、肉の味に集中した。

「アサン殿は、五、六日後にここへ来て、それから雪解けまでいるはずだ。じっくりと、話をしてみるのだな」

「あの人は、どこか黒貂の帽子の男と、似ているような気がする。いま気づいたことだがな。黒貂の帽子は、雪の中でよく目立ったものだよ」

「西の国の、有力な貴族だが、そんなことには、一片の価値も認めていない男だ」

「今夜の話は、もう終りだな。俺は、シャラーブより、もっと強い酒を飲みたくなった」

「そのあたりに、壺がある。勝手に飲めばいいさ」

ジャカ・ガンボが頷いたので、タュビアンは酒を持ってくる用意をした。ジャカ・ガンボはシャラーブを自分で器に注いだ。

また、ジランが声をあげて笑った。

中原《ちゅうげん》の鹿

一

歩くことが、好きだった。

羊を追う時も、自分の脚で駈け、歩いた。

ナイマン王国は潰れてしまったが、ジンの好きな草原はそのままだった。

ジンは、ナイマン王の家臣の家柄に生まれた。最後の主は、タヤン・カンの弟のブイルク・カンだった。

兄に追われたかたちで山地に逼塞していたが、武人としての実力はずっと上だった、とジンは思っていた。

最後は、ジャムカと組んで、チンギス・カンと闘った。自分が死ねば、好きな主君を選べと戦の前に言われたが、草原に王《カン》らしい王はチンギス・カンしかいなかった。

ジンはひとりの兵士として、モンゴル軍に組み入れられた。阿《おもね》って、なんとか将校になろうとする者がいたが、むしろ伍長に落とされるぐらいで、十人隊長にもなれなかった。

ブイルク・カンのもとで、ジンは百人隊長だった。しかし、それを言うことをしなかった。モンゴル軍は、将校でいれば得をするというようなところではなく、むしろその責が肩にのしかかってきて、つらい立場だと言えた。

しばらくは、普通の兵でいられた。十騎を率いろと言われそうしたが、大きな戦がなく、ほんとうの力を見せる機会もなかった。

やがて、モンゴル軍の中に、歩兵が編制されはじめた。志願して認められれば、歩兵になることができた。ブイルク・カンの軍でも、山地の、馬で移動しにくいあたりを動くのに、よく起用されたものだった。

歩くのが好きなのだということを、ブイルク・カンはよく知っていた。

モンゴル軍の歩兵に転属し、普通にやっているつもりだった。とにかく、まずは調練だった。その中で、見えるべきものは、見えてしまう。

ボレウという将軍に呼ばれ、カサルというチンギスの弟の前に連れていかれた。歩兵はすべて、モンゴル軍の中で最大の、カサル軍に組み入れられていた。

カサルとボレウの前で、ジンは自分の軍歴を語らされた。ブイルク・カンの軍にも歩兵はいない。騎馬隊を率いていたが、山岳の任務では、徒三百ほどを指揮した、と言った。

その場で、千人隊長に任じられた。場合によっては千人隊を五つ指揮することもあるので、心しておけとも言われた。

ジンが願い出たのは、馬乗は副官ほか二名の将校にして、自分は歩きたいということだった。兵と同じ状態で行軍し闘うことに、ボレウは理解を示し、許された。

ジンは、二十六歳だった。新設されて間もない、モンゴル軍の歩兵部隊で、一千を率いる将校として、いま南にむかって行軍していた。

方向から言って、西夏ではなく金国にむかっている。

草原から、砂漠へ出た。

夜はまだ寒く、だから行軍に適しているとも言えた。躰は、温まる。兵糧に肉をとらせれば、内側からも温まる。

雪解けの時季でも、日中の砂漠の陽光は強かった。遮るものがないので、兵は体力を消耗させる。

適当な場所に駅があり、兵糧と水の補給はできた。行軍では、それは命そのものと言っても過言ではない。

モンゴル軍歩兵部隊は、総数二万で、ほかの道を騎馬隊一万が並行して進んでいる。総大将はカサルで、ボレウは歩兵部隊の指揮官だった。

これでモンゴル全軍とは思えず、後続の部隊はいて、そこにチンギス・カンもいるのだろう。

全軍がどれほどの規模なのか、どこと戦をするのかさえも、聞かされていなかった。

出動の命令が出て、一千の歩兵でボレウの本隊に合流した。

ジンは、砂の上を歩きながら、チンギス・カンの姿をしばしば思い出した。

ブイルク・カンは、二度、チンギス・カンと大将として見《まみ》えた。百人隊長だったジンも、当然それに従った。

ジンが考えていたのは、まずブイルク・カンを守ること、そしてチンギス・カンの首を奪《と》ることだった。

チンギス・カンは、二百騎ほどで動いていて、馬はいつも新しかった。それは、こちらの騎馬隊より、速いということだった。替え馬が潤沢なモンゴル軍は、ブイルク・カンの騎馬隊を翻弄し続けた。

ジンが持ったチンギス・カンの印象は、大将としての節度を持って動けるということだった。つまり、暴走はしない。戦場全体に眼を配っている。

そして、無駄な殺し方もしなかった。

ぶつかり続け、三千騎いたブイルク・カンの軍は、千余騎に減っていた。もう、二度か三度のぶつかり合いで、皆殺しに遭うだろう、とジンは思った。それでも、死ぬまではブイルク・カンを守るつもりだった。

チンギス・カンが、ぶつかり合いをやめた。そして、ブイルク・カンに一騎討ちを申し入れてきたのだ。

勝負は見えていた。チンギス・カンは、それでもなお、兵を殺すことを避けたのだ。

ブイルク・カンの首を飛ばしたが、そのやり方も節度があり、首は静かに地に落ちた、というように見えた。

ブイルク・カンの軍は、全員が馬を降りた。

自分が死んだ後は、決して闘ってはならないと、強く命じられていたからだ。

生き残っていた将校は五名いたが、一番上のひとりが、将校は自分ひとりで、首を打ってくれ、と言った。残りは全員兵で、助けてくれ、とも言った。

そんなことはお構いなしで、全員、同じように俘虜として扱われ、順次、兵としてモンゴル軍に組みこまれた。

一千の歩兵を預かる隊長になってしまったのは、誤算だったのかどうか、よくわからなかった。

ひとりの兵でいようと思ったのは、主君に死なれた人間だったからだ。

駅があり、その周辺で歩兵の二万は野営した。

兵糧がそこで配られるのは、夢のような話だ、と思った。一日の行軍は八十里で、通常の調練と変らなかった。

見回っても、疲れを剝《む》き出しにしている兵はいない。眼に疲れが出る場合があり、それを見逃さないようにした。

夜の行軍が、次第に昼の行軍に入れ替っている。ボレウが、そのあたりの調整をしているようだ。指揮官になると、さまざまなことを考えるものだった。

しばしば、ともに調練をした工兵隊の姿が見えなくなった。先行しているらしいというのが、なんとなくわかってきた。

二百六十里ほど南に、ダイルの城砦と呼ばれる拠点があった。そこは駅よりもずっと規模は大きく、数千の兵が駐屯しているようだ。そこから南に進めば、もう金国だった。

「ジン、ちょっと来てくれ」

ボレウの本陣に呼ばれた。

ほかの将校も呼ばれているのかと思ったが、ひとりだけだった。

「五千を率いて、先行してくれ。ダイルの城砦までだ」

「俺の隊だけでなく」

「五千だ。城砦には、スブタイ将軍が一千騎でむかっているはずだ。将軍が到着したら、その指揮下に入れ」

「いつまでに、到着すればいいんですか？」

「二日で行け」

「一日で、百三十里ですか」

「行けるさ」

「わかりました。行きます。敵が近いということですよね」

「金軍が、界壕《かいごう》を越えて、出てきている。われらが到着する前に、城砦を潰しておこうという動きだ。予想より、出撃が早かった」

「金軍の兵力は、わかっていますか？」

「情報では、二万だそうだ。そのうち、騎馬が二千」

「わかりました。とにかく、急ぎます」

「西夏軍が動いたので、陽山寨《ようさんさい》の軍を大きく割けなくなった。金国と西夏は連合しているわけではないが、両方とも、相手の動きを利用しようとはしているな」

「ボレウ将軍の到着まで、俺はもちこたえます」

「丸一日は、ひどいことになるだろうな」

「払暁《ふつぎょう》、進発します」

自軍へ戻り、ともに先行することになった、千人隊の隊長四人を呼んだ。これまで、同僚だと思っていた将校である。

「落伍《らくご》は、許さん。それが許されるのは、死んだ時だけだと、部下に伝えてくれ」

硬い表情で、四人が頷いた。

水と石酪は携行していいが、それ以外の兵糧は禁じた。

野営に入ったのは夜半だったので、すぐに払暁がやってきた。

静かに、ジンは兵たちを立ちあがらせた。砂の上を、進みはじめる。

声を出すのは、指揮している将校だけである。敵がそばにいて、奇襲をかけるというようなことではないので、枚《ばい》を嚙ませることはしていない。

十刻、小走りに近い速さで、進んだ。

一刻、休ませる。草原の行軍ではそんなことをしないが、砂漠は砂が相手だった。思いがけないほど、足を取る。負担も、大きくなる。

立ちあがる。十刻、進んだ。兵は、苦しがっているが、まだ体力の限界を迎えてはいない。それを迎えたあと、どれぐらい進めるかなのだった。残酷な行軍になるが、それが歩兵というものだった。

さらに、十刻進んだ。そこでジンは、野営を許した。四刻、眠らせた。

起きあがるとすぐに、十刻進んだ。ジンの軍にはまだいなかったが、ほかの軍で、二名、三名が落伍していた。つまり、死んだのだ。一刻休み、また進んだ。

それをくり返した。兵たちの頰は削げ、眼が飛び出したようになった。そして、十名ほどが落伍していた。

ジンの軍からも、落伍がひとり出た。

「武器を点検させろ。兵たちの気持を、闘うことに持っていくのだ。あと三刻駈ければ、城砦に着く」

休息の時、ジンは四名の隊長に言った。

城砦は、多分、敵の攻撃に晒されている。

五千の軍は、城砦の外にいて、城内との連携を試みた方がいいのかもしれない。そうなれば、到着した時点で、実戦がはじまっているということだ。

「いまある騎馬で、斥候隊を編制する。各軍二頭ずつで、十騎。五騎ずつの斥候とする。いますぐやれ」

騎馬が、五騎駈けていく。四半刻ほどの間を置いて、さらに五騎。

一刻の休息はすぐに終り、ジンは兵を叱咤《しった》する声をあげ、進発した。すでに、戦ははじまっている。駈け足を命じることで、それを兵にわからせた。

最初の斥候が、戻ってきた。

「城砦攻囲。敵兵力三万」

ボレウから貰った情報より、一万増えている。攻囲は遠巻きで、城壁を崩す動きはいまのところ見られないようだ。

兵は、駈けていた。疲れ果てる兵もいるだろうが、異様な力を発揮できる状態になる兵も少なくないはずだ。人の躰というのは、不思議なものだ、とブイルク・カンが言っていたことがある。そのブイルクを、チンギス・カンは自分の手で、静かに眠らせた。

丘をいくつか越えると、争闘の気配が伝わってきた。

前方、二里、城砦を囲んだ、金軍が見えた。それはまったく、蟻《あり》一匹這い出せない、という言い方がぴったりだ、とジンの眼には映った。

二番手の斥候が戻ってきた。

兵力三万は、同じだった。時々、城壁を攻めようとする隊がいるが、上からさまざまなものを落とされている。

こちらが近づいていることを、むこうはむこうで、斥候を出して捕捉しているだろう。騎馬隊が、こちらに対応しようとしているようだ。

「五隊に分かれろ」

合図を出した。

五隊が小さくかたまり、それぞれに距離をとった。

ジンは、旗を上げた。そこが軸になる、という意味の旗だ。敵が押し寄せてきたら、ジンの隊は動かない。全滅するまで動かず、敵の騎馬隊の正面にむき続ける。

攻囲の輪から、千二、三百騎が出てくるのが見えた。ボレウの情報では騎馬二千だったが、出られる者が出てきた、というところだろうか。

一隊が軸になる闘い方は、敵が二千騎までだ。それ以上多いと、一隊では引きつけられなくなる。

「前へ出るぞ、少し」

地が、いくらか盛りあがった場所だ。そこにとりついて、敵を引きつける。まず突き出すのは、槍である。

騎馬隊が駈けはじめ、土煙があがった。

「俺が、旗を振る。旗が動くたびに、力のかぎり声を出せ」

赤い布をつけただけの旗で、ジンの印というわけではない。旗を許されてなどいないので、ここが戦闘の中心になる、という合図だけの意味しかない。

その旗を、ジンは二度、三度と振り続けた。兵たちのあげる声が、旗の動きに重なる。

声を出せば、恐怖をいくらか遠ざけられる、だけのことではなかった。敵の馬を、怯えさせる効果も、いくらかある。

「槍、出せ」

一隊に、槍は二百本である。行軍を考えれば、重装備は捨てなければならない。楯《たて》も弓矢も、置いてきた。

敵が、騎馬隊で踏み潰すという構えをとってきたので、槍はそのまま外側に置いた。

騎射で攻められると、楯なしで矢を凌がなければならなくなる。騎馬のいない歩兵なので、甘く見ているのだろう。

旗を振り、声を合わせた。それでも、兵たちはまだ恐怖にふるえている。

「苦しい行軍を、思い出せ。俺たちは、間に合ったのだぞ。城砦は陥《お》ちずに、そこにある。奮い立て。ここで潰えたら、間に合ったことの意味がなくなる。苦しかった行軍が、無駄になるぞ」

声を、合わせた。

騎馬隊が、駈けてくる。馬が怯えているかどうかは、よくわからない。先頭の十騎ほどがこちらにむかってくるので、後続はそれに続いているようだ。

迫ってきた。兵の槍を取り、先頭の一騎の馬の腿を突いた。棹立ちになり暴れた馬が、兵を振り落とした。その兵は、別の馬の蹄にひっかけられる。いくらか混乱し、先頭の動きが止まった。

後続が、囲むような動きをしてきた。近づこうとすると槍が突き出されるので、束の間、攻めあぐねていた。

短槍を突き出した騎馬が、十騎ほどで突っこんできた。密集した兵の一角が、たやすく崩された。しかし、そこからさらに馬を進め、内側を攪乱《かくらん》する動きにはなっていない。

もう三十名ほどは倒されているが、それはジンが予想していた数より少ない。

敵の動きが、乱れた。味方の一千が、横から攻めかけている。後退しようとした敵を、背後から別の一千が攻める。

強引に離脱しようとした敵を、残りの二千が攻めたてる。

騎馬隊を相手の調練は、徹底的にやらされていた。その時だけは、しばしばカサルも検分にやってきていた。

騎馬隊は、馬の動きを止めること。それだけだった。反吐が出るまで、それをやらされたのだ。

騎馬隊は騎馬隊で闘えばいいという考えを、微塵《みじん》に打ち砕かれた。

ジンの隊にも敵は押し寄せてきたが、馬はほとんど動いていない。それでも、すでに百名は倒されている。それ以上に敵を倒してはいない、と耐えながらジンは思った。

ジンの隊は、動かない。じっとしていて、敵に巻きつかせる。馬の動きが悪くなった時、別の隊が方々から襲いかかる。

全体では、すでに敵を二百以上は倒していた。ほかの四隊の犠牲は、それほど大きくないだろう。

予想よりいい闘いになっているが、眼の前で部下が倒されるのも、耐えて見ていなければならない。唇を嚙んだ。もう旗を振る余裕はなく、槍を突き出しながら、ジンは叫び声をあげていた。

圧力が、不意に消えた。敵が、まとまって戦線を離脱しようとしていた。背後から、二千が追いすがっている。

別の場所で、二百騎ほどが退却に乗りきれずに孤立し、囲まれていた。そうなると、馬同士がぶつかり、まとまった動きができなくなる。

「密集、解け」

ジンは命じた。

そして城砦にむかい、先頭を駈けていった。部下も、雄叫《おたけ》びをあげながら、ついてくる。

城砦を囲んだ敵に、動揺が走るのがわかった。攻められるということを、想定していなかったのだろう。

城内からの動きもあり、三百ほどが外に飛び出してきた。

工兵隊の、ナルスだった。

「ジン、助かったぞ。あと一日は、城内で身を縮めていなければならない、と思っていた。ここで外に出られたのなら、闘いようはいくらでもあるからな」

敵の馬が、百頭ほど集められていた。ナルスと部下は、それに飛び乗り、駈け去った。

ほかの隊もジンのもとに来て、指示した通りの陣を組んだ。隊長たちが、犠牲を報告してくる。五隊で、百八十二。そのうちの百二人は、ジンのところだった。

敵も、こちらにむけて陣形を変えてきた。

正面からむき合うと、三万はさすがに圧倒的だった。味方の方に、萎縮があった。しかし、長くは続かなかった。

敵の陣の真中に、大きな石が続けざまに十数個落ちた。それだけで、敵は算を乱した。

次には、矢が射こまれた。弓車が、そばまで来た。一度に、五矢ずつを射ることができる仕掛けだった。それが十台ある。

「見たか、金軍の臆病どもめが」

高笑いは、ナルスだった。

「気分がいいな。城外の方々に隠した兵器は、遣わずに終るのかと思っていた。まだほかにもある。見せてやりたいが、城壁を毀すためのものだったりするので、ここでうっかりは遣えないな」

「ナルス将軍、敵は攻めより、守りを固めようという気になったようだ。退がっていくぞ」

「ジン、罠かもしれないからな。退がることで誘う。そういうのを、金国では兵法と言うらしい」

「気をつけよう。明日には、ボレウ将軍が到着する」

「そんなことより、おまえが一日早く来てくれたことさ。駅と、鳩で通信を交わした。その時より、一日早い」

「行軍からして、戦だったよ。ここに到る前に、死んだ者もいる」

敵が、徐々に城砦を離れはじめた。水が引くように、ジンには見えた。

五里のところに、二千ほどのかたまりがいる。

そこが本陣になって構えを作り、膠着に入るのだろう、とジンは思った。

膠着になれば、また奇襲のやりようはいくらでも出てくる。しかし、決戦というわけにはいかない。

ボレウが到着したら、敵は闘わずに退くかもしれない、とジンは思った。

二

金国の界壕とダイルの城砦の間に、本営を置いた。軍の進発の時から、おかしなことが起きていた。

メルキト族の好戦的な部分が、雪解けを合図のように、森へ入った。

族長のアインガが、それを討滅するために一万の部下を率いて、追った。

それと南への軍の進発が重なったので、兄はすべてを任せるとカサルに言い、旧メルキト領との境界付近に、常備軍二千騎を率いて、自ら出陣していった。

進発した翌日に入った情報が、西夏軍が大挙して動いているというものだった。陽山寨を潰し、陰山山系一帯を奪還する動きだと推測された。

カサルは、一万騎を率い、歩兵部隊よりずっと西の位置から、南下をはじめた。

結果として、メルキト族の叛乱勢力は微々たるもので、生き残った二百騎ほどは西へ逃亡したと見られた。アインガは、不平分子の追放、とチンギス・カンに報告したらしい。

つまり、些事で終ったのだ。

西夏軍は実際に動いたようだが、スブタイは相手にせず、むしろ意表を衝いて出撃してきた金国軍に対するために、ダイルの城砦にむかった。

ボレウの歩兵も、ダイルの城砦にむかっている。スブタイとボレウの到着まで、丸一日の空隙が生じるのだ。それが偶然なのか、意図して狙ったものかは、わからなかった。丸一日、二、三万の軍で攻められれば、城砦は持ちこたえられないだろう、と思えた。

カサルは、舌打ちするような気分で、軍を進めていた。

はじめて南へむかう軍なのに、出発の時から、いろいろなことが起きすぎる。鳩と駅間の光の通信で、情報は刻々と入ってくる。

どう考えても、城砦は犠牲にせざるを得なかった。

丸一日。その長さを思いながら行軍したが、歩兵部隊の五千が、先行して進み、丸一日早く着いた。

到着と同時に、敵の騎馬隊との戦闘がはじまった。

五千を指揮していたジンは、うまく騎馬隊にたちむかい、潰走させるところまで行った。騎馬隊との戦闘の調練が充分だったのだ。どこの騎馬隊よりも精強と言える隊と、ぼろぼろになりながら調練を重ねた。

歩兵の力量は、騎馬隊とぶつかった時によりはっきり見えるというのは、自分の考えであり、兄も同意したことだった。

調練は生きた。城砦に押しこめられていた、ナルスの工兵部隊が、ぶつかり合いの間隙を衝いて外へ飛び出し、何種類かの攻城兵器を遣って敵に攻撃を加え、攻囲を解かせて睨み合う、というところまで行った。

そして、スブタイが半日早く到着し、金軍は界壕の南へ去っていった。

カサルは一万騎で、ほぼボレゥの隊と同時に到着し、一度も闘うことはなく、城砦と界壕の間に陣を敷いた。

陽山寨へ帰る準備をしていたスブタイが、挨拶に来た。カサルの一万騎が到着したので、スブタイは陽山寨へ戻り、西夏を牽制《けんせい》する。

モンゴル軍としては、南進の準備は整ったが、予想外のことが起こり、歩兵部隊の一部に、苛酷な戦を強いることになった。

幕舎の中で、卓を挟んでむかい合った。

従者を呼び、馬乳酒を運ばせた。

「金軍の指揮をしていた将軍が、わかったぞ。泥胞子《でいほうし》が、知らせてきた。どうということはない老将軍だった。自分の首かダイルの城砦を潰すか、役人に迫られ、出動した。自分の首がかかっていれば、そこそこの戦はするようだ」

「しかし、腰のない軍ではありました」

「老将軍は、将軍の位を剝奪され、燕京へ送られたそうだ」

「泥胞子殿が言っていた、完顔遠理《かんがんえんり》はいなかったのですね」

「いない。自分より上級の将軍たちと対立し、冬のはじめから、燕京郊外の軍営で、謹慎させられているらしい。戻ってきたら、泥胞子から連絡が入る」

「骨があるという噂《うわさ》を、俺は俘虜にした西夏軍の将校から、聞き出しました」

「まあ、今回は事なきを得たが」

「ジンには、相当つらい戦だったでしょう。俺がもう少し遅れていても、持ちこたえてはいたと思うのですが」

「金国領へ攻め入る前から、薄氷を踏んだのだな、俺は」

「金軍の出動の動きは、いつもあるものですよ」

いつもある金軍の動きは、同盟相手ではあるが、力をつけてきたモンゴル軍に対して、一応示威行為をしておこうという動きだった。数えきれないほどの動きの中で、今回は実際に界壕を越え、城砦を攻めた。

役人に追いつめられた将軍が、なりふり構わず力を出したとしても、それはモンゴル軍出動の情報があったからだろう。

「西夏はしたたかで、金国はやはり大きいのか」

「ということは、これからわかってくると思います」

二万騎の軍があれば、西夏は打ち倒せる、とスブタイは思っているだろう。しかし兄は、そこへ踏み出さない。それでいいと、スブタイも考えているはずだ。

朝廷を打ち倒しても、残党の数は多く、深い山に拠る。場合によっては、金国と組むこともあり得る。

そうなると、厄介な消耗戦が、何年も続くかもしれないのだ。

西夏の優れたところ。たとえば物を作る職人や、きちんとした国の機構。そういうものを、遠征のたびに少しずつモンゴル国へ取りこめれば、それでいいのだ。

「カサル将軍、俺はこれで」

スブタイが直立し、頭を下げて出ていった。

カサルは、卓に地図を拡げた。

チンバイの作った地図は、金国の北部地域にも及んでいて、いまだ拡がり続けている。地図は広いものと、携行に便利なように、冊子になっているものがあった。

カサルが見ているのは、広い地図で、卓からはみ出している。

相当綿密に、書きこみがしてあった。全部、カサル自身で書きこんだものだ。半年に一度ぐらい、本営にある兄の居室で、じっくりと兄のものと照らし合わせる。ほとんど、狂いはなかった。どこから金国に進攻し、どのあたりに前進基地を作るのか。何通りか頭に思い描いているが、くり返しまた検討する。

国内は、旧ナイマン領まで含めて、一応は落ち着いている。公平さを欠かないように、ボオルチュの部下が身を粉にしているからだ。

それでも、内政が充実しているとまでは、まだ言えなかった。ボオルチュのもとで働ける人間が、決定的に足りないのだ。

交易の利があがっているので、税をあげなくて済んでいる。そこが、ボオルチュが息をつけるところだった。

兄は、歩兵三万と、騎馬二万騎の常備軍を考えているようだった。それはまだ、カサルが気配のようなものとして、感じているだけだ。

金国であろうと西域であろうと、軍を出せば遠征である。一年以上の月日を、必要とすることがあるかもしれない。

常備軍が五万いれば、兵の召集はそれほど大規模にならず、遊牧に支障も出ない。

軍に入って将校になりたい者や、闘うことが好きという者は、草原にはかなりいる。軍律の中にいれば、かえって気が楽だ、と考えている兵もいた。

五万の常備軍が可能かどうか、カサルにはよくわからない。兄も、それを欲しいだけで、わかってはいないかもしれない。

ボオルチュが苦労する。間違いがないのは、それだけだろう。

なにか急用があるのか、歩兵の分隊が駈けている。先頭にいるのは、ジンだった。五千を率いる将軍に任じた時、ひどく嫌がった。ともに闘ったほかの四隊の隊長たちが、五千の指揮官はジン以外に考えられない、と言ったので、渋々受けたところがある。

嫌がる方が、いい将軍になる。将軍が背負わなければならない、重さを知っているからだ。

ジンを将軍に引き上げて、喜んだのはボレウだった。はじめて、歩兵部隊の将軍がひとり出来あがったのだ。

軍のありようは、また変ろうとしている。

召集して百人隊を構成できる騎馬と、歩兵を含めれば、カサルが擁している兵力は、モンゴル軍の中で飛び抜けて大きかった。

しかし常備軍は、麾下として二百騎しか抱えていない。歩兵は、便宜上預かっているだけだ。兄の一族は、それぞれ領地を与えられたが、生粋の軍人は、兄の下を動いてはいなかった。

これからの戦は、常備軍が中心になる。

自分は、その時その時で、任務を与えられ、そのために必要な兵力を集めて、補助の戦をするだけなのだろう。多分、テムゲも、そして息子たちも、同じようなものだ。

三日待ったが、金軍の動きはなにもなかった。

その間に、部下の将軍がひとり、一万騎を率いて到着していた。これで、一万騎ずつ、二人の将軍が指揮をする、というかたちはできた。

カサルの軍には、部下に三名の将軍がいて、カサル自身は、いつも二百騎の麾下と動くだけだった。もうひとりの将軍は、領地にいる。

「軍議の用意をしろ」

カサルは、副官に命じた。

騎馬隊の将軍二名、ボレウとジンとナルス。六名による軍議だった。情報は集めるが、多人数の軍議は必要ない、というのがカサルの考えだった。戦と軍の全体を見回す者が、数名いればいいのだ。

いつ、どこから進攻し、どこまで行くか。全員が、その話をした。それ以外に、喋ることはない。

全員の意見は、似たようなものだった。

ほぼ、大同府の北百里ほどのところまで進み、拠点を作って、チンギス・カンを待つという意見だった。大同府の南まで進もう、と言った者はひとりもいなかった。国境から、およそ四百里南である。

チンギスは、二万騎の常備軍を率いてくる。

いつ進発するかも、まだ伝えられていなかった。

「ここの南の界壕が、かなりの長さで崩れている。そこから、金国領へ進攻しよう。三日後だな」

全員が、カサルの次の言葉を待っていた。

どこまで行くか、まだ言っていない。

「太原府の東、百里」

全員の表情が強張った。それだけで、言葉を出す者はいない。

「聞えたか。太原府だ」

「殿、お待ちください」

騎馬隊将軍のひとりが言った。

太原府の東百里だと、国境から直線で結んで、千二百里だった。

「俺はそこで、モンゴルの総大将を待とうと思う」

「五万の軍で」

「金国軍八十万と言われています。それより多いと思います」

もうひとりの騎馬将軍が言う。

この二人と領地にいるもうひとりは、ボレウを取りこむ時、長い時を一緒に過ごした。ボレウとの間柄は、深い友情のようなもので結ばれていた。

「俺は、面白いと思うが」

ボレウが言い、ナルスが小さく頷いた。

「俺は、実際に戦闘をやるわけではない。分解した攻城兵器を運び、組み立てては、城郭《まち》を攻撃するだけだ。つまり、手が血に染まっているわけではない。だから、面白いという言葉に、ふと惹《ひ》かれたりする」

ナルスは顔を上げず、うつむいて喋っていた。

「おい、新任の将軍は？」

ジンにむかって、カサルは言った。ジンが、じっと眼を見つめてくる。

「太原府は、中原《ちゆうげん》の真中です」

「それが、どうした」

「俺は、行ってみたいです」

騎馬隊将軍の二人が、声をあげて笑った。ボレウとナルスも、笑い声をあげはじめる。

「なにか、おかしいでしょうか？」

「殿、歩兵部隊は、一万ずつ、こいつと指揮したいのですがね」

「新任の将軍にはつらい話だろうが、それでいいぞ」

誰も、千里以上進攻するとは、言い出せなかっただけだ。

他国に進攻する時、なにが正しいなどはない。やってみなければわからないことが、多いのだ。

かつては、ケレイト王国もナイマン王国も、他国だった。

しかし西夏は、ただ攻めこむことでは、結着はつけられなかった。長い山岳戦を覚悟しなければ、制圧は難しい。

チンギスは、それでいいとしていた。西夏が持つさまざまなものを、少しずつ吸い取る方が、モンゴルにとっては有利だ、と考えているのだ。

金国に対しても、そうかもしれない。女真《じょしん》族、契丹《きったん》族、漢族と、民族の数が多く、しかも人口はすさまじい数になる。

金国は、中原では新興だが、長い中華の歴史を、存分に吸収してきた。

「太原府の東、中原の真中ですね」

ボレウが言った。

「敵の胃凌《いりょう》についての方策は？」

騎馬将軍のひとりが言った。

胃凌とは、ナイマン戦で、テムゲがやった兵糧断絶作戦である。兵站を切るだけでよしとせず、地を這うようにして、徹底的に兵糧を断つ。

武器や馬の補給を断つより、麦ひと粒も通さないという方が、困難は大きい。

ナイマン戦の終盤で、ボレウがナイマン軍の兵糧を運ぼうとし、カサルの指揮下にいたテムゲとジョチが、それを阻止した。

胃凌とは、その時、カサルが名づけたのである。

「殿の兵站部隊は、俺は最強だろうと思いますよ」

ナルスが言った。

「金国は大国であることに胡座《あぐら》をかいていて、兵站はなんとかなるものだ、と思っています。モンゴル軍の兵站を切ろうとはするでしょうが、擬装の余地はある、と俺は思っています」

金国に出入りしていたナルスには、そんなところが見えたのかもしれない。

それに、金国は城郭の戦をまずやろうとするだろう。城に籠って、敵が通りすぎてくれればいい、と考える城郭の守将もいるに違いない。

「俺たちにとってはじめてだが、兵站部隊にとっても、つらい戦になる」

ボレウが言う。

「三日後、進発ですね」

それ以上喋ることはなく、カサルは軍議を散会ということにした。

カサルの本営は、慌《あわただ》しくなった。各隊の、現状の報告が入る。兵站部隊から数人が来て、細かく兵站の打ち合わせをやる。言う通りの進攻路を、間違いなく取れるとは思わなかったが、兵站部隊も一応の計画は必要なのだ。兵糧だけでなく、武器の補給もあり、今回はナルスの攻城兵器の材料も運ぶ。

馬をどこで替えられるのか、あるいは替えられないのか。

とにかく、引き馬を一頭は連れていくことにした。馬が食える草はありそうだが、兵站部隊は秣《まぐさ》の手当てもする。

あっという間に、三日経った。

カサルは、チンギス・カンの旗をあげさせた。それはいま、モンゴル軍の旗になっていて、一軍を率いる者は、みんな持っている。白地に鳶色《とびいろ》の縁取り、そして真中に登り竜の縫い取りがあった。

そのそばに、カサルは赤色の小さな旗も並べた。自分の旗である。

「進発」

カサルは、低い声で命じた。

麾下二百騎で、先鋒《せんぽう》である一万騎の前を駈けた。

二刻で、金国の界壕が見えてきた。いや、それが国境そのものだ。

俺の足で、モンゴル軍の第一歩を印《しる》す。カサルはそう思い、叫び声をあげたいような気分になった。界壕の守兵は逃亡した、と斥候からの報告は入っている。

一気に、界壕の崩れた部分を駈け抜けた。一里ほど入ったところで、旗二旒《りゅう》を両脇に並べ、入って来る軍を閲兵した。

全軍の進攻が完了するまでに、四刻かかった。

金国の、大地。いま、駈けている。

集落が、二つあった。城壁はないが、家帳《ゲル》ではなく、床と屋根と壁がある家だった。子供が飛び出し、慌てて母親が連れ戻している。

「前方に、五千の軍」

斥候から報告が入る。城郭があるところまでは、まだ距離があり、国境を守るための軍営が点在し、そこの兵だろう。

「ボレウを、前へ」

すぐにボレウは駈けてきた。

「前方の軍に、俺の麾下が突っこんで混乱させる。そこをおまえの軍が押し包んで、一兵でも多く殺せ」

「皆殺しのようになりますが」

「無駄な殺戮《さつりく》だと思うなよ、ボレウ。ここで、金国全土に恐怖を植えつけておきたい」

「逆らう者が、少なくなるということですね」

「速やかに、片付けろ。そして、早くこの地を通過しよう」

ボレウが、駈け去った。

カサルは、二百騎だけを率いて、前へ出た。

二里ほど進むと、五千ほどの軍が陣を敷いていた。闘気が立ちあがる、というような陣ではない。しかし、わずか二百騎は、いい獲物だと思ったようだ。

「二隊に分かれ、横から抜くぞ」

正面には、馬抗柵《ばこうさく》を置き、尖った丸太を突き出して構えている。

右手を、振りおろした。

二百騎が両側に分かれるのを見て、敵の指揮官は、どう対処すべきか迷ったようだ。一千ずつを左右にむけた時、カサルはもう突っこんでいた。

それだけで、敵は算を乱しかけた。立ちむかおうと、剣を振り翳す兵もいたが、即座に首を飛ばした。

突き抜け、後方に回り、合流して二百騎に戻った。

すでに、ボレウの軍が押し包もうとしている。その脇を、騎馬隊が通過し、ジンの軍も走り抜ける。

三里進んだところで、待った。

ボレウは、一刻ほどで追いついてきた。犠牲は出していないようで、いつものボレウの軍と動きは変らなかった。

ただ、ほとんどの兵が、返り血を浴びて赤い。

二十里進軍したところで、騎馬隊と歩兵が、分かれて野営した。

胡床に腰を降ろしたカサルのところへ、ボレウがやってきた。

「いい兵なのですが、殺戮に耐えられなかったようなのです。暴れはじめるので、進軍についてこさせるわけにもいかず」

「処断しろ」

「やはり」

「ここは敵地だぞ。負ければ、俺たちがあの五千と同じ目に遭う」

「わかりました」

「おまえの手の穢《けが》れは、これぐらいで済むと思うな」

「太原府まで行ったら、地獄ですよね、多分」

ボレウの顔は強張ったが、笑ったようにカサルには感じられた。

三

旅人を装って、ジョルダニ氏の城郭に入った。

マルガーシはもともと旅人で、入口で取られる銭を払うまいとして、悶着《もんちやく》になった。

若い将校が出てきて、わずかだから銭を払え、と言った。

「俺は流浪を続けているが、城郭に入るのに銭を取られたことはない。城郭に入れば宿屋に泊るし、食堂でめしも食う。つまり、銭は中で遣いたいのだ」

「決まりだ。そういうことになっている。わずかな銭でも、気の毒だとは思う。しかし、決まりなのだ」

しばらく言い争いを続け、諦めたように銭を払った。

「一度払ったら、出入りは自由なのだろうな」

「まあ、十日ぐらいは」

「十日も、こんなところにいないさ」

言い捨て、手綱を引いて宿がありそうな方へむかった。

この城郭に、奴隷として捕えられている、トノウという少年を助ける。

冬になる前に、そういう計画を立てた。サンダン以下五名の少年たちがそうしたがっていたし、ジャラールッディーンは、マルガーシの助けがなくても、テムル・メリクに命じて、二人だけでもやってしまいそうだった。

二人は、間違いなく主従だろう。ジャラールッディーンは、どこかの貴族の若君で、テムル・メリクは用心棒などではなく、ちゃんとした家臣だ。

マルガーシは、半分遊びで、トノウの救出に関わってもいい、と思った。流浪は、考えていたよりずっと退屈だったのだ。

すぐに救出するのではなく、ジャラールッディーンと五名の少年を、ひと冬をかけて鍛えるところからはじめた。

ジャラールッディーンは、思わぬほどの性根を見せ、いくら打ち倒しても立ちあがってきた。それを、テムル・メリクは止めようとしない。

何度か、気を失うところまで、打ち据えた。

五名の少年たちは、それと較べると、簡単に音をあげた。ただ、サンダンだけは、性根を見せたが、打たれることは滅多にないらしく、泣きながら打ちかかってくるので、面倒になった。サンダンを打ち据えたのは、テムル・メリクだった。

ひと冬を越すと、五名の少年たちはたくましくなった。

ジャラールッディーンは、幼い見た目は変らなかったが、もともと気持にたくましいものを持っていた。そして、男のありようをしっかり考えていた。

五人が外でなにかをしようとした時、おまえはテムル・メリクのそばにいただろうと、マルガーシがからかうと、あとで部屋の前に来て泣いていたのだ。

なにか、大事なことに涙を流している、とマルガーシは思った。

冬の間に、テムル・メリクとも親しくなった。棒を打ち合って親しくなったのだから、どこかで相手を男だと認めたのだ。

それでも、ジャラールッディーンがどこの若君かは、決して語ろうとせず、銭で雇われた用心棒という立場を貫いた。

マルガーシは馬の鞍を降ろして宿に預けると、城郭の中を歩き回った。城郭としては大きいが、国としてはごく小さい。そういう程度だった。

なぜ国というかたちで見たのかというと、宿屋の主人も、店で働く若者も、みんなジョルダニのことを、王として扱っていたからだ。

この近くにある、マルガーシが世話になっている村は、ジョルダニ国には属さず、もっと西の国のどこかに属しているようだ。

軍として駐留しているのは、ほぼ一千。三百が城内に駐屯し、七百は城外の軍営にいる。騎馬の数は百というところで、この規模でなら多いと言えた。

軍律もしっかりしているようで、ジョルダニという頭領は、戦が好きなのかもしれない。城外の軍は、熱心に調練をしている。

奴隷がどういうところで遣われているか、見ているとわかった。

ジョルダニ家周辺の労働に遣われているし、城郭の厠《かわや》の中から、糞尿を汲み出して郊外に運ぶという仕事もしている。糞尿は、畠でいい肥料になるのだ。

二日、城内に滞留し、子供の奴隷はそれほどいないことがわかった。いい家の息子たちが集まる場所で、犬のように遣われている。

どれがトノウなのかは、わからなかった。

若者たちが、弓の稽古をしていた。的を奴隷に持たせ、頭上に掲げさせている。

奴隷は、みんな無表情だった。矢が射られて眼を閉じていない少年が、二人いる。そのうちのひとりがトノウだろうと、理由もなく思った。

若者たちが、じっと立って眺めているマルガーシを、気にしはじめていた。

「嗤ってるな。なにかおかしいのか？」

「嗤ってはいない。自分たちができないことをさせて、喜んでいるのに呆れたのだ」

「なにか、喧嘩《けんか》を売ったか、おまえ」

「よせよ。弓も満足に引けないやつに、喧嘩など売るか」

「言ってくれるな」

六名の若者たちが集まり、マルガーシを囲むようにした。

「どこの、誰だ？」

「ただの、旅の者だよ。ここは入りにくい城郭で、銭まで取られたが、おまえらのような人間がいれば、それもあたり前か」

「売ってるぞ、喧嘩を」

「俺は、もう行くよ、どけ」

「買ったんだよ、喧嘩を」

「まさか、六名で買ったわけではあるまい。ひとりが相手なら、やってやってもいい」

「俺が」

身なりの大きな男が、マルガーシに組みつくように着物を握った。男の体重が右脚にかかった時、マルガーシはそれを刈るようにした。男の躰が宙に浮く。掌で、男の胸を押した。棒のように地に落ち、男は呻《うめ》きをあげた。

なにが起きたか、誰も見きわめられなかっただろう。それでも、五名は色めき立ち、剣の柄に手をかけたりしている。

「おい、やめておけ」

将校がひとり、近づいてきて言った。入城する時、銭を徴収していた若い将校だ。

五人が、困惑したような表情を浮かべた。

「おまえらが束になっても、勝てる相手ではないぞ」

「やってもみずに、そんなことがわかるんですか？」

「おまえらのために、止めてやった」

「どれぐらい腕が立つのか、拝見したいもんだね。俺らより腕が立つということがわかったら、なかったことにしてもいい」

「あまりの腕の差で、ひとりそこでのびてるだろう」

「躓《つまず》いただけですよ、こいつは」

「弓で嗤ったんだから、弓の腕でも見せてくれませんかね」

将校は、それ以上言おうとせず、五人が言い募るのを、腕を組んで聞いていた。

「どうするかね、あんた。そこでまだ立ちあがれないやつも、弓の腕前を見せてやれば、納得すると思うよ」

結局は、この将校が、腕を見たいのかもしれない。このちょっと広い場所は、城郭の民がのんびりする場所のはずだが、いま近づいてくる者はいない。

「わかった、見せてやるよ」

マルガーシは、奴隷たちが立っている方へ行った。全員が眼を伏せ、うつろな表情で立っていた。

「トノウか？」

眼をつけていた少年に、マルガーシは言った。少年が、かすかに頷く。

「こっちへ来い」

ひと抱えはある樹木のところまで、トノウを連れて行き、木の幹を背に立たせた。

「俺は、ジャラールッディーンの友だちで、サンダンたちとも知り合いになった。みんな、おまえを助けたがっている」

囁《ささや》くように、マルガーシは言った。

眼を見開いたトノウの両手を頭上に持っていった。

「おまえと俺は、はじめて会う。そういう相手でも、信じなければならない時がある。いまが、そうだ。おまえの胆は、小さくない。頭上の的を射られても、眼をつぶらずに立っていた」

もうひとり、眼をつぶらずに立っていたが、いくらか年長という感じだった。

「頭の上の手で、輪を作れ。それと背中を、しっかり幹に押しつけていろ」

マルガーシは踵《きびす》を返し、男たちのところへ戻った。弓と矢をひとりの男の手から取り、さらに幹を離れて歩いた。

「おい、どこへ行く」

「矢は届かないぞ。届かないところから、射たもないだろう」

マルガーシは、ふりむきざま、矢を放った。

唸《うな》りをあげて飛んだ矢が、トノウが作った手の輪を通り、幹に突き立った。

男たちは、言葉を失った。将校がトノウのそばへ行き、矢を抜いて戻ってきた。

「これで、なにもなかったのだな」

マルガーシは、男たちにむかって言った。散れと、将校が男たちに手で指図した。まだ真っ直ぐに立てないらしい男を支え、逃げるように男たちが去っていく。

奴隷の少年たちは、行く場所が決まっているらしく、足輪の鎖を鳴らしながら、広場を出ていった。

「あんたと、話をしたいな。いい食堂がある。そこで、肉を奢《おご》るよ」

将校が言った。

マルガーシは、黙って将校についていった。

食堂は立派なもので、ここだけは入るまい、とマルガーシが思ったところだった。商人らしい客が、立ちあがって将校に挨拶した。

「あいつらも、もうそろそろ軍に入る。そして、学ぶべきものを学ぶのだ」

良家の、子弟。この将校も、そうなのかもしれない。

「買えないかな」

「なにを」

「さっきの子供の奴隷だ。売るんなら、俺は旅の従者にする」

「まず、無理だな。あの奴隷は、ジョルダニの近くの村の、子供だ。その村も、いずれジョルダニになる。その時のために、あの村の奴隷は必要なのだ」

「攫ってきたわけか」

「人聞きの悪いことは言うな。ジョルダニの奴隷はみんな、戦利品だ。あの村も、いずれジョルダニの戦利品になるが、それまでは村の出身の者は、しっかりと押さえておく。その子供の父母を、まずこちらにつける」

「奴隷ではなく、人質か」

「奴隷だ。人質なら、もっと大事にしなければならん」

「そうだな。足枷《あしかせ》をつけていたし」

「宿舎に入れれば、看守が鍵を持っていて、はずしてやるのだ」

肉が運ばれてきた。凝《こ》った料理だと思えた。ただ、マルガーシにはわからない。野菜と一緒に、それを食った。

「なあ、軍に入る気はないか？」

「どこの国の軍であろうと、ごめんだね。俺は自由に流れ歩くことに、喜びを感じているのだ」

「だよな。それだけの腕を持っていれば、どんな生き方もできるだろうし」

「他人に、つべこべ言われたくないのだ」

「うむ、しかし惜しいな。軍に入れれば、すぐにでも百人隊長にはしてやれる。やがて、将軍なんだがな」

「なんでもできるような、言い草だ」

「できることは、かなりある。俺はここの王の一族で、母がジョルダニの姉になる。だから俺は、遠からず軍司令だよ」

「なるほどな」

「国を、領土を、大きくしなければならん。耕作地は相当に広く、特に葡萄がよく穫れる。それで作ったシャラーブが、国外に売れるのだ。その利で、軍も充実させていられる」

「城内に入る人間からは、銭を取るしな」

「皮肉を言うな。困窮した者を、城内に入れないために、仕方なくやっていることだ」

これぐらいの城郭でも、複雑なことはいろいろあるのかもしれない。

目の前にいる、ジョルダニの甥だという若い将校に、興味は湧かなかった。多少、腕が立つのはわかる。そこそこに、いい軍人でもあるのだろう。それだけだった。

「肉を、食わせて貰った。今日は、夕めし代がかからなくて、助かったよ」

マルガーシが言うと、将校は口もとだけで笑った。

「いつまで、いる？」

「四、五日のつもりだよ。途中で、城外に出たりするが」

「旅に、なにか目的があるのか？」

「人に会える」

「人が好きなのだな」

「それが、わからんのだ。だから、旅をして人に会う」

「大して、銭に困っているわけでもなさそうだしな。その黒貂の帽子、相当の値がつくものだろう」

「これは、俺が狩で獲ったものだ」

「それを売らないで帽子にしている。銭があるから、できることさ。剣も、いいものだ」

物でしか品定めをしないのか、という言葉を呑みこみ、マルガーシは腰をあげた。

シャラーブを一本買い、宿に戻った。

夜に歩き回った。昼も夜も警戒が厳重なのは、城門だけのようだ。城壁の守兵など、のんびりしたものだった。

二日目の昼間、一度、城外へ出た。

二十里ほど離れた森の中で、ジャラールッディーン、テムル・メリク、サンダンと、手筈《てはず》を整えた。それぞれの役割も、ここにいない四人の仕事も、決めた。

それから、城郭へ戻った。

シャラーブを、二本買った。

夜になった。マルガーシは、城壁の、周囲から死角になる場所に、綱を垂らした。すぐにジャラールッディーンが顔を出し、テムル・メリクもあがってきた。サンダンが、いくらか遅れていた。

三人が揃うと、奴隷がいる宿舎に連れていった。二人いる看守を、テムル・メリクが素速く打ち倒した。マルガーシは、宿舎の入口で待っていた。宿舎とは名ばかりで、牢《ろう》に近い。

四人が、飛び出してきた。ほかの奴隷たちも、解放されたようだ。

城壁まで駈け、四人は綱を伝って下へ降りた。マルガーシは、綱をはずし、下へ落とした。少年が七人と、大人がひとり。それが影だけに見えた。四人も手筈通り、下で待っていたのだ。

マルガーシは、櫓《やぐら》から見ている守兵の眼を盗みながら進み、宿へ戻った。

シャラーブを飲みはじめる。二本を飲み終えた時、外はまだ暗かった。

兵が部屋に踏みこんできたのは、明るくなってからだ。マルガーシは剣を持ち、鞘に手をかけた。見知りの将校が入ってくる。

「なんだ、おまえら」

将校はマルガーシに顔を近づけ、それからそらした。

「相当、飲んでいるな」

「ここは、俺の部屋だ」

兵たちが、出ていった。

「奴隷が逃げた。あんたが買いたいと言った子供だけが、見つからない。ほかは、全員捕えたのだが。それで、ここへ来た」

「ここは、俺の部屋だ」

「わかったよ。出て行くから」

マルガーシは、言った将校を睨みつけたが、剣を抜いたまま寝台に倒れこんだ。

「絶対に見つけ出して、あの木に吊してやる。仲間も一緒にな」

将校が言っている。マルガーシは、鼾《いびき》を聞かせてやった。

起き出した時、陽は中天を過ぎていた。

宿賃を払い、マルガーシは城門まで馬を曳いていった。出てから馬に乗り、駈けはじめた。三十名ほどの兵を率いた、将校に出会《でくわ》した。

「夜中に、俺の眠りを破ったやつがいる」

「悪かったな。うちの兵と、俺だ」

「ゆっくり眠れないのなら、野宿の方がましだ」

「どこへ行く」

「おまえのいないところへ」

「シャラーブは、あれで深く酔う。あんたは完全に醒めていないぞ」

「もっと寝ているつもりだったさ。ここは、好きになれない城郭だったよ」

「悪かったな。次に来る時は、俺が軍司令だ。こんなことにはならないよ」

次はない、と出かかった言葉を呑みこみ、マルガーシは馬腹を蹴った。

十里ほど駈けてから、方向を変え、森に入った。しばらく森の中を進んだ。藪の中から、声があがった。四人の少年だった。

導かれるままに行くと、ジャラールッディーンを真中にして、テムル・メリクとサンダンとトノウがいた。

「尾行《つけ》てきている。みんな散って、村へ帰れ。十名ほどだ。それを片づけてから、ジョルダニの領地を出ようか」

四人が、森の中に消えていった。

「子供三人で、大人を倒したりできるか」

「できます」

トノウが言った。

森から湧き出したように、十名が出てきた。

三人の少年のふるえるような緊張が、マルガーシの肌に伝わってきた。

「貴様か」

将校が、馬を跳び降りて言った。

「うさん臭いやつだったよな、はじめから」

将校の口がまだ動いている間に、マルガーシは踏みこんでいた。剣を握った将校の、右手が飛んだ。次のひとりを斬り倒している間に、将校は鞍にしがみつき、駈け去った。

二人、三人と倒した。テムル・メリクが四名を倒している。マルガーシは、もうひとり倒した。

最後のひとりを、少年三人が囲んでいた。

正面にいたジャラールッディーンが斬りこみ、剣で撥《は》ね返されたが、斜め後方から、サンダンとトノウが斬りこんだ。二人とも、傷を与えた。すでに、肩で息をしている。

ジャラールッディーンが、また正面から斬りこんだ。兵の肩のあたりに、深く剣先が入るのが見えた。サンダンとトノウが、喚きながらまた斬りこんだ。

二人とも、傷を与えた。テムル・メリクは、まったく動かない。

「相手を殺すまで、油断をしてはなりません、殿下」

ジャラールッディーンが、叫び声をあげた。血が飛び散った。ジャラールッディーンの躰は、返り血で赤くなっていて、それが狂わせたのかもしれない。何度も何度も、叫び声をあげた。

「行こう」

マルガーシが言った。

馬に乗る。サンダンとトノウの馬は、村で用意したはずだ。

駈けた。

「マルガーシ様と、旅ができるのですね」

トノウが、じっと見つめてきた。

「あの矢、気づいたのではなく、ただ消えていったのです」

恐怖もなにも覚える前に、射てやろうとは思った。眼を閉じていなかった。眼を閉じるという躰の反応は、しっかり見えているから起きるのだ。それでも、眼を開いていられる。見えていようがいまいが、眼を開いていられる。これは、胆力と言っていい。

大人ひとりを、三人の少年で倒した。三人とも、はじめて人の躰に刃先をつけたという。それは、大きな経験だった。

ジョルダニ領を出て、丸一日進んだ。

方向は、西へむかっている。

テムル・メリクは、斬り合いの時に、ジャラールッディーンを殿下と呼んだ。つまりは、どこかの国の王の息子なのだ。

「マルガーシ殿。このまま進むと、数日でホラズム・シャー国です。私とテムル・メリクは、国へ帰るということになります。マルガーシ殿は、流れてそこへ行く、と思っているのです。よいですか」

「まあ、行くあてはなにもない」

「サンダンとトノウは、サマルカンドという街へ行き、そこで私の家臣になります」

「俺は、家臣は遠慮しよう。縛られるのは性に合わない」

「食客として、しばらく一緒にいてくれませんか。そして、できるなら、またなにかやりたい」

「サマルカンドの居心地次第ですよ」

「居心地が、悪いわけはない」

ジャラールッディーンが笑った。

「なにしろ、私たちがいるのです」

テムル・メリクが、馬を寄せてきた。

「野営だぞ、マルガーシ」

テムル・メリクも笑っている。

四

二万騎で、疾駆した。

かたちのあるものはみな、踏み潰して進むという勢いだった。

引き馬を、一頭連れている。同時に、二万頭が裸の状態で追われてくる。

チンギスは、二百騎の麾下と、モンゴル旗を押し立て、先鋒の二里先を駈けた。

カサルは、太原府の東百里のところまで、進んでいた。中原の真中と言っていい場所である。

そこまでの進攻を決意できるのは、カサルしかいないだろう。テムゲは大同府までも、行かない。

息子たちも、同じようなものだ。

将軍たちは、命じたら、命じた場所まで、なにがなんでも行く。

カサルには、金国に進攻し、南進せよと伝えただけである。

太原府が、遠いとも近いとも、チンギスは考えなかった。カサルは、自分自身の一部である。

それが太原府まで駈け、モンゴルの旗を掲げている。

自分自身がいるところへ、むかうだけである。

「斥候の報告、前方に敵なし。左右方向に敵なし」

カサルの五万は、金国の七万と対峙している。五万の軍を押し包むには、十五万の軍が必要だろう。ましてカサルは、騎馬隊と歩兵を擁して、陣を敷いている。

後方の二万騎は、一万ずつをジョチとチャガタイが率いている。

「ここで夜営する。ソルタホーン、後方に伝えよ」

金国に入ってから、水場は豊富だった。夜営地を、それほど選ばなくても済む。

馬の手入れを終えたところで、暗くなってきた。兵糧が配られてくる。ひと塊の肉と、石酪一片だった。

一日に、百六十里駈けている。歩兵たちが進むのと較べれば、倍の距離だった。

二百里は、駈けられる。しかし、それほど急いでもいなかった。カサルの戦線に、加わるだけのことなのだ。

篝《かがり》も、盛大に焚かせた。金国の領土には、木が多い。森へ入れば、倒木がいくらでもあった。

「泥胞子殿が、お見えになりました」

「通せ」

大同府は、横眼で見る恰好で、素通りしてきた。

大きな役割を持つ城郭として扱うと、モンゴル軍が去ったあと、泥胞子や塡立《てんりつ》が危なくなる。

「追いかけるのが、骨でしたよ。結局、夜営まで追いつきませんでした」

「俺に用か、泥胞子？」

「はい」

出された胡床に、泥胞子は腰を降ろした。

「妓楼で大人しくしている方がいい、とはわかっているのですが」

「書肆《しょし》の方が、似合うようになってきたぞ」

「書を担いでくるわけにはいきませんので、馬車を先行させておりました。この先の廃村の家々に、二十名の遊妓がいます」

こういうことは、必要だった。

城郭を落とすことが、これからしばしばある。城郭には、若い女もいるのだ。禁じるだけだと、兵たちは耐えきれなくなり、女を襲ったりするかもしれない。

モンゴル族の兵には、長くそういうことを禁じてやってきた。略奪も、許していない。しかし旧ケレイト族や旧ナイマン族の兵は、戦利品とか略奪とかいうことが、頭から抜けきっていなかった。

「それを言いに、来たわけではあるまい、泥胞子」

「はい。完顔遠理が、大同府の軍営に戻ってきております。書肆にしばらくいましてね。詩を集めたものを、二冊買っていきました」

「ほう、詩か」

「品揃えがいい書肆だと、ほめてくれましたよ」

もう少し荒っぽい話の方が、安心できる。

詩を読む将軍など、逆にどこか不気味なものがある。

「すぐそばで話しましたが、はじめてですよ、あんな眼をした男は。どこまでも、やさしい光があるのです。途中で、私と妓楼で会ったことを思い出して、嬉しそうに笑いはじめました」

「やはり、いささか不気味か。詩か妓楼か、どちらかにしろだな」

「妓楼を長くやると、書肆などが素晴しいものに見える。そう言ったのです」

「それは、蕭源基《しょうげんき》殿が言っていたことだ」

「ですが、旦那様は、はじめから書を膨大に集めていましたからね」

「わかった。完顔遠理の人となりを俺に伝えるために、そんな話が必要なのだな」

「なにをやるか、わからない男です」

「すでに、軍指揮に入っているのか？」

「いいえ。大同府の軍営の老将軍は、指揮を任せようとしていません。謹慎明けは、大人しくしていろ、ということのようで。軍営の部屋で、詩などを読んでいると思います」

「ヤクは？」

「狗眼《くがん》の部下数名と、完顔遠理に張りついています。やはり、あの男が危険だ、と考えています」

チンギスも、微妙に危険な匂いを嗅ぎとっていた。

「私のことを、面白いと同時に、怪しいとも感じている、と思います」

「まだ死ぬなよ、泥胞子」

「金国に入られたばかりですからね。私が役に立つのは、これからですよ」

しばらく、妓楼の繁盛具合の話をして、泥胞子は姿を消した。消え方が、どこかヤクに似てきたのは、習ったのかもしれない。

大同府の妓楼全部が繁盛しているということは、兵の数が増えたということだ。目立たないように、大同府の金軍は増強されているのかもしれない。

「ソルタホーン、ムカリは近くにいるな」

「はい。しかしここへ姿を現わすまで、一刻ほどはかかります」

「呼べ」

ムカリを待つ間、チンギスは腕を組み、焚火の焰を見つめていた。

「ムカリです」

「おまえに、命じることがある。本隊から離れよ。敵に、胃凌を許すな」

「つまり敵は、ただ兵站を切るだけでなく」

「ムカリ、おまえは、なんのためにいる」

「いまは、胃凌を許さないために」

「どういうやり方か、見当はつかないが」

「その場その場で、やり方を変えてくる、というつもりでやります」

兵站を切られることに対する準備は、何重にもしてあった。最終的には、人の多い地域なので、そこの食物を奪えばいい。

だから兵站を切られることを、あまり考える必要はない、と思っていた。

逆にそれが、盲点になっていないか。

「とにかくおまえは、ただ胃凌を許すな。そのためだけに、動け」

「わかりました」

ムカリは多分、百騎で敵にとっては幻影としか思えない動きをすることを、愉しみにしていたのだろう。

「遊軍も、下された命令の中での、遊軍ということだ」

「胃凌は、絶対に許しません」

「任務は、いまからはじまるぞ。そして、長く続く。行け」

ムカリは、拝礼すると、篝の明りの中を駈け去って行った。

ソルタホーンが、チンギスの寝床を作っていた。幕舎は許していない。せめて天幕だけでもと言ったが、それも許していない。

「殿、明日も、われら二百騎が先頭を駈けるのですか?」

「ジョチを、前に出せ」

「かしこまりました。いま、伝令を出します。しかし殿、そろそろ抵抗する城郭が出てくるのではないか、と思うのですが」

「ジョチに言え。なにも見るな。カサルの戦線へひた駈けよ」

「正面はそれで突破して」

「側面は、俺が対処する」

「やめてください、殿」

「ジェルメやクビライ・ノヤンに言われたか」

「それに、ボオルチュ殿からも」

「あの三人がおまえに言いつけたことを、俺はいつも破りたがる。だから、おまえは諦めて、側面から来る敵への対処でも考えろ」

「わかりました」

ソルタホーンは、チンギスのそばを離れていった。

すぐに戻ってきて、ソルタホーンが言った。

「囮《おとり》です、殿。どうせやるなら、思い切ってやる方がいい、と俺は思います」

「俺を、囮にしようというのか」

「申し訳ありません。とっさに思いついたことを、口に出してしまいました」

それは、悪い考えではなかった。自分好みと言ってもいい。後方にいるチャガタイの軍が、どう動けるのか。チャガタイの力量を測るにも、いい方法だった。

「俺が百騎、おまえが百騎。時には、二つに分かれるぞ。旗を、おまえに持たせることはしない」

「殿、それでは」

「囮とは、そういうものだ、ソルタホーン。言い出した自分を、責めろ」

ソルタホーンが、頷きうつむいた。

めずらしく、十二刻ほどチンギスは眠った。

眼醒めた。

秣と草を食《は》んだ馬が、すっかり元気を取り戻し、駈けたがっていた。

チンギスが眼醒めたのに気づいて、ソルタホーンが声をあげた。

「起きろ、進発だ」

進発の準備は、すぐに整った。ジョチの軍は、すでに進発を開始している。

顔を洗う水や着替えを持ってきた従者を、追い払った。

「殿、やつらの仕事は」

「いまは、戦がすべてだ。従者の仕事があることはわかるが、それは陣を組んだ時だ。やつらは、馬を追っている部隊とともに来い、と言ってやれ」

「殿が、自分で言われればいいのに」

「言ったら、腕でも捥《も》ぎ取られたような顔をする。それを見るのも、おまえの仕事だ、ソルタホーン」

馬が曳かれてきた。腹と脚を見た。それから眼を見て、首の動きを掌を当てて確かめ、元気であることを見きわめてから、跨《また》がった。

麾下の二百騎は、チンギスの指の動きまで見ている。馬腹を蹴り、進発の合図も出した。旗が続く。はじめは、モンゴル族キャト氏の旗だった。それがモンゴル族の旗になり、草原の部族すべてを含んだ、モンゴルの旗になった。

白地に鳶色の縁取りだったものが、その過程で竜の縫い取りがある旗になった。

鳶色の縁取りだけの旗は、母のホエルンが作ったもので、竜の縫い取りは、妻のボルテが最初に施したものだった。

ソルタホーンが予測した通り、二万の敵が前方に現われた。騎馬三千に歩兵である。

ジョチは、そのまま突っこんだ。隊列に、逡巡《しゅんじゅん》らしきものはまったく伝わってこなかった。

敵は、ぶつかって崩された。ただ、その崩れ方が、どこか秩序を失っていない。

しばらくして、ジョチの軍が側面攻撃を受けはじめた。ひた駈けろと伝えてあったが、ジョチは側面攻撃に対する準備をして、駈けていたようだ。

攻撃をかけた敵の方が、難渋している。

そこで、敵はチンギスの姿を捉えた。耐えろと命じられても、耐えきれないような獲物が現われたのだ。

三千の騎馬が、即座に反応して、こちらへむかってきた。分かれろ、とチンギスはソルタホーンに合図を出した。

ジョチの隊を追うように駈けたソルタホーンに千騎、こちらに二千騎がむかってきた。

チンギスは、疾駆して本隊から離れた。追ってくる。徐々に、チンギスは方向を変えていった。

二千騎が、二つに分かれた。しかし、チンギスが本気で駈けると、離れるだけだ。馬の力が、かなり違った。

二隊のうちの、一千騎にむかって、チンギスは駈けた。追ってくる。疾駆にならないように、馬は抑えていた。追ってくる。後方からは追ってくる。追いつかれそうになった時、前方とはぶつかりかかっていた。

直前で、方向を変えた。土煙で、なにが起きているか、遠くからは見えなかっただろう。二つに分かれていた敵が、正面からぶつかった。さすがに同士討ちはしなかったが、大混乱に陥っている。

ソルタホーンの隊が、敵に追われながら、こちらにむかってきた。追っているのは、五百騎というところだ。

チンギスは回りこみ、五百騎に背後から襲いかかった。崩れていく。ソルタホーンも反転したので、大きく崩れ、散った。しかし、二千騎がすぐそばに迫っていた。

チンギスとソルタホーンは、並んで駈けた。徐々に、方向は変え続けている。包囲され、それを破るのは、多少の犠牲を伴うかもしれない。追い続けてくる敵を、チンギスは何度かふり返って見た。真後ろではないので、楽に見ることができる。先頭の集団が二、三百騎で、それに密集した千数百騎が続いている。

ふりむくと、敵の最後部が見えるようになった。それから、横をむくだけで、見えるようになった。チンギスは、さらに馬首を回し、両軍の中心になるように駈けた。敵が目前を横になって駈けている。チンギスは、停止の合図を出した。

敵が、二百騎を押し包んだ。チンギスは、麾下を小さくまとめた。敵との間には、四半里ほどの空隙があるが、逃げ出せる場所はどこにも見つからない。

「さて、どこかで包囲を」

「お待ちください、殿。迎えが来ています」

五百騎ほどが、敵の後方から突き進んできて、チンギスのいる場所に出てきた。

包囲の外にむかって駈ける間、敵と触れ合うことはなかった。

麾下だけで、二里ほど離れた。

一千騎の隊が五つ、敵の周囲を駈けている。逆に敵を包囲した恰好である。一千騎がいきなり連なり、敵を揉《も》みあげた。

チンギスは、その戦に関心をなくした。

騎馬隊同士の戦では、力に大きな開きがある。ぶつかっていて、面白い相手でもなかった。

「父上、二千騎は、逃げた二、三百騎を除いて、すべて片づけました。あとの一千騎の方は、兄上が」

「そうか」

「大丈夫だと思っていましたが、あんな駈け方をされると、口から胃が飛び出しそうでした」

「進軍の隊伍を整えよ、チャガタイ」

「はい。もう御自分で、囮になろうなどとは考えないでください」

チャガタイの声を、背中で聞いていた。

ジョチの前に出た。

「いまの敵を、どう見た?」

「騎馬隊はついていただけで、歩兵が主力でした。行軍中の騎馬隊に、歩兵がなし得ることは、ほとんどありませんでした」

そばに呼んで訊くと、ジョチはそう答えた。

「歩兵は、城外ではまともに闘おうとしない、と思います」

どう闘うかは、カサルと話し合わなければならない。いまのところ、総大将はカサルに任せてあるのだ。

陽が傾いてきた。

明日の午《ひる》過ぎには、カサルの戦線に到着する位置まで、進んできている。

夜営に入った。

カサルの軍の斥候は、すでにこちらの位置を捕捉しているだろう。

ジョチとチャガタイが、歩いてやってきた。

二人の軍は、チンギスの本営を真中にして、左右にほぼ等距離である。

革袋に入った馬乳酒を、ソルタホーンが持ってきた。

「今日の戦で、話すことはなにもないぞ」

「明日は、叔父上のところです」

ジョチが言う。

「息子だけで父上と話すなら、今夜しかありませんので」

チャガタイは、ジョチのそばで、緊張した表情で頷いている。

「父上は、いつまで金国に留まられるのですか？」

「決めていないぞ、ジョチ。おまえたち、領地に残してきた家族が、恋しくなってきたのか」

「俺は、俺がやらなければならない、次の戦が気になるだけです」

「おまえがやらなければならない、次の戦。それがあるのか？」

「ケムケムジュートを、まだ領地に加えておりません」

「ここは、おまえがやらなければならない戦ではないのだな、ジョチ」

「ここはここで、俺がやるべき」

「そんな戦など、あるものか。自分がやるべき戦だと、俺は一度も考えたことはない。見方によれば、戦はただの人殺しだ。それでもやろうと思うなにかは、言葉では言えぬ」

「はい」

ジョチが、うつむいていた。肩のあたりが、わずかにふるえている。

責められた、と思ったのだろうか。言ってはいけないことを、言ってしまったと考えているのか。チンギスは、ただ喋ってみたかっただけだ。

責める口調になったのかもしれない、とチンギスは思った。こういう時、ソルタホーンがいれば、見事に繕ってしまうのだが、父と息子の場所に入れないと思ったのか、近くにいなかった。

チンギスは、もう一度、捜すように周囲を見回した。

五

樹間に、狼の姿が見えたような気がした。

ほかに気配はない。乗ってきた馬と荷を積んできた馬。二頭を曳いて、アインガは樹間を歩いた。

トクトアの住いが近づいてくる。

そこは営地でもなく家帳でもない、住いとしか言いようのないものとして、アインガの記憶の中にあった。

記憶通りの住いがあり、アインガはそこに踏みこんだ。狼が、飛び出してくる。

「おまえ、ダルドか？」

記憶の中にいるダルドとは、どこか違った。ダルドと一緒に、仔狼がいたが、あれかもしれない。臆病そうで、アインガを咎めてはいるものの、飛びかかることはできないでいる。

「トクトア殿は、留守か。まあ、俺が登ってくるところは、どこかで見ていただろう。待たせて貰うぞ」

住いには、トクトアの気配が濃厚にある。石のそばの竈《かまど》の灰の中には、燃え残りの熾があった。トクトアは、無事なのだろう。ここへ来るのが何年ぶりになるのか、アインガは頭の中で数えた。

狩はうまくいっているらしく、猪の毛皮が干してあった。

四刻ほど待つと、なんでもないように、トクトアが戻ってきた。肉の塊を二つと、毛皮を持っていた。

ひどく老いて見えた。髭は白く、後ろで束ねた髪も白かった。頭頂に、幘どころか布さえもつけていない。

「仔鹿を、射たのですね」

もしかすると、獲物をここに運んでくることができず、その場で解体して、肉の一部と毛皮を持ってきたのかもしれない。あとは、森が食してくれるということだろう。

「火は、大きくしておきましたよ」

「おまえ、変ったな」

「そうですか」

狼が、トクトアの後ろから、肉の匂いを嗅いだ。それをトクトアは、蹴り飛ばした。

「俺が来た時、仔狼だったやつですか？」

「ダルドだ」

「前のダルドが死んだので、こいつがダルドになったのですね」

「俺から肉を貰うだけで、狩をしようともしない。情ないものだ」

それでもトクトアは、肉を小さく切って、ダルドに投げてやった。

「こいつは、生の肉しか食わなくなった。煙に当てたやつは、そのあたりにいくつもぶら下がっているのに、腹が減っても食わん」

「狼ですから」

「そのうち、俺を食うさ」

トクトアは、二つある肉の塊のひとつを、竈の上の横木にぶら下げた。横木は、煤《すす》と脂のようなもので、炭のように黒くなっていた。炭と違うのは、生々しい艶があるところだった。

トクトアが座りこんだので、アインガは放り出された仔鹿の毛皮を、猪の毛皮のそばに干した。ひとつのことをするたびに、トクトアは息を乱しているように見える。

「俺はもう、死んでいるも同然だぞ、アインガ。草原のことも、遠すぎるほど遠い」

「でしょうね、多分。そう思っていました。冬の間、俺が来るかもしれないというのを、愉しみにしておられるかもしれない、とも思っていました」

「冬が、それほど好きではなくなった」

メルキト族の族長のころは、暇を作れるとしたら、冬だけだったはずだ。だから、冬にここへ来て暮らした。

いまは、常にここにいるのだ。

冬のしんとした森の静けさは嫌いではないが、雪も寒さも、身にこたえるようになった。洞穴の中にいて火を燃やしていると、躰が溶けそうになり、外へ行く気も失《う》せてしまうのだった。

そんなふうに、トクトアの気持を考えてみても、自分の身に迫ってくるものはない。

眼の前にいるのは、ひとりの老いぼれだ。アインガは、自分にそう言い聞かせた。そうではないものを、はっきりと感じるからだ。そしてそれは、アインガには無縁のものだと思えた。

「前のダルドは、なぜ死んだのですか？」

「老いぼれて、冬の寒さに耐えられなくなった」

「ここには肉があり、火もあるのにですか」

「耐えようとしなくなったのさ。もう死んでもいい、とあいつが考えたのが、俺にはよくわかった。命とは不思議なものだな。そう考えると、寒さにも耐えられない」

「わかる気もしますが」

「俺はすべてが面倒になっただけで、もう死んでもいい、とは思っていないよ」

「死んでいるのも同然、と言われました」

「おまえに対してはな」

トクトアの眼のまわりの皺が、束の間、深くなった。笑ったようだった。

「米は持ってきたか、アインガ？」

「袋に二つ。かなりの量になると思います」

「よし」

「馬乳酒から造った、強い酒も持ってきました」

「木の実などから造った酒は、嫌いか」

「山の酒でしょう。俺が持ってきたのは、草原の酒です」

「草原のなあ」

「もう草原では、戦もありません。そして俺は、チンギス・カンの軍門に下ったのです」

「それが、テムジンのいまの名か」

自分は何年、ここへ来ていなかったのだろう、とアインガは思った。しかし、数えるのはやめた。一年という歳月が、あっという間だった。あっという間が、いくつあっても、それほど長いとは思えない。

「ジャムカ殿は、死にました。俺は、ジャムカ殿と力を合わせることが、どうしてもできなかったのです」

「そして、テムジンの軍門に下ったか」

「チンギス・カンです」

「テムジンは、なぜ名を変えた。ジャムカを殺した自分を、忘れたかったのか」

「モンゴル族の大会議《クリルタイ》で、その名を贈られたということです。そして、それぞれの部族などというものが、草原ではなくなりました。モンゴルの民であり、国になったのです」

「それに押されて、メルキトもモンゴルになったのだな」

「申し訳ありません。すべて、俺が腑甲斐《ふがい》なかったのです」

「本気でそうは思っていない。俺が族長を譲ったことに、恨み言のひとつも言いたくて、ここへ来た」

「そんな恨み言、前に言ったような気がしますね」

「アインガ、俺たちは、人間としての作りが小さかった。チンギス・カン、そのチンギスと較べてな。トオリル・カンもタヤン・カンも、トドエン・ギルテやタルグダイも、悲しいほど小さかった。ジャムカのみが、チンギス・カンを超えるものを、持っていたかもしれん。人間の作りでは並んでも、狡猾さのようなもので、負けたな」

トクトアが、また笑ったようだった。少なくとも、口調は不愉快そうではない。

「俺はいま、チンギス・カンの幕僚です。しかし、戦はまだしていません」

「ジェルメだとか、クビライ・ノヤンだとかは？」

「いま、軍の最高幹部です。チンギス・カンは、いやわが殿は、金国へ進攻し、太原府を攻めています。軍は弟のカサル殿や、息子のジョチ殿、チャガタイ殿の指揮下にあります。昔とは、まるで変っていますよ」

「当たり前だ。商いのようなことではない。戦なのだ。若さも武器のひとつだ」

トクトアは、実はあまり変っていない。ただ、老い過ぎただけだ。アインガは、そんな気がしてくる自分を感じていた。

「陽が落ちる前に、めしにしませんか」

「酒を飲みながら、肉を焼こうか。俺の香料を、たっぷりとふりかけてな」

「いいですね」

アインガは、酒の革袋を持ってきた。

ここには、木で作った器がある。素焼きの皿もある。木の器に、アインガは酒を満たした。

アインガは、少し森の中に入って、用を足した。

トクトアが、肉を切り分けている。猪肉で、充分に熟《こな》れていた。

「あの岩」

戻ってきて、アインガは言った。トクトアは、顔をあげず、肉を切り続けていた。

「あの大きなやつが、割れていますが」

「気づいたのか」

トクトアが、声をあげて笑う。

「ジャムカが来て、棒で打った。割れなかったが、ジャムカが去ってかなり経ってから、耐えられないという声を洩らしながら、夜中に割れた」

「なにを言っておられるのか」

「まあ、おまえは俺を喰っていればいい。いずれ、自分を喰うぞ」

「あの岩が、棒で打って割れるわけはない、と思いますが。しかし、あの割れ方は、兇暴な外からの力を感じさせます」

串に刺した肉を、竈のまわりに立てた。塩はふってあり、香料はこれから遣う。

「おまえは、モンゴル軍の軍人になってしまった、ということか」

「二十名以上いる、将軍のひとりです」

「それで、肩が軽くなったのか」

「逆に、自分の人生を考えて、しばしば壁にぶつかってしまうのですよ」

トクトアが、鼻先で嗤ったような気がした。

肉が焼きあがるまで、酒を飲んだ。

トクトアが、大虎の話をはじめた。御影《スーデル》という猟師が、大虎の顔が近づいてきただけで、死んだのだという。

大虎の話は以前も聞かされていたが、信じられなかった。その虎を追っている猟師の話も聞いた。

肉の表面が焼けて、いい匂いが漂ってきた。

竈の火も燃え盛っているが、肉は焰からかなり離してある。アインガは、椀《わん》の酒をちょっと口に入れた。

新緑も過ぎ、森の樹木は深い緑色をしている。それが黒っぽい色に見えはじめた時、夜が忍び寄っていた。

ダルドは、藪に半分身を隠すようにして、寝そべっていた。

夜に生きる森の獣が、動きはじめている気配があった。

「俺はこれから、いくつかの戦を闘うのでしょう。遠征中のチンギス・カンに呼ばれるかもしれません。持っているだけの俺の力を、チンギス・カンは搾り出すと思いますね」

「上に立つ人間は、みんなそうだろう」

「チンギス・カンは、どういうものの上に立っているのですかね」

「どういうものの上にも、立っていない。あの男は、天の下に立っている、ということではないかな。天の下なら地。天地の間に立つ、唯一の男か」

「眼の前に出ると、魅了されて俺は幸福感を持ってしまうのです」

「そういう男なのだろうな」

肉の串は四本立ててあり、二本ずつだとトクトアが言った。別の香料がわずかにかけられている。

「トクトア殿が死んだら、ここはどうなるのです？」

「少しずつ、すべてが土に還っていく」

「土に還るのを、少しだけ俺が遅らせますよ。メルキトの族長を譲られたように、ここの住人も譲られようと思います」

「チンギス・カンが、それを許すのかな」

「俺はしばらくは、全身全霊で戦をやりますよ。三年とか五年とか。それでも生きていたら、ここに隠棲することを、殿に許していただこうと思います」

「人のひたむきなものは、認める男なのだと思うが、ここにいたのはこのトクトアだぞ」

「不快な敵として、殿の心に刻まれている、とは思えないのです」

暮れなずんでいたが、暗くなった。

煙を当てられていた鹿肉が、別のもののように光っている。煙と脂が入り混じって、いい艶になっているのだ。

「この鹿肉は、いつまで？」

「あと十日かな。それぐらいやらなければ、中まで煙が入らない」

「やることは、一杯ありますね」

「教えることは、ほとんどない。おまえが自分で覚えるだけさ」

「ここを、受け継いでもいいのですね」

「しばらく、チンギス・カンのもとで闘ったらな。おまえのことだ。すでにチンギス・カンは認めているさ」

「トクトア殿の話を、俺はしますよ」

「憶えていればな」

「この間、トクトアの首に行ったのです」

「俺の首？」

「正確には、トクトアが築いた首の山と言われていて、六つの起伏があるのです」

「あれか。あの時、森へ入った一万を指揮していたのが、アルワン・ネクだった。おまえと押し合って動かなかった、ケレイト軍の将軍だ」

「アルワン・ネクも死に、ジャムカ軍の、ホーロイやサーラルも死にました。タルグダイ殿だけは、運が強いのですかね」

「奥方に守られているのだな」

「俺も、そんな気がします。あの奥方は、タルグダイ殿と御自分のこと以外、なにも考えておられない。天下のことも、商いのことも、ほんとうは考えておられない」

　トクトアが、串の肉を回した。アインガも、自分の串を回した。

「草原がどうなるのか、と思っていました。それを見きわめるまで、どこかに籠ってじっとしていようと。しかし、どうにもならなかった。闘われた戦は、いまは、ただの夢の跡です。そして草原は、草原のままです。毎年、命を育む草が芽吹きます」

「チンギス・カンは、はじめから草原は草原というふうに見ていたのだろうか？」

「わかりません。考えなくても感じ、そうやって動いた、と俺には思えるのですが。一番草原にとらわれていたころのチンギス・カンは、トクトア殿の方が、よく御存知でしょう。俺はまだ、子供でしたから」

「ここへ来る時は、女を連れて来い、アインガ。子を何人も生《な》せ。少なくとも、狼と暮らして群などと言っているより、人の営みがなにかわかるだろう」

「トクトア殿が、そんなことを言われるようになりましたか」

「久しぶりに、返事が返ってくる相手と、喋った。なかなか言葉が出てこなかったが、出てくると止まらなくなった」

「トクトア殿の家令であったショーラグは、遊牧をやめて商人に、俺の家令のホムスは、豊海《バイカル》のほとりで、漁労の村を作っています」

「まわりがどう変ろうと、人はそれぞれに生きる」

「まったくです」

トクトアが、最後にアインガの肉にまで、赤っぽい香料をかけた。

しばらく、黙って肉を食った。猪の肉は、脂がしっかり締まっている。嚙むとそれが口の中で溶ける。

酒を飲んだ。食い終るまで、無言だった。

「俺はいま、思いました。できることなら一度だけ、殿とここでこうして肉を食いたいと。二人きりというのは、難しいかもしれませんが」

「そこでするのが、俺の話か」

「チンギス・カンが語るのです。トクトア殿のことや、ジャムカ殿のことを」

トクトアは、頷いている。白い髭に脂がつき、光っていた。

うまい肉さえあればいいのだ、とアインガは何度も同じことを考えた。


（十 星芒 了）

初出　「小説すばる」二〇二〇年九月号～十二月号
＊単行本化にあたり、加筆・修正をおこないました。

装画　寺田克也
装丁　鈴木久美

北方謙三（きたかた・けんぞう）

1947年佐賀県唐津市生まれ。中央大学法学部卒業。81年『弔鐘はるかなり』で単行本デビュー。83年『眠りなき夜』で第4回吉川英治文学新人賞、85年『渇きの街』で第38回日本推理作家協会賞長編部門、91年『破軍の星』で第4回柴田錬三郎賞を受賞。2004年『楊家将』で第38回吉川英治文学賞、05年『水滸伝』（全19巻）で第9回司馬遼太郎賞、07年『独り群せず』で第1回舟橋聖一文学賞、10年に第13回日本ミステリー文学大賞、11年『楊令伝』（全15巻）で第65回毎日出版文化賞特別賞を受賞。13年に紫綬褒章を受章。16年第64回菊池寛賞を受賞。20年旭日小綬章を受章。『三国志』（全13巻）、『史記　武帝紀』（全7巻）ほか、著書多数。

チンギス紀《き》

十《じゅう》

星芒《せいぼう》

二〇二一年三月三〇日　第一刷発行

著者　北方謙三《きたかたけんぞう》
発行者　徳永　真
発行所　株式会社集英社
〒一〇一—八〇五〇　東京都千代田区一ッ橋二—五—一〇
電話　〇三—三二三〇—六一〇〇（編集部）
〇三—三二三〇—六〇八〇（読者係）
〇三—三二三〇—六三九三（販売部）書店専用
印刷所　凸版印刷株式会社
製本所　加藤製本株式会社

ISBN978-4-08-771751-8 C0093

定価はカバーに表示してあります。